꽃잎 휘날리다

꽃잎 휘날리다

초판 1쇄 인쇄 2011년 09월 07일
초판 1쇄 발행 2011년 09월 14일

지은이 | 이진하
펴낸이 | 손형국
펴낸곳 | (주)에세이퍼블리싱
출판등록 | 2004. 12. 1(제315-2008-022호)
주소 | 서울특별시 강서구 방화3동 316-3번지 한국계량계측조합 102호
홈페이지 | www.book.co.kr
전화번호 | (02)3159-9638~40
팩스 | (02)3159-9637

ISBN 978-89-6023-668-4 03810

꽃잎 휘날리다

ESSAY

꽃잎
휘날리다

차례

각설탕

비가 많이 내려서 옷을 다 버렸다.
날이 흐리면 기분이 울적해진다. 장마 때는 길에 자동차가 빽빽해진
다. 자동차가 많아서 길 건너기가 불편해진다. 학교에 가는 일조차 쉽
지 않다. 흙탕물을 얼마나 밟고 다녔는지. 다른 사람은 몰라도 나는
티가 나도록 옷이 젖었다. 흙탕물이 더러운 냄새를 피우면서 치마 윗
부분부터 적셨다. 여기저기 고인 물을 밟고 힘들게 왔다. 교실에 들어
서면 다른 일은 보이지 않는다. 아무것도 없는 칠판에 원래의 색이 보
이지 않는다. 누군가 색이 구분되지 않도록 핑크색으로 칠해 놓은 것
이다. 게다가 자리로 들어가는 사람의 뒷모습만 보인다. 교실 안에 있
는 사람 모두가 하는 일이라고는 조근하게 말을 하는 것이다. 이렇게
조용했던 적은 없었다. 자기들끼리 모여 소리 지르며 놀던 때가 오래
지 않았다. 주로 나에게 일을 분담해주던 아이가 조용히 불려나가더
니 나중에 박스를 들고 들어왔다. 그 사람이 하는 행동으로 짐작할 수
있었다. 내가 가질 분량이 넘쳐나는 것처럼 보였다. 자리에 앉기가 싫

어졌다. 다시 소란스러워진다. 원래 하는 일에 익숙해지는 성격이다. 그 사람은 다른 일을 찾고자 하지 않았다. 아이들이 하는 일을 관찰하는 데 질렸다. 오래 말하는 일이 어려웠다. 가장 소란이 적은 곳을 바라보았다. 한 사람 때문에 덜 시끄럽다고 여긴다. 교실에는 친구가 많다. 평소에 자주 만나는 친구가 있다. 바람이 자주 부는 이유에 대해 궁금증을 느끼는 친구가 있었다. 그 친구는 말을 많이 못 하는 아이다. 어찌나 조용한지 의문이 드는 아이다. 나는 그 친구에게서 전화번호를 알아냈다. 서로에게 별 다른 일은 없었던 것 같다. 친구라는 단어가 어색해질 시점인가 싶다. 인생에서 특별한 날을 꼽으라면 오늘이라고 말하는 아이가 있을까? 칠판에는 서로를 보내는 인사말들이 정신없게 적혀 있다. 우리는 이별이다. 오래된 트리나무가 썰렁하다고 느낄 때 이별했다. 평소에 친하게 지내던 친구에게 만나자는 말을 했다. 한참 후에 밖에 비가 많이 내린다는 걸 알고 한숨을 쉰다. 기다리는 시간이 늘어났다. 항상 그 친구가 지각하면 해주고 싶은 말이 있었다. 우리 사이에 지각이 어떤 것이냐면, 다른 사람은 몰라도 너는 하면 안 되는 거야.

"의리가 식은 줄 알았다고 말이라도 하지."

"너 기다리는데 그런 말을 왜 하겠어."

평소에는 늦지 않는 친구다. 내가 자주 늦게 나오니까 말이다. 학교를 마지막으로 나갔다. 실내화를 던지는 친구가 손짓을 한다. 교문 밖에서 밀가루를 선물하는 친구에게 소리 지른다. 정말 웃기는 일은 운동장에 사랑하는 사람 이름을 쓰는 일이다. 꽃은 눈물을 흐르게 하는 건지, 꽃다발을 안고 사진 찍는 무리들을 지나쳐 길을 걸었다. 졸업은 우리에게 중요한 일이다. 오래 기다린 친구는 아이스크림을 사주면서 우스갯소리를 한다. 주로 하는 일을 아는 사이에는 무슨 말이라도 재

있다. 가끔 옛이야기를 하면 화를 내기도 한다. 말을 어렵게 꾸미면 화가 난다. 누구를 생각하는지 알게 되면 감탄사를 낸다. 취향이 비슷해지는 건 싫다.

처음으로 커피를 마실 때, 나는 회사를 다니기로 마음먹었다. 평소에 배우려 했던 공부를 싫어하게 될 때가 있다. 힘들게 자신의 세상을 꾸리면 어려워진다. 아무도 모르는 도시로 이사할 생각이다.

"여기를 와 있다고?"

친구가 높은 음을 내기 시작했다. 친구이기는 한데, 전화로 연락해서 기분이 별로였다.

"너의 기분이 별로인 건 알겠는데, 티가 확 난다."

"어머, 이렇게 먼 곳에 있는데?"

"남자친구가 생겼나봐."

"아니야."

"그럼 여길 왜 와?"

도시로 이사를 무작정 와버렸다. 계획은 없다.

"오래 있으려고."

전화 한번 걸었는데 친구는 자신의 말을 길게 설명했다. 그런 일을 왜 하는지 모르겠다는 거다. 답답하다고 느꼈다. 내 마음에 솔직하고 싶었다.

"별일 없어."

친구와 만나는 데 실패했다. 하지만 도시에 가는 것을 포기할 수가 없다. 결심한 일을 이루고자 짐을 꾸렸다. 도시에 와서 내가 할 수 있는 일은 없었다. 도시를 걷기로 했다. 평소에 가장 구석진 곳에 위치했다고 생각했다. 분위기가 구석진 곳으로부터 멀어짐을 느꼈다. 거리마다 이름이 있다. 번화가는 멋진 이름을 달고 있다. 번화가에 놀러가기로 했다. 표정이 어두운 사람이 보이지는 않았다. 가장 많은 사람들이 향하는 방향으로 걷기로 했다. 큰 빌딩 중에는 백화점이 하나 있었다. 사람이 많이 가는 곳에 들어가기로 했다. 백화점 주변에는 음식점이 많이 있었다. 커피 카페, 패스트푸드 점, 고기 음식점, 편의점. 먹자골목에 와 있는지 헷갈리는 시점이다. 시끄러워서 건물에 있고 싶었다. 백화점에는 잡지를 무료로 보게 해주는 공간이 있었다. 층마다 옷가게가 많았다. 옷 파는 게 주업이니 잡지를 여러 종류 배포해 놓은 것이다. 핸드백을 구경하는 데도 힘들었다. 적당히 쉴 만한 곳에 앉았다. 한 남자가 옆자리에 앉는다고 생각했다. 인기척에 놀랐다. 사실 자리는 많지 않다. 앉기에 적당한 자리가 한 군데 남았다. 아마도 적당한 자리를 찾지 못했을 것이다. 적당한 자리는 다른 자리보다 적을 것이다. 시끄러운 소리를 제외하면 잡지를 보기에 충분했다.

"그 영화배우 좋아하시나요?"

처음 보는 남자한테서 듣기에는 우스운 이야기다. 남자는 옷이 두꺼웠다. 내 캐리어가 무안해질 정도로 나를 바라보고 있었다. 좋은 옷을 입고 있어서 튀는가 걱정이 들었다.

"아니요. 관심이 아주 많아요."

별일 아니란 듯 대답했다. 고개를 들었다. 생각보다 나이가 덜 들어 보였다.

"캐리어는 조금 유명한 사람이 들고 다니는 거 아닌가?"

"캐리어 처음 보시는군요."

손에 든 잡지에 집중하기가 힘들었다. 잠깐 재밌는 일이 생긴 것이다.

"어디 사세요?"

다행히도 남자에게 물을 수 있는 시간이 있었다. 부자는 다르다고 했다. 부자는 미운오리새끼라고 생각했다. 나의 오랜 친구는 부자를 미위했다. 이유는 너무 고급스러운 것만 하고 다닌다는 것이다. 정작 본인은 부자가 아니다. 농담으로 하는 이야기지만 학교에 다닐 때는 관심이 많았다. 남자의 집은 부자였다.

"집이 크네요. 2층도 있어요?"

"지금은 그래. 집이 마음에 들었거든."

집이 근사했다. 혼자 살고 있다는 기분이 들지 않았다.

"애인도 아닌데 집에 데리고 오는 거 이상하지 않나?"

"그럼 갈 곳은 있어?"

조금 싫증내는 기분이 들었다. 내가 어떻게 하고 다녔다고 생각하는지 궁금했다.

"내가 있어도 이상하지 않나요?"

"이상하지 않은데, 그럼 계속 지내."

남자를 이해하려고 노력해봤다. 소파에 앉아서 기억을 더듬었다. 남자는 커피를 타다 주었다. 남자의 집은 창문이 아름답다는 느낌을 주었다.

"창문이 큰 집은 사람이 살기에 힘들지 않나요?"

"일부러 큰 창문을 달고 싶었어, 집이 생기면."

자신을 소개하는 내용이 담겨져 있었다. 나는 인사를 건네기로 했다. 잠깐 재밌는 일이 있을 것이다.

"처음에는 이름 정도 물어봐야 하는 거 아닌가?"

"처음이란 게 항상 똑같은 건 아니거든."

"이름은 유민화예요."

"이름은 정지훈. 만나서 반가워. 멋지네."

나에게 이런 미소를 지을 수 있는 남자가 생겼다. 멋지다는 말을 웃으면서 하는 남자 말이다. 잠깐 나를 웃게 한다.

"사실 처음에 망설였지. 너를 보고 싶었거든."

"하시는 일이 뭐예요?"

"회사 다녀."

다른 사람한테서 찾아보기 힘든 점을 알아냈다.

"하는 일에 대해서 자신이 없나 봐요."

"내가 그래 보였나?"

망설이는 사람으로 보이지 않았다. 지훈은 자신의 말을 오래 하지 않았다.

"지훈 씨 나이가 덜 먹은 사람인가요?"

"우리 나이차이가 많이 난다고 생각하지 않는데."

"저는 20살이에요."

"나보다 4살 어리구나."

지훈은 커피를 다 마셨다. 순식간에 후루룩 마셔 버렸다. 나는 멍하니 지켜봤다. 친구를 많이 사귀는 아이에게 내가 커피를 사준 적이 있다. 나는 커피를 마시는 것이 싫었다. 그 아이를 설명하자면, 블랙커피를 자랑삼아 먹는 유일한 친구다. 커피는 향으로 먹는 음식이라서 마시는 멋이 있다고 한다. 이걸 어떻게 먹지?

남자가 마시는 커피는 블랙이다. 블랙 향이 전해진다. 마시는 모양이 그 아이랑 닮았다. 손가락을 움직이는 게 웃기다. 남자의 집에 있는 냉장고는 컸다. 주방의 크기도 영화에 나오는 것 그대로다. 몰라서 묻는 건 아니지만 나는 물었다.

"이런 주방에는 손님이 자주 드나들겠어요?"

"손님을 집으로 초대하진 않아."

지훈은 먹을 것을 해주겠다고 했다. 조금 있다가 먹을 것을 해다 줄 것이다. 지훈이 쓰는 말은 나에게 재미를 준다. 먹는 걸로 사람을 유인

하는 게 특기인가 싶다. 우리가 이야기하는 시간은 특별하다. 먹는 시간이 따로 없을 정도로 이야기해도 의미가 있다. 지훈의 집은 따로 구경할 것이 없었다. 밤에는 전등 하나를 켜고 잠을 잤다. 지훈은 나에게 방 하나를 주었다.

잠을 자고 일어나서 소파 있는 데로 나오면 큰 창이 보인다. 창문으로 보이는 것은 큰 길 하나 빼고 다 건물이다. 근처에 아파트로 보이는 건물이 있다. 예상하건대, 여기도 번화가의 일종일 것이다. 지훈이 먹던 커피를 마셔보기로 했다. 소파에 앉아서 지훈의 목소리를 떠올렸다. 지훈은 나에게 궁금한 점을 묻지 않았다. 집을 자세히 보면 오래된 사람을 떠올리게 한다. 추억이 많은 사람일 때 생기는 감정을 내고 싶었나보다.

시설이 좋고 매너가 좋고 재미있는 일을 할 수 있는 곳이라면 좋을 것 같다. 그런 일을 하려면 어디다 구직을 할까 생각해본다. 하루 종일 이력서를 넣을 만한 곳을 찾아야 했다. 한 군데 넣기는 했다. 하루 종일 찾아다니다 보니 힘이 들었다. 날이 추워졌다. 짐이 무거워졌다. 지훈의 집에 들어가고 싶었다. 날씨가 더 추워졌다. 문 앞에 쪼그리고 앉아서 기다렸다. 기다리는 동안 지훈이 오는 게 맞는지 의문이 들었다. 나는 지훈을 기다리는 것이 좋았다. 문 앞에 쪼그리고 앉아 있지만 정말 올 것이라고 믿었기 때문이다. 친구를 만날 때 갖는 감정이랑 똑같다.

"나 많이 기다렸어?"

"아마도."

지훈이 문 앞에서 나를 쳐다보고 있다. 언제 온 거야? 인기척이 나긴 했는데 진짜 여기로 온 거야?

"계속 기다렸어."

지훈은 따뜻한 커피를 타다 주었다.

"아침에 열쇠에 대해서 망설였거든."

커피에 설탕을 녹여먹으면 맛있다고 한다. 각설탕은 진한 단맛을 낸다. 어느 사탕을 먹어도 나올 수 없는 진한 단맛이 매력이다. 매력으로부터 나오는 것이 사랑이라고 생각한다. 지훈은 나에게 각설탕을 건네주었다.

"지훈은 사랑하는 사람 없어?"

"사랑하면 되는 사람이냐고 묻지 그래."

소파가 너무 푹신했다. 소파가 푹신거리니 말을 잇기 힘들었다. 마음에 아프라고 하는 말인지 궁금했다. 아니면 다른 뜻이 없다는 거잖아.

서로의 잔에 있는 커피가 아직 식지 않았다.

"잔에 있는 커피가 없어지면 무엇으로 그걸 채우고 싶어?"

"커피만 먹어도 충분한데?"

"커피만 먹어도 덜 충분하면?"

"처음에 먹던 커피를 다시 채우겠지."

지훈은 나보다 커피를 늦게 마셨다. 해가 지고 있다. 밤이 되니 나는 궁금해졌다. 나에게 선뜻 열쇠를 건네는 것도 먹을 것을 주는 것도 각설탕을 주는 일도 이해 못 하겠다. 부엌에서 나오는 걸 보고 집을 구경시켜주지 않을까 기대했다. 지훈에 대해서 알아가는 일이라면 하고 싶었다. 혹시나 사진이라도 구경시켜주지는 않을까? 하는 일에 대해서 잘 알 수는 없을까 생각해봤다. 지훈을 만나려면 무슨 일부터 해야 할까? 이를 악물고 만나는 것이다. 활력을 불어넣으면 관계가 새로워질 거야. 나는 지훈을 위해 생각하고 끝도 없이 나를 맞추기로 했다.

"커피 한 잔 더 마실 생각이야?"

"서로 모르는 점이 많다고 생각해."

"궁금해 하지 않았잖아."

지훈이 하는 말을 가로막은 꼴이다. 내가 말하자 고개를 푹 숙인다. 나를 망설이게 하는 사람이다.

"미안."

"내가 집에 대해서 아무것도 알려주지 않았구나."

"알려줄래?"

지훈은 한참 동안 시선을 한 곳에 두지 못했다. 내가 정도가 지나쳤나 싶었다. 하고 싶은 말이 그게 아닌데. 그럴 생각으로 말하지 않았단 말이야. 정신을 한 곳에 두지 않는 사람을 바라보고 있다. 다른 생각을 하고 있는 것이다. 지훈은 나를 앞에 두고 고개를 돌렸다.

"알려달라고 말한 것이 부담스러우셨나요?"

내가 물었으면 반응이라도 했으면 좋겠다. 대답을 기다리는 일이 슬프다고 느낀다.

"아니야, 그 대답이 당연한 거지."

"우리 집 구경시켜줄게."

"감사해요!"

사실 지훈은 자신이 집을 소개시켜주는 일의 의미를 잘 모르는 것 같았다. 금방 방으로 들어가 버렸다. 지훈은 자신의 사원증을 보여주었다. 그는 유명한 영화사에 다닌다.

"아는지 모르겠어. 영화사야."

"나도 영화는 보거든요."

평소에 영화도 자주 보지 않으면서 본다고 자신 있게 말했다.

"다른 것도 보여줄 수 있나요?"

"특이한 것도 없고 특별한 것도 없어."

지훈은 말을 재주 있게 하는 솜씨가 있는 것 같다. 자신의 서재를 보여주고, 엽서를 꺼내주었다. 재미삼아 산 잡지책도 보여주었다. 축구를 좋아하던 시절의 사진도 보여주었다. 자신이 키우던 나무 사진도 보관하는 남자였다.

"사실 키운 건 아니야."

지훈이 보여주는 건 전부 재미있었다. 그래서 웃어도 어색하지 않을 때까지 구경할 수 있었다. 지훈이 아름답다고 생각하는 건 무엇일까? 지훈이 사랑하는 사람은 있었나? 밤새 궁금증이 불어났다. 나에게 따로 방을 내줄 정도로 친절하지만, 아직 사귀자는 말은 건네지 않을 정도로 조심스러운 사람이다. 우리는 밤이 늦으면 서로를 보지 않는다. 말도 삼간다. 그래서 더 관심이 생긴다. 어느덧 내가 이 집에서 머무는 시간이 늘었다. 아직은 나를 좋아하는지조차 모른다. 배가 고프다. 지훈이 좋아하는 것이 뭔지 알고 싶어지면 배가 고파진다. 서로 다른 점이 뭔지 고민하면 잠을 설친다. 그는 누구를 좋아하느라 고민해본 적이 있을까? 생각나지 않겠지. 남자가 근사하니까.

아침에는 이력서를 넣었다. 많은 곳에 이력서를 냈다. 연락이 온 곳은 아직까지 없다.

"웨딩 박람회, 결혼 박람회에 놀러오세요! 호텔 웨딩 숍."

도시에서는 결혼 박람회라는 것을 한다고 한다. 웨딩드레스를 전시하고 보여주는 곳이다. 가끔은 결혼을 준비하는 커플들만 초청하는 일도 있다고 한다. 번화가에 곱게 걸린 현수막을 읽었다. 내가 결혼하게 되면 저 사진보다는 멋진 순간이길 바랐다. 현수막은 나에게 결혼에 대해 생각하게 만든다.

내가 취업에 힘쓰고 있다는 사실을 지훈은 모른다. 최근에 어디에서도 전화 한 통 없다는 것도 모른다. 그러나 묻지 않는다. 내가 어떤 표정을 짓는지 바라보고는 말을 멈춘다. 기꺼이 자신의 지갑을 열어주기까지 한다.

"그냥 다음에 맛있는 거 사주면 돼!"

아무래도 내 사정을 이해해주려는 것이다. 미래에 대한 것도 특별히 궁금증을 드러내지 않는다. 하지만 대화는 자주 한다고 생각된다. 다음 날은 조용히 청소를 하기로 했다. 번화가를 자주 들러서 질릴 시점에 가까워졌다. 깨끗하게 쓸고 싶었다. 집이 깔끔하면 걸레도 쓰지 않는 모양이다. 낮에는 전화를 받을 수 있었다. 나에게 대출 상담사를 해보라고 권하는 이상한 사람의 전화다. 학교를 마치고 집에 갈 때 만나는 친구 중에는 유난히 똑똑한 친구가 있었다. 그 친구는 불법이라는 단어를 싫어했다. 자신은 불법으로 보이는 건 죄다 신고한다고 자랑하기도 했다. 나는 그걸 개그로 하는 말이라고 생각했다. 막상 대출이라는 단어가 들리니 신고할 곳을 찾고 싶었다. 하지만 전화의 끝은 면접이 없다는 소리였다. 일을 해야겠다는 생각이 들었다. 문자로 지명과 위치도 알려주겠다고 했다. 정말 문자를 받았다. 가장 근사하게 옷을 입고 그곳으로 갔다. 정장을 구입하기에는 시간도 여윳돈도 남아 있지 않았다. 게다가 오늘 오라고 문자까지 보낸 걸 보니 근사한 것 정도로 넘어가겠지 싶었다.

회사는 유명한 대출회사다. 주업이 대출이다. 자리에 앉아 있기가 불편해졌다. 불법은 신고하는 것이다. 자유롭게 옷을 입고 다니는 분위기가 매너 있는 사람들이라고 생각하게 만들었다. 전화 건 사람은 회사의 팀장이라는 사람이다. 사진 밑에 적힌 글로는 그렇다는 거다. 일주일 동안 교육을 받고 일을 하자고 한다.

"집이 어디세요? 어디에 거주하는지 궁금해서요. 적으셔야 하는데요."

자기소개서를 작성해야 한다며 급히 종이를 가지고 온다. 자기소개서에 내 신상을 적을 때 많이 고민했다. 지훈의 집주소를 적기 싫었다. 나에게 선택권이 있지 않았다.

"고향이 시골이라서."

"그러시면 출근이나 제대로 하실 수 있나요?"

"머무는 곳은 여기예요."

"머무신다고요?"

순진한 척 목청을 돋우는 징그러운 전화통화 속 인물이 소리를 질렀다.

"여기 바로 뒤에 원룸, 거기에 살아요."

"그러시군요. 주소는 적으셔야 됩니다."

"제가 주소를 정확히 기억 못 하거든요. 일이 생겨 주인집이 바빠서요. 일단 등본 상에 나온 주소를 쓰도록 하죠."

"거주지는 쓰셔야 되는데요."

"아니요. 거주지는 이름만 아니까요. 그렇다면 아파트 이름만 불러도 주소를 다 알아다 줄 수 있나요?"

"그러시면 곤란한데요."

보이는 모습과 다르게 상당히 징그러운 기분을 낸다. 장난이라고 봐도 무색한 그 자체가 징그러운 거다.

"왜요? 들어올 때 컴퓨터 보이던데요."

드디어 이해를 한 것이다.

"그러시면 알아봐 드리죠. 아파트 이름이 뭐죠?"

"여기 바로 뒤편에 있는 새 건물 아시죠?"

첫 출근인데 벌써 1시간이나 보냈다. 요즘에는 새 건물 하면 사람이 알아듣는다.

"무슨 동이신지요?"

"등본상과 동일해요."

"네? 주소지와 본인 주소가 다르세요?"

"우연히 겹치지 뭐예요! 등본 상이랑 어쩜 같은지!"

고작 아파트 주소로 시간을 보내는 게 아까웠다. 그러니까 주소지 놀리기를 하고 싶은 거다.

"본인 주소 맞으세요?"

"네?"

없는 것을 지어서 만드는 것이 이런 건지 몰랐다. 실랑이를 벌이던 끝에 나를 데리고 주소를 알아내러 갔다. 통화했던 남자는 쓸데없이 눈을 자주 마주치려 했다. 이상하게 고개를 돌려서 눈을 마주치곤 한다. 나에 대한 관심으로 보기에는 부담스러웠다. 상사로 보이는 그 사람과 거리감이 느껴졌다. 대출은 불법으로 신고해야 한다. 남은 시간 동안 교육이라는 것을 들어야 했다. 학교와 다를 게 없는 기분이 마음에 썩 들지 않았다. 말이라도 해야겠다.

"그러니까 일당으로 주는 일이라는 거죠?"

교육을 받는데 쉬고 싶어서 다른 이야기 거리를 꺼냈다. 불법이 아닌 경우만 듣고 집에 갈 수 있었다. 사실 불법이 아니라고 하는 건 본인들 밥줄이니까. 하지만 내가 아는 건 용어 그 자체로도 하면 문제인 것이다. 직접적으로 합법이라는 소리는 하지 않는다. 다만 불법이라는 소리도 하지 않는다. 법이 있다고는 한다.

집으로 간다. 지훈을 생각하면 돈이 생기는 유일한 일이니까, 신세를 덜 지는 셈이다. 나에게는 어려운 일로 따져질 일이 아닌 것이다. 나한테 따지는 것에 의미가 없다. 살아갈 길이 있다면 가고 싶다. 다져진 곳이 아니더라도 그 길이 어떤 길이든 건널 것이다. 하필 지훈을 기다리는 내내 좋은 생각을 해냈다. 내가 생활하는데 남자에게 따로 꼬투리를 잡히거나 재미없는 피해로도 심한 일은 아니라고 여겨졌다. 사는 게 힘들 정도로 짜증을 부리게 될 일인지 고민했다. 앞으로 내가 할 일이기에. 지훈이 술을 마시고 들어왔다. 그는 얼핏 한번 웃고는 나를 안아주었다. 순식간의 일이다. 비틀거리려 하는 걸 잡아서 지탱시켰다. 지훈에게 물어볼 마음이 사라졌다.

주말에는 일을 하지 않았다. 직장에만 나가지 않는 걸로 보였다. 지훈은 휴대폰을 가지고 다녔다. 나는 휴대폰을 가지고 다니려 하지 않는다. 필요 이상으로 가지고 다니기에 불편하다고 생각한다.

"불편하지 않아?"

내가 휴대폰을 계속 쳐다봤다. 고개도 들지 않았다. 부동의 자세로 내가 보는 것에 대해 알아주기를 바라고 있다.

"너는 불편해? 뭐라도 묻었어?"

"너는! 휴대폰을 들고 있는 일이 일이 즐겁니?"

이제야 알았다는 듯이 천천히 고개를 숙여주었다.

"묻은 줄 알았잖아."

"묻었어! 많이 때가 묻었어!"

무안해질 정도로 소리쳤다. 나중에는 내가 무안해진 걸 알았다. 지훈과 이야기하는 일은 재밌다. 지훈은 청소하겠다는 나도, 춤을 추겠다는 나도, 취직해서 안정을 찾으면 책임지고 나서겠다는 나도 재밌게 받아들여주었다.

지훈 앞에 서면 여느 즐거운 때와 비교가 안 될 정도로 마음이 생겼다. 세상에 태어나 친구에게 부러움을 느꼈을 때가 아무렇지 않을 정도로 마음이 생기게 한다. 친구들 중에는 무언가를 열심히 하는 아이들이 많았다. 뭘 해도 열심히 하는 아이, 선도부를 하겠다고 나서는 아이들이 부러웠다. 성격이 무서워서 무섭게 책상에 앉아 있는 친구가 신기했다. 재주가 좋아 만화책을 좋아하는 친구가 부러웠다. 그 중 제

일 부러움을 샀던 건 남자친구가 있다며 소문내는 친구였다. 지훈은 나에게 그런 부러움이 사라지게 한다.

일요일에는 번화가에 갔다. 영화를 보고 팝콘을 먹었다. 그는 영화를 보여줄 테니 같이 나가자고 했다. 여자 주인공이 아니라 그 친구에게 벌어지는 사건이 나오는 것이다. 은근히 소심한 주인공이 상황을 어색하게 만들면 그 친구가 영웅처럼 등장한다는 내용이다. 친구는 시간이 지날수록 주도적인 면이 늘어났다. 부러움을 묻어나게 할 줄 아는 사람을 보여주듯 했다. 영화가 끝나자 관심 가는 역이 누구였냐고 물었다.

"하나도 놓칠 부분이 없던데? 모두 재밌게 나왔어."

"그 여자의 친구 역. 이상하게 나온 거 아닌가?"

지훈의 의견은 친구가 하는 일에 믿음이 없다는 것이다.

"시간이 지나고 등장하는 부분에서는 그 사람의 인생의 일부라고 봐."

아침이 되면 직장에 나간다. 지훈은 아침마다 나간다. 그가 나가는 걸 보면 따라 나가고 싶다. 일단 대출회사에 출근했다. 다른 건 몰라도 회사에 나오면 교육 받는 것으로 시간을 보낼 수 있으니까. 자리에 앉아서 듣기만 하는 것도 나쁘지 않았다. 중간에 팀장과 대화를 해야 한다는 불안이 있긴 하다. 팀장은 나에게 남자친구가 있는지 물었다.

"민화야, 남자친구 있니?"

지훈을 두고 남자친구를 만들고 싶지 않은데 물어본다.

"여기 아는 사람들 없지?"

회사에는 창문이 있다. 밖이 거의 다 보이는 창문이 있다. 팀장은 전단지를 돌리라고 했다. 전단지를 돌리면서 영업하는 것이 주로 하는 일이란다. 주로 하는 일이 그렇다고. 나에게만 해당되는 말 같았다. 그 후회사에 나가기 싫어졌다. 밖에 나가기 힘들어졌다. 시청 근처의 거리를 걸어야 했다. 걷다 보니 지나가야 하는 곳이다. 시청 근처에 있으니 많은 사람들이 보였다. 소년이 길을 건너려고 서 있었다. 소년에게 다가갔다.

"여기서 가장 가까운 백화점이 어디예요?"

"백, 화, 점?"

소년은 자신의 휴대폰에서 백화점을 찾아주었다. 나를 쳐다보았다. 머릿속이 하얗다. 나에게 아무 생각이 없게 해주는 사람이다. 나는 눈을 마주치려고 노력했다. 한동안 심심한 일이 많았다. 나는 상품 교육을 받아야 했고 대출에 대한 이해를 시도해야 했다.

"대출이 그런 것이라고 생각한다면 왜 일이 있겠어?"

일이 있는 이유를 나에게 물으면 어떻게 하라는 건지. 심심함으로 이겨내기에는 힘들었다. 심심한 일만 있다고 생각해왔다. 심심한 일은 소년을 생각나게 했다. 교육이 힘들면 시청이 생각나고, 심심한 일만 겪으면 소년이 생각났다. 다른 곳에서 소년을 본 적 없다. 다시 보고 싶었는데 볼 수 없었다. 소년이 손에 들고 있던 병원 봉투를 생각했다. 그 봉투에 적힌 병원 이름을 찾아보기로 했다. 지훈과 말하는 횟수가 줄었다. 여느 때처럼 데이트를 하지 않았다. 서로 좋아하는 건지 헷갈리기 시작한다. 나는 소년을 찾았다. 먼저 다가가서 인사했다. 나를 알아봐주길 바랬다.

"기억하고 있었어?"

다행히 길을 찾아갔다는 이야기를 했고 만나고 싶었다고 말했다. 소년은 잠시 망설이는 기색을 보였다.

"신정수."

통성명을 하고 연락처를 받았다. 내 이야기를 하는 것이 슬프다고 생각했다. 나는 대출회사에 나가지 않았다. 영업을 하러 나간 적도 없다. 그래서 그만두기 편했다. 지훈의 집을 나왔다. 아무 흔적도 남기지 않고 나왔다. 내가 가진 물건은 모두 가지고 나왔다. 지훈은 아직 모를 것이다. 도시를 떠나기 전, 다른 회사에서 면접 보러 오라는 문자를 받았다. 근처에 새 집을 구했다.

맑은 날이다. 맑은 날에 면접을 보는 것은 행운일 것이다. 화장은 어른스럽게 보이게 하는 도구다. 별로 튀지 않게 화장을 했다. 대기실에서 기다리는 시간이 있었다. 면접에 관한 기본적인 면을 알려주는 자리였다. 실망한 건 옆에 있는 다른 대기자가 아는 언니도 많다는 거다. 회사에 아는 언니가 많으면 취직이 확정적인가보다. 내 옆자리에 선 사람이다. 그 여자는 볼터치 좀 먹어준 얼굴이다. 그 옆에는 남자가 있다. 남자는 아저씨다. 아저씨로 보인다. 소년을 생각하면 정반대다. 동갑이란다. 놀랐다. 여학교만 나온 여자에게는 놀라운 일이다. 그 아는 언니 많은 여자가 놀라워했다. 감정적인 면이 강한 사람이다. 면접을 위해 대수롭지 않은 표정들을 지어 보였다. 면접은 그렇게 이루어졌다. 나이 소개부터 차근히 면접자들의 신상을 말했다. 나는 단체로 보는 면접이 부담스러웠다. 사실 나는 별로 꿀릴 게 없는 모습을 보이려 했다. 다른 회사에 취직하기는 정말 싫었다.

"자기소개를 해주시겠습니까?"

면접관이 말했다. 아저씨로 착각했던 남자가 먼저 말했다.

"저는 잘하는 것이 많습니다."

나는 우스운 줄 모르겠는데, 면접관 중 구석에 앉은 점잖은 여자가 웃고 있는 걸 보니 알아챘던 것이다.

"여대생들은 텃새가 심하다면서요?"

여자 면접관이 '여대생'에 힘을 주어 말했다. 그래, 그 자리에 여자 면접관이 있었다. 유일한 여자 면접관이다. 얼핏 비슷한 기분이 들던 때가 생각났다. 언젠가 보았던 남경들 중에서 여경을 보았던 때와 같다. 여자는 정장을 입지 않았다. 지금 생각하니, 최신 유행 정장인가보다.

"꼭 그런 건 아니라고 보는데요. 대학을 다니지 않았습니다. 그래도 무엇이 참인지 아는 게 사람입니다."

반응이 없었다. 기분이 이상하다. 집에서 계속 살려면 회사에 나가야 한다.

"내가 너희 학교 동기야."

자다가 순식간에 일어났다. 침대에 누울 수가 없었다. 소파에 앉을 수가 없었다. 개인적으로 전화해서 그런 말을 하는 이유가 뭐지? 여자는 나에게 이상한 말을 건넸다. 그 뒤로 나는 놀라움을 감출수가 없었다. 그 면접에 붙었다. 딱딱하고 듣기 불편한 목소리가 통보해주었다. 어째서인지는 모르겠으나 좋은 인상을 심어준 것은 틀림없나보다. 나는 면접에 붙은 후 회사를 몇 번 나갔다. 한번은 단순히 회사부서 배치시험이 있어서였다. 사람이 너무 모자랐나보다. 2차 따위는 없었다. 두 번째는 단순히 몇 마디 답만 해주고 왔다. 세 번째? 그냥 인사차 회사를 갔다. 다행히 회사 정문에서 인사과 직원을 만나 붙잡기에 덩달아 들어왔다. 나는 좀 불안했다. 회사는 정말 다니고 싶은데 연락이 없어져서 몸이 근질거렸다. 그래서인지 모르겠는데, 일주일 뒤 출근했다.

나는 벌써 근사한 집을 샀다. 아침 햇살이 드는 게 마음에 꼭 드는 유리창을 단 집이다. 도시 한가운데 위치한 멋진 아파트먼트다.

"오늘 시간 많으면 야유회라도 갈래?"

주말 아침에 이런 전화를 받고 짜증이 날 수가 없다. 짜증인지 부끄러움인지, 나는 울상이다. 울상이라는 걸 티내고 싶지는 않다. 나는 제법 멋진 여자이고 싶다.

"멋지게 꾸미고 왔네."

헐, 완전 저 여자 사람이 달라졌어. 분명 이름이 있는 여자다. 왠지 말투가 마음에 들지 않았다.

"안녕하세요, 선배?"

선배님은 할 말만 하고 옆 코너에 눈길을 두셨다. 이런, 타이밍을 놓쳤다. 말을 못 하게 만들어버렸다.

"아닌 걸요. 선배님."

"이번에 내가 너 상임인거 알지?"

상임이란다. 들어본 적이 없는 말을 쓰신다. 상사라는 뜻일 거다. 회사에 다니면 들어본 적 없는 말을 많이 쓰는가보다.

"나를 하영 선배라고 불러. 이하영이 내 본명이야."

본인을 선배라고 부르는 경우는 특별하게 느껴진다. 다른 쪽을 손짓했다. 옮기라는 신호 같다. 나에게 몸짓을 한다.

"이 종이가방 전부요?"

"어."

나는 그 종이가방들을 들 수밖에 없었다. 단순한 옷가지들이 아니야. 엄청난 무게를 실감해버렸다. 구두 하나의 무게가 가지는 무게감은 엄청났다. 정말로 실감했다.

"선배, 도와드릴까요?"

"그래. 여자가 하기에는 힘든 일이지."

"여기에 놓으면 되죠?"

선배는 내 말이 들리지 않나보다. 무시당해버렸다.

"이거 정말 심하지 않나요?"

나는 종이가방을 정리했다.

주말이 되었다. 먼저 연락 온 것은 지훈이 아닌 정수로부터였다. 점심을 사주겠단다. 만나자는 장소에 겨우 도착했다. 한껏 꾸미고 정장까지 입은 직원이 보였다. 정수는 만나서 무언가를 사주겠다고 했다.

쇼핑은 즐거웠다. 정수는 옷에 관심이 많았다. 내 손에 여러 개의 종이 가방을 쥐어주었다. 종이가방 정리를 끝마치고 본 광경은 우스웠다. 루이뷔통 가방을 들고 둘이서 설치고 있는 것이다. 그건 그렇고 하영 선배가 소리를 지른다. 내가 비록 종이가방이나 드는 신세이지만, 난처하기는 마찬가지다. 주위에 들킬까봐 내가 난처해지는 상황이다. 상황을 짐작하는데, 엄청 호들갑을 떨고 있는 일 맞다.

"이 가방 내 거 아니라고! 누가 이런 다 뜯어진 가방을 만지냐?"

"손님, 이건 손님이 이렇게 하신 게 너무 분명한데, 이러시면 곤란합니다."

멀리서 경비원이 걸어왔다. 나는 선배에게 약간의 눈치를 줬다. 선배는 휴대폰을 들었다. 그리고 좀 조용해졌다. 직원 신고라도 한 모양이다. 제법 목소리를 가다듬었다.

"이런 상황에서 우리가 할 일은 그냥 나가면 돼. 주차장에 좀 갖다놔."

내 짐만으로도 힘든데 자신의 짐을 옮겨 달라고 부탁한다. 차 종류를 내가 다 알 수는 없지만 선배의 차가 얼핏 떠오른다. 야유회를 갔던 날에 태워다준 차였다. 아마도 유명한 차인 듯하다. 내 친구 중 자동차에 관심이 많은 친구는 그런 것까지 일일이 알고 있지만, 나는 도무지 먹통이다. 1시간 정도 주차장에서 기다렸다. 전화가 걸려왔다.

"민화 오늘 먼저 갔던 건가? 혹시나 기다리고 있을 줄 알았는데."

기다리고 싶었다. 눈앞에 직장 상사가 있는데 모른 척하기가 곤란했다. 그런 말을 하고 싶지는 않았다.

"사실 오늘 말하려고 한 게 있는데."

"난 괜찮아! 다음이라도, 만났으면 좋겠어!"

하영 선배는 힐을 신고 또박또박 걸어왔다. 걸음걸이가 무섭다. 들키지 않게 전화를 끊었다.

"그거 거기 놔두고 가면 되는데, 왜 기다리고 있니?"

"하지만, 옷가지들이."

여기서 선배를 기다린 게 변명으로 보인단 말인가? 그건 정말 억지다. 그냥 기다리라고 해서 기다리는 건데요. 정말 심하다.

"하지만, 선배!"

"넌 알아서 집으로 들어가라."

"선배!"

하영 선배는 나를 무시하고 차에 올라탔다. 그리고는 짐을 벌써 다 싣고 운전을 해나갔다. 다른 차에 비친 나는 멍하니 서 있다. 차가 주차장을 빠져나가는 것만 보고 있다. 선배의 목소리를 들으니 지쳐서 힘이 조금 빠진다. 간신히 집으로 기어들어갔다. 소파에 드러누웠다. 내가 오늘 무슨 일을 하고 있었던 걸까? 내가 무슨 일을 하고 있었던가? 기운이 없어진다. 그렇게 몇 시간 뒤척였다.

"유민화 양. 내일부터 마케팅 과로 오세요."

이런 시도 때도 없는 전화는 부담스럽다. 선배 목소리가 생각나면 받기 싫어진다. 그럴 때 전화가 오는 거라면 더욱 싫다. 나는 회사를 나가지 않았다. 회사에는 인사과(저번에 정문을 통과시켜준 멋쟁이 오빠)에 잘 말해 놨다. 배탈이든 뭐든 멋쟁이 오빠는 영향력이 좀 있는 분이다. 아프다는 말 한 마디로 다른 일까지 처리해주다니 말이다. 알로에 주스의 매력이 발휘되는 순간이다. 내가 이 날을 위해 알로에 주스를 그렇게 먹여왔던가. 하루를 쉬자 기분이 풀렸다.

"누구시죠?"

"당신 옆자리 선배."

나도 모르는 사이에 자리가 정해졌단다. 다음날은 일찍 회사에 갔다. 그런데도 모두 와 있다. 바쁘게 돌아다닌다. 전화기에 소리를 질러댄다. 새내기 신참은 놀라울 뿐이다. 분명 시계는 오전을 가리키고 있다. 이 회사의 열기에 실로 감탄한다. 더군다나 사복이 아닌 정장을 입고 있었다. 나는 내 자리를 찾기 위해 움직여야 했다. 주변에 자신의 자리가 있다던 사람에게 물어서 앉을 수는 있었다. 면접으로 만난 아저씨가 보인다. 개그 계 아저씨다. 어느새 사교성이 좋다고 느껴진다. 그 남자가 웃을 때 얼굴은 동갑이라고 해도 믿겠다 싶다.

"오우, 안녕하세요."

"안녕. 처음 뵙겠습니다."

"안녕하세요."

둘 다 양복차림이다. 이런 차림으로 보니까 처음이라는 소리가 나오지. 퍽이나 신입을 보고 웃어줬을 리가 만무하다. 그러니까 웃음을 이런 의미로 지을 수 있다는 거?

"유. 민. 화."

멀리서 무섭게 걸어온 사람은 하영 선배다. 하영 선배는 나에게 따라오라는 손짓을 했다. 나는 끙끙거리며 캐리어를 끌어다 간신히 그 자리에 놓는다. 선배는 그 큰 소리를 질러댄다. 마이크도 없는지.

"마이크가 없어졌대!"

"어머, 꼬셔라. 어쩜!"

조용히 하라는 한 마디에 멈췄다.

"오늘 9시에 조회를 하겠습니다."

몇 명만 제외하고 자리에서 일어서 있다. 나는 일찍 회사를 나온 것이다.

"여기 조용한 시간에 미리 인사시키죠."

하영 선배는 나에게 눈길을 줬다. 여자의 직감으로 나서야 한다고 생각했다.

"저는 유민화라고 합니다."

선배는 마음에 든다는 듯 고개를 끄덕여주었다. 다시 생각하니 미덥잖다는 뜻인 것 같기도 하다. 자연스럽게 내 자리로 인도되었다. 나는 자랑스럽게 내 자리에 앉을 수 있었다. 나는 자랑스럽게 내 책상을 꾸밀 수 있었다. 9시다. 9시에 조회를 했다. 미팅은 룸에서 이뤄졌다. 조회의 중심은 이하영 선배다.

"저번부터 반응이 별로야. 상황이 많이 바뀐 거 같지?"

"네, 저번 팸플릿 건은 다음에 한번 검토하고 더 올리도록 하겠습니다."

전단지 이야기라면 신물이 난다. 종이 넘기는 소리가 장난이 아니다. 내 머리에서 나오는 예상으로는 조회란 항상 하는 것이다.

"왜 사고가 나는지 아니?"

"호응을 보이지 않아요."

"그건 그렇다 치고, 다른 시장을 겨냥해야 돼요."

"우리가 너무 범위를 크게 다루는 게 아닌가 싶어요."

"범주를 잘 정해야죠, 그러니까."

내 말은 거기서 끝났다. 잠깐 정적이 흘렀다. 5초가량 나를 응시했다. 많은 눈들이. 나는 응시 당했다. 조회는 힘겨웠다. 내가 어떤 이미지를 보여준 거지? 어쨌다고 이들이 나를 무시해버리는 걸까. 모든 직원들이 어떤 반응도 보이지 않아서 무안했다. 하영 선배가 나를 불렀다. 조회를 한 룸 옆 잘 자리 잡은 곳에서 기다리겠단다. 오라는 곳은 거기인데, 근처에 가기가 꺼려졌다.

"유민화. 너 오늘 공부가 더 필요한 듯하다."

"네? 선배님, 그게 무슨 소리신지. 범주는 당연히 나와야 하는 건데요?"

"아니, 너 고집부터 어떻게 해버려."

"선배님 이유가 뭐죠?"

“선배 말고 팀장이라고 불러.”

“팀장님. 저는 억울해요.”

“너는 오늘부터 범주에 대해 공부해둬. 넌 앞으로 나한테서 일을 배우도록 하자.”

공부가 더 필요하다는 말로 자기 밑에서 일하라니 무슨 억지냐고! 원래 그런가보다 넘어가면 되지. 무슨 일을 시키고 싶어서 그러는 거지? 불안해진다.

“저는 이 회사 직원이지 개인 사원이 아니라고요.”

“너 내 말뜻 못 알아듣니? 내 부하 직원이야. 너의 문제는 나의 문제야. 날 거치지 않는 건 불가능해.”

유민화는 여자이고 도저히 자신의 이름에 먹칠해볼 생각이 없었다. 이런 날이라면 모를까. 나는 자리에 맥없이 앉아버렸다. 나는 업무를 할당받은 게 없다. 마땅한 일을 주려고 부른 줄 알았던 선배는 의외였다. 선배가 아닌 팀장으로 부르라고 한 것부터 마음에 걸렸다. 팀장님은 나한테 일을 시키지 않았다.

“유.민.화 씨.”

내 옆자리에 앉은 그 ‘옆자리 선배’다.

“네?”

나는 잘못 들은 줄 알았다. ‘옆자리 선배’라는 분이 말을 걸어오는 것이다.

“유민화 씨는 수습교육 받으러 가야 하는데 싶어서.”

주위를 둘러봤다. 개그 계 아저씨가 보이지 않는다. 이런, 나는 수습교육을 받으러 가야 했다. 빈손에 핸드백만 걸친 채 교육장을 찾아 나섰다. 마케팅 부서 층을 이리저리 돌아다녔다. 마케팅 부서만 돌아다닌 듯하다. 마케팅 부서밖에 없는 층인 것이다. 계속 돌아다녔다.

"계속~ 돌아다녀."

돌아다니면서 만난 하영 선배가 놀리듯 말하고는 가버렸다. 어디서 나타났는지 모르겠다. 회사는 엄청났다. 여러 개의 층을 가진 데다, 한 부서의 층을 따로 둘 정도다. 나는 이 건물을 전부 회사가 쓰는 건지 정말 몰랐다. 머리가 아팠다. 아니, 멀미다. 마케팅 층을 이리저리 돌아다니는데, 부서 사람들은 관심을 두지 않는다. 멀미가 날 지경이다. 다시 팀장님을 찾아가기로 했다. 걸음을 바꿨다. 팀장님이 바로 앞쪽 승강기에서 내리는 모습을 발견했다.

"팀장님!"

팀장님은 뒤돌아 고개만 돌렸다.

"무슨 일 있나?"

"그게 아니고요?"

내 언성이 커지길 기다리는가보다 싶다. 팀장님은 말을 가다듬길 바라고 있다. 나는 말문이 막히고 기가 차니 말이 안 나온다.

"따라오세요."

다시 팀장실로 가게 생겼다. 오늘 입은 정장이 부끄러워졌다. 팀장실로 들어가 음료가 배치된 책상에 마주 앉게 될 줄이야.

"앉아요."

팀장님이 자리에 앉으라고 권유했다.

"팀장님은 제가 수습교육 받아야 되는 걸 왜 모르셨나요?"

"유민화 씨는 오늘부로 제 부하 직원으로 제 관할 아래 있다고 말했죠?"

무슨 뜻인지 이해가 되지 않았다.

"수습교육은 신입들이 듣는 걸로 압니다."

"너는 그게 아니잖아."

팀장님이 나를 응시한다.

"너는 일종의 내 개인비서 같은 거야. 너는 내가 일을 시키기 전까지 기다리고 있어."

그러니까 내가 개인비서란다.

"전 돈이 필요해서 취업을 한 것이지 기부하려고 취업한 게 아닌데요."

"수습교육 같은 건 필요 없어. 내 개인비서 업무만 맡아."

망할 팀장이 나를 쳐다본다.

"명칭은 따로 부르지 않도록."

팀장과 나는 말이 통하지 않는다. 팀장은 말을 잘한다. 지켜보는 내 내 전화 통화를 끝내주게 잘한다. 대부분 나는 팀장과 말이 통해야 한다는 걸 알았다. 팀장이라는 것을 절실히 느끼고 자리를 떠났다. '옆자리 선배'한테 차라리 말해볼 생각이다. 옆자리 선배는 남자다.

"선배님."

선배는 나를 쳐다보지 않는다. 나는 괜히 손을 들었다. 시선을 끌도록 손으로 흔들어보려고 다가갔다.

"보이거든. 그 손 치워줄래."

"선배님, 저 물어볼 게 있는데요."

"뭘 물어보겠다고?"

"선배님, 저 좀 보고 말씀해주세요."

"내가 지금 바쁘거든."

"그래도, 좀 도와주시겠어요?"

"유민화 씨, 지금 장난해?"

선배님이 드디어 나를 쳐다보았다. 부끄러움을 느끼는 기색이다. 내가 여자라서 당황했나보다.

"선배님. 급한 일이라서 그래요."

"유민화. 다음부터 화심 선배라고 불러."

화심 선배는 기혼 남자같이 보였다. 그대로 자기 일만 생각하는데, 건드릴 엄두가 나지 않는다. 종이 넘기는 소리, 책장 넘어가는 소리가 들린다. 이 층에 있는 부서는 사무적인 분위기가 강하게 느껴진다. 나는 수습교육이라는 것을 받으러 가지 못했다. 뭔가를 물어보려 하면 큰소리로 말하곤 해서 도무지 무슨 말을 할 수가 없었다. 잠깐 계획을 세웠다. 그냥 점심시간에 맞춰 회사를 나갔다가 아주 들어가지 않을 것이다.

점심시간에 밥 먹을 돈이 없었다. 점심시간에는 사소한 잡담을 시작으로 선배들이 각자의 부원과 만남을 가졌다. 나는 이들 사이에 강렬한 무언가가 있음을 느꼈다. 이들이 하는 말은 이렇다. 나는 아직 졸업한 대학생은 아니다. 다만 취직을 핑계로 수업만 듣지 않는 것뿐 대학생이다. 저번에 뉴스에 나오는 걸 생각했다. 대학에서 마지막 학기는 인턴 과정으로 많이 빠지는 시기이다. 들은 바로는 인턴 과정을 밟기 위해 조기 학점제로 학교를 빠질 수 있다고 한다.

자세히 이야기를 들으면 이들과 친해질 수 있을 것 같았기에 나는 자세히 관찰했다.

"학교에 거짓말을 하고 취직을 한 셈이다."

아저씨로 착각했던 남자이다.

"그런 나에게 이들이 가지는 무언가가 있다는 직감이 들게 한다."

무슨 소리를 하는 것인지 모르겠다. 그냥 일 이야기를 하는 상황이면 이해가 간다.

"우리 마케팅 과는 한 층을 차지하고 있으며, 우리 부는 팀으로 구성된다."

영업부를 마케팅 과라고 하는 이유를 알 수 없었다. 나는 이 회사

직원이지만 도저히 이해 불가능하다. 이 회사는 남자 직원이 대부분이며 규모가 크다. 나는 점심식사를 같이 할 선배를 고르지 못했다. 보기에는 이미 서로가 강한 유대로 묶여져 있는 곳이다. 점심시간에는 불편했다. 그래서 할 일 없게끔 개그 계를 찾아 나서기로 했다. 개그 계는 이미 자리에 보이지 않았다. 하루 종일 손가락으로 꼽을 정도로만 본 것이다. 퇴근 시간이 가까워지면 회사를 나와야 했다. 사내가 썰렁해지기 전에 나가고 싶었다. 보통 점심식사를 하러 회사를 나와야 한다니 억울했다. 도저히 돌아가고 싶지 않았다. 꿈꿨던 미래의 회사 생활이 아니다. 점심을 먹으며 할 일을 고민해봤다. 순번대로 일을 주는 것이 아니다. 의외 조로 말하는 선배는 무섭다. 내가 무엇을 할 수 있을까. 밥을 먹고 거리를 걸으면 꽃집이 하나 보였다.

"저기요. 이 화분하나 사는 데 얼만데요?"

"얼마만 하냐고?"

내 말을 이상하게 알아들었다. 차근히 원하는 사이즈를 설명해줬다. 화분의 종류도 가지가지였던 것이다. 손에는 어느새 종이가방이 여러 개 들려져 있다. 회사로 기어들어가는 데 필요한 사원증이 빛나 보였다. 회사는 좀 시끄러웠다. 나는 거의 무신경 상태로 접어들었다. 자리에 앉아서 손가락을 이리저리 바쁘게 움직였다. 종이 하나 붙이고 아끼는 잡지책 하나 사들고 들어오고 이리저리 걸레질을 해댔다. 사들고 온 종이가방을 풀어헤쳤다. 내가 내는 소리를 아무도 듣지 못했다. 커피 박스를 풀어 전시해두고 휴지 박스를 정렬한다. 새로 비비베이스크림을 전시해뒀다. 물론 세일 기간이라고 받은 새 거울을 전시하는 것도 잊지 않았다. 거울에 그림을 그리는 것도 잊지 않았다. 내 책상은 이리도 우아해진다. 색깔도 화사한 것이 마음에 들기까지 한다. 그렇다. 하루 업무는 이렇게 끝나는 거다. 옆자리 선배는 자신의 일에만 관심을 두는 걸로 보인다. 선배에 대해서 아는 것이 없다. 보통은 친해지려고 사람들 옆에 붙어 다니는데 출근시간은 꺼려진다. 하는 일은 없지만 하영 선배의 부속이다. 나는 퇴근을 칼같이 하고 싶지만, 칼같이 출근해서 칼같이 퇴근하는 사람들 틈에 끼이기 좀 뭣한 것도 있다. 그런 일은 아직 나서지 않는 것이 좋을 것이다. 여자의 직감으로 그런 일에 손수 나서는 것을 나를 정형화시키는 것이라고 하지 않겠다. 그런 일을 하지 않기 위해서 반 정도 자리를 뜨는 시간에 슬그머니 핸드백을 쥐고 걸었다. 엘리베이터를 나서는데 화려한 색을 뽐내는 옷이 나를 불러 세운다. 그 옷은 다른 옷보다 빛이 난다고 할까.

"어머, 민화야!"

"네, 네? 누구였더라. 설마."

"설마가 선배를 칭하는 호칭은 아니겠지?"

이런 회사에서 이 선배를 만나게 될 일이 생길 줄이야.

"선배! 저예요. 유민화!"

"그래 너 맞지? 너 유민화. 여기서 뭐 하는 건데?"

"일."

"일? 민화야, 너 취직했구나, 민화야!"

"그래요 언니."

언니는 선배라는 호칭보다는 언니라는 말이 더 어울리는 사람이다. 언니는 아름다운 장미꽃을 사랑하는 여인들의 모임 회장이다. 전 해에 학교를 떠난다고 모두들 유세를 떨었었다. 장미꽃을 사랑하는 모임에 언니를 빼면 없다. 언니는 그런 사람이다. 그래서 더욱이 유난을 떨었다. 아름다운 장미꽃을 사랑하는 여인들의 모임은 식물을 키우는 데 의의를 두지 않는다. 모든 만남의 첫 시발점 역할을 한다고나 할까.

선배를 만남 김에 술자리까지 끼게 되었다.

"영업부 회식입니다. 올해 영업부가 또 한 건을 했어요."

"과장님 만세!"

그렇다. 선배를 따라 길을 나서고, 선배를 따라 말을 하니까 어느새 나는 영업부로 자리매김 된다. 말을 가다듬는 폼이 이 과는 여러 모로 쓸모가 많아 보인다. 내가 지금 있는 모임의 정의는 영업부서다.

"부장님 노래 한 곡~."

언니는 혼자서 말을 잘한다. 모두가 고기에 혈안이 되어 있을 때, 언니는 잘 논다. 나는 언니를 따라 다녔다. 술에 물 타듯. 정신이 좀 없다고나 할까. 영업부 선배님을 소개시켜준다고 난리다. 영업부 언니들은 웃음이 싱그럽다.

"우리 과에 새로 온 여사원이 있었어?"

언니들 무리 뒤에 있는 사람들은 분명 신입사원들이다. 어쨌든 그들의 말이 들리지 않는다. 언니들은 서로 남자를 소개시켜주겠다고 수다들이다.

"언니가 제일 친한 선배 소개시켜줄게."

"왜? 너 노리는 그분은 아니시고?"

"아, 야! 분위기 까지게 그게 뭐야?"

"그분은 그분이고 우리 부에 남자가 얼만데 그래?"

"그래. 그분 말고도 여기저기 숨은 보석이 있을지 아니?"

"히히히. 그래 숨은 보석이란 말이지?"

"숨은 보석이 아닌 사람은 뭐가 되나?"

"너 차상훈이랑 친해?"

"상훈이?"

"차상훈이라고? 그 빌어먹을 놈을 뭐 하러 쓴단 말이야?"

"차상훈이는 별로야, 정말로 별로야."

“뭐야? 너희들 관심 있었던 거야?”

“아니. 우리도 빌어먹을 놈인 건 안단 말이야.”

기대를 받았던 사람인가? 관심을 특별히 쓰는 사람인가보다. 힘들이지 않고도 여러 주제가 나온다.

“야! 상훈이를 뭣 하러 소개시키냐? 차라리 김준수를 보낸다. 추천한다!”

“야. 너희들 애인 있었냐? 애인 놔두고 누구를 걱정한다는 거야?”

“걱정되는 사람은 따로 있어. 그치, 아가~.”

“호호호호.”

언니들은 여자 동생이 오랜만인가보다. 상당히 좋은 분위기였다. 언니들은 나를 이상하게 보지도 않았고 나에게 더 신경을 써주었다.

“우리야 애인 생길 만한 것이 재미 아니겠냐?”

“애인 없는 너희가 서럽지?”

“애인 없다고 서럽니? 마땅한 놈이 보이면 덜 서럽지. 왜 내 눈에는 그분과 같은 분이 나 타나지 않는데?”

“너의 그분을 입에 담지는 않겠는데 말이지. 그분이라는 개념도 우리는 다 가지고 있거든.”

“하하하.”

“언니의 그분은 어떤 사람인데요?”

“이래서 참한 거지, 뭐. 호호.”

“다음에 연결이라도? 어떻게?”

질문을 받은 언니는 다른 곳에 시선을 두려 한다.

“그나저나 상훈이는 어디에?”

“눈치 없기는 상훈이를 여기서 찾으면 어떡해?”

언니들이 고기를 몇 인분이나 구워 목으로 삼켰는지 모른다. 얼마나 술을 마셨는지 나는 어림잡기 힘들었다. 분명 부서 회식자리인데, 남자 이야기를 서슴없이 한다. 여자가 남자 이야기를 형식도 없이 하는 경우는 없다. 철이 덜 든 어린애마냥 나오는 말이다. 언니들의 언어로 남자는 그분이다. 결혼이 절박하면 그런 말이 나오는 건가? 그러다 문득 깨달았다. 이분들, 미팅 한번 못 한 이들이구나! 퇴근하면서 본 은영 언니와 비슷한 옷차림이다. 남자분이다. 웃으면 여자라고 해도 믿겠다. 말하는 것이 웃는 것보다 강한 자다. 그를 본 순간부터 눈치가 없어지고 만다. 옷차림으로 어림짐작이 더 힘들어질 일이다.

"2차 가도록 하죠. 부장님! 2차요."

수군거리더니 2차를 노래방으로 간다. 나도 따라 2차를 간다. 2차는 어렵사리 꼽사리를 꼈다. 분위기로는 신입사원들이 몰아야 할 기세다. 눈치를 봐서 내가 자리를 피하기를 다행이다, 언니들은 나의 철벽 수비를 없애려고 했다.

"상훈이 데리고 와, 상훈이. 알았지?"

노래방을 가서 남자들은 주도권을 잡으려 나서기 시작했다. 자연스럽게 언니들은 남자 하나를 데리고 와서 내 옆에 붙여놓아 주었다. 남자는 내 옆에서 거리낌이 없었다. 그래, 미동조차 하지 않았다. 얼굴 몇 번 볼 수는 있다. 그 외에는 그냥 앉아 있는 시간이므로 그 남자와 나는 아무 대화도 하지 않았다. 1시간 정도 흘렀을까, 소리에 귀가 아파질 시간이 되었다. 일 없는 둘은 말없이 술을 마신다. 술을 목으로 삼키는데 벌컥거린다. 놀란다. 정말 웃음을 참는 게 힘들다. 하지만 나는 교양 없는 여자로 보이는 건 싫다. 아무리 처음이라도 그렇지, 웃어버리면 안 된다. 남자가 멋있든 없든 나를 그런 여자로 보이게 할 수 없는 자존심 때문이다! 남자는 주위의 소리에 무관심한 듯이 굴었다. 시끄러운 소리에 비해 행동이 점잖다. 이상할 정도로 침착하게 군다.

남자의 옷차림이 거슬렀다. 보이는 것은 남자, 그리고 노랫말, 남자 옷에 붙은 마크.

아침을 맞았다. 핑크색 무언가가 달린 아름다운 침대다. 눈을 떴다. 침대에 관심을 두고 있다. 생각해보니 우리 집 침대다. 일어나서 거울을 본다. 여기는 우리 집이다. 밤에 무엇을 하고 다녔는지 옷에는 냄새가 난다. 옷이 깨끗하지 않다. 땅바닥을 굴렀나보다. 흙이 왜 침대에? 소파를 본다. 소파에 보자기 더미가 있다. 원래 쇼핑백들이 진열되어 있을 곳이다. 아침을 먹겠다며 냉장고로 향하는데, 냉장고 앞에 쇼핑백들이 있다. 다시 소파를 본다. 소파가 움직인다.

"아아악!"

홧김에 소리를 질렀다. 소파는 가만히 있었다.

"소파가 움직이다니, 무슨 말도 그런 말이."

그리고 딱 눅눅한 차림새의 남자가 나왔다.

"아아악!"

소리를 있는 힘껏 질렀다. 무기를 손에 쥐려고 달려간다.

"잠깐만요. 잠깐만요."

그 소리에 잠깐 기다린다면 되던가?

"차에서 자려고 했는데 누님들이 먹는다고, 기다린다고 잠을."

"아아악!"

"그런 잠?"

남자는 온갖 표현을 해보려고 애쓴다. 손짓 발짓 다해보인다. 그런다고 이해가 되는 건 아닌데 말이다. 남자와 단둘이 있는 것이 수치스러웠다. 아침이다. 작은 방에서 누군가 문을 열고 나왔다. 언니들이다. 나는 밤에 한 일이 하나도 없다고 장황하게 설명했다. 언니들은 기가 막히는 듯한 표정을 지어 보였다. 일단은 내가 영업부서가 아니라는 것부터이다.

"민화야, 미안. 우리가 정신이 없어서 문 잠그고 잤어. 상훈 씨도 미안. 괜히 끌려와가지고."

"우리는 잠깐 여기가 오피스텔인 줄 알았지 뭐야. 워낙 뭐같이 생겨먹어서."

"오늘이 음주 단속기간이라 대리도 일찍 가버렸어. 대리운전."

"그럼 대리 불러놓고 나 놔두고 가려 했다고?"

남자는 억울해서 울먹인 음성으로 말했다. 남자는 상훈 오빠다. 이런 남자를 만났던 일이 없는데, 남자가 나에게 친절히 이야기를 한다. 언니들이 지상낙원이라고 부르는 이유가 냉장고에 있다고 설명까지 해준다.

"어젯밤?"

어느새 식탁이 차려져 있다. 언니들은 간단한 음식을 준비해줬다.

"우리 부서 과장님도 보지 않았어? 팀장님은?"

"봤을 걸. 이제 우리는 동지야. 너 앞으로 조심하면 돼."

회사 가기 더욱 꺼려진다. 회사를 그만둘까 하는 생각까지 든다.

"영업과에 여자가 좀 많아."

차가 많이 다니는 토요일이다. 주 5일 근무제를 도입한 최초의 회사. 그래서 토요일에는 회사를 보통 나가지 않는다. 손님들이 나갔다. 상훈 오빠의 옷을 보고 많이 생각했다. 오빠의 옷에 붙은 마크에서 나는 냄새를 맡아보고 싶었다. 상훈 오빠에 대해서 기억이 좀 나는 듯하다. 손님들이 나갔다. 집으로 갈 것이다. 각자 집으로 가서 각자가 저지른 실수를 되돌아볼 것이다. 오늘 만난 손님들은 나쁜 사람이 아니었으면 좋겠다. 서로 통성명을 했다. 그러자 내가 조금 정리되는 기분을 느꼈다. 그러니까 나는 많은 언니를 알고 영업부 신입이라고 알고 있다. 영업부 신입사원은 나를 빼고 전부 남자다. 나는 비극으로 접어들었다. 상황을 설명하자면 이거다. 조용히 있으면 해결된다.

　일요일은 머리가 지끈거리는 하루가 되어버린다. 내가 오빠를 그토록 빤히 쳐다보았다는 것인가? 시선도 하나 못 맞추는 내가 오빠에게 눈길을 주었다는 것이 아닌가. 오빠가 짜증이라도 낼까봐 두려워졌다. 상훈 오빠를 보는 일이 조금 버거워질듯했다.

　월요일은 출근 시간에 맞춰 나갔다. 일찍 나오나마나 해서 짜증이 났다. 출입증을 목에 걸고 문 앞을 통과할 때 일이 생긴다. 상훈 오빠가 눈에 보이는 거다. 나는 두 손으로 얼굴을 감쌌다. 고개를 들 수 없다. 걸음을 멈춘다.

　"민화 씨?"

　걸릴 게 뭐람. 도대체 왜 정문에서 이러는 겁니까.

　"아, 네. 네?"

　말을 하는 둥 마는 둥 얼버무린다. 최선책이다. 우리가 정문에서 만나야 될 이유는 없다. 상훈 오빠를 무시한 채 걷고 싶었다. 상훈 오빠가 길을 비켜줬음 좋겠다. 상훈 오빠는 내 앞에 똑바로 서 있다. 길을 못 가게 막는다. 지금 상황으로는 오빠를 무시한다고 되는 일이 아니다. 마음속이 부글거린다. 길을 갈 수가 없다. 오빠는 내 손목을 낚아챘다. 오빠가 나를 이끌어 출입구를 나간다. 순간 왜 오빠가 나를 사랑해서 미치는 상상이 되는 거지? 미치지 않고서야 어떻게 여자의 손목을 이리도 멋들어지게 잡을 수 있겠냐고! 엘리베이터를 타고 내렸다. 오빠네 부서다. 오빠를 가까이서 봤다. 악! 오빠에게 술의 흔적을 찾을 수 없다. 연극배우처럼 단정하게 생긴 모습이다. 긴 팔다리와 까만 머리숱이 자극한다.

　"오빠, 저기 너무 가까운데요."

내가 영업부가 아니라는 것을 잊어버린 건가 싶다. 영업부서 층을 오라고 하지는 않겠지? 오빠가 팀장인 거지. 버스를 오래 타고 왔다고 잊어버린 것이다. 다시 영업부가 아니라고 여기서 설명을 해야 하는 건가. 나를 여기 세워두고 무슨 일을 하려는 건가. 오빠는 망설이더니 나와 좀 거리를 두었다. 그러나 손목을 쥐고 있었다. 오빠에게 무슨 말을 해야 될지 모르겠다. 여기는 영업부서 층이다. '영업부서로 옮기기 작전'이라도 펼치려는 건가? 눈이 반짝인다. 이분이 혹시 나의 그분?

엘리베이터에서 많은 사람들이 내렸다. 제 시간에 맞춘 마지막 엘리베이터인가 보다. 이런 데 세워놓을 수 있냐고! 오빠와 시선을 맞추려 노력한다. 손목을 쥐고 어디론가 끌고 간다. 이 상황을 어떻게 받아들여야 하지? 오빠, 저도 회사는 가야 된다고요! 왜 제 시간에 출근하고자 하는 어린 백성한테 이리도 모질게 구는 겁니까? 오빠한테 소리 지르려 마음먹었다.

"왜 짜증을 부리시는 건데요?"

조금 놀란 기색이다.

"역시 화났구나."

"제가요?"

화난 김에 물어나 봐야겠단 말이다.

"저번 일 미안해. 아무래도 마음에 걸려서 고민 많이 했어. 미안해. 내가 그날 거기에 있지 말았어야 하는 건데."

"그날? 그럼 그 일로 사과하고 싶으신 거?"

"사실은 그래. 내가 너무한 건가 싶어. 미안해, 정말로."

그래서 나보고 어쩌란 말인데!

"그래서 정식으로 사과하고 싶어요, 민화 너한테."

이 오빠 나를 너무 자극한다. 말투가 드라마에서 보는 것 같다. 내가 상상했던 그 말투다. 이런, 내 직장 선배에 불과한 남자인데. 선뜻 말을 못 하겠어. 어떡하면 좋지? 이 선배한테 오빠라고 부르는 건 어때?

"그럼 오빠라고 불러도 되죠?"

"오빠라면 고기 같이 먹어도 되는 사이인가?"

오빠가 웃었다. 피식거렸다. 오빠는 나한테 길게 웃어줬다. 이런, 자극적이다. 자극적이면 몸에 해로운데, 이런 식의 자극은 휴! 자극적이다.

"은영아. 너 상훈이 봤어?"

"무슨 소리야? 그 애를 지금 왜 찾아?"

"무슨 소리긴. 우리 이담에 연수 가려고 그런다. 연수 가는 김에 온천도 가려고 준비 중이야. 너희는 신경 써도 뭐."

"뭐? 연수를 가는데 남자들끼리 뭉치겠다고?"

"뭐야. 남자들끼리 어디를 못 가겠냐?"

오빠는 나를 근처 라운지로 데리고 가서는 사과를 한다. 조용한 가운데 사과를 받는데 기분이 영 찜찜하다. 그러던 중에 언니 목소리가 들려온 것이다.

"언니는 이제 좀 가신 것 같은데요."

"너, 나한테 숨긴 거 있지 않아?"

숨긴 거 많다. 사칭한 일에서 언니들에게 당연하다고 말한 일까지 많은 일이 일어났다.

"저번 영업부 사칭한 일은 어쩔 수 없어서."

"그게 다가 아니지, 아마?"

"무슨 소리세요?"

"또 뭘."

지금 내용이 뭐?

"내 부탁 좀 들어줄래?"

뭐, 부탁? 부탁을 능글맞게 꺼내는데? 되도록 난처한 표정을 지어 보인다. 표현이 되었기를 제발.

"그런 표정 삼가주라. 뭐 시킬 거 있어서 그러는 건 아니고."

부탁을 들어주고 싶지가 않았다.

"알겠습니다."

내 표정은 울상이 되어버렸다. 거의 울기 직전이다. 승강기 안이다. 곱씹어보니 부탁이라는 단어가 마음에 걸린다. 회사에서 만났는데 부탁이라니, 말도 안 돼. 신입사원한테 부탁이라니. 부탁 따위 듣고 싶지 않아서, 그래서 걸음을 빨리 움직이고 싶어서, 눈물 흘릴까봐 싶어서 뒷말을 하나라도 듣는다. 사무실의 열기는 오늘도 뜨겁다. 마케팅 부의 열기는 어느 과에 뒤처지지 않는다. 열정이 넘치고 패기도 넘친다. 다만 사람이 좀 무섭기는 하다. 각기 저마다 자신의 소리를 낸다. 자신의 아이디어가 받아들여지기를 바란다. 정말로 원하는 아이디어를 발굴하고자 하는 이도 뜻을 굽히지 않는다. 내가 보기에 이들은 자신만의 일을 하는 것이 아니다. 서로에게 일이 되고자 하는 이들이다. 일의 개념을 상호의존적이라고 생각하기에 말이다. 정확히 하는 일은 소리 지르는 것이지만.

"김 선배님, 여기로 와보세요. 이 안건 다시 봐야 할 것 같은데요."

"설마요. 이 안건을 왜 여기서 본다고 그래요?"

옆자리에 있던 화심 선배가 달려온다.

"김 선배, 이거 좀 다시 스캔할 수 없나요?"

"뭐? 이게 어디서 구한 건 줄이나 알고 그래?"

"복사한 것들 전부 다시 스캔해둬야 하는 걸. 일 저지른 사람이 처리하도록 해."

나는 일하면서 조용히 자리에 갈 생각이다. 조용히 있으면 팀장이 알아서 찾아오겠지 뭐. 팀장이 나를 찾을 것 같지는 않다. 주위를 살피면 다들 바쁜데, 나를 찾을 리가 없지 않을까 말이다.

"어이, 거기 신입~ 아니신가?"

신참을, 나를 겨냥한 소리가 아닐 것이다.

"신참 유민화. 지각생으로 널리 이름 한번 알리셨구려."

"으~."

"호호호."

나에게 오라고 했다. 나는 다가가기를 퍽이나 꺼렸다. 쪼르르 달려가는 것을 진혁이가 보았다.

"네. 신참 유민화입니다."

"신참은 가서 이것들 좀 카피해오지."

그 장면을 보였기 때문에 문제가 생겼다. 옆구리 찔러서 반응 없는 사람이 있던가 말이다. 복사기를 찾아 그들이 시킨 임무를 수행하고 돌아왔다. 선배에게 복사물을 나눠줬다. 선배들은 내 복사물을 받아 들었다.

"카피? 커피나 코피가 아니고 카피?"

어이가 없네. 원래 신입들 폼이 커피나 타는 게 아닌가 말이냐고!

중얼거리며 자리에 앉았다.

"민화야, 이것도 좀 복사해다 줄래?"

"가는 김에 이것도."

"민화 씨! 이걸 좀 도와주셔야지! 민화 씨! 복사 2부씩 부탁해."

복사기로 가지도 않았는데 일이 여기저기서 몰려들어온다. 내 허리는 남아서 있는 줄 아는가보다. 나는 키가 크지 않다고! 신참은 일을 잘한다는 소리가 듣고 싶어 열심히 복사를 해댄다. 복사기에 불이라도 나라고 꾹꾹 버튼을 눌러댄다. 복사물을 차례대로 나름 분류해 보았다. 그래도 역시 회사원이니까 허리가 곱게 선다.

"선배, 여기요."

"선배님! 여기."

음, 아주 정리도 잘해서 주는데? 나 왠지 일에 소질이 있나봐, 하하하. 나중에 안건 문의사항에 대해 미팅이 있다고 한다.

"제본 일이 좀 밀려야 말이지."

화심 선배는 준비하는 동안 중얼거리기를 멈추지 않는다. 복사물 정리만 잘하면 될 뿐 별다른 일 아닌 듯 보였다. 선배 성격상 문제를 삼는 것이 분명해 보인다. 귀찮아서 몸을 움직이는데, 몸이 몇 만 근은 되는 줄 알았다. 행동 하나하나가 미쳐 날뛰는 곰이 아닌, 미쳐 미련한 곰을 보는 것 같아서 말이다. 오늘 미팅도 괜히 모이는 것이다. 분명 별 볼일 없을 텐데 모이라고 한다. 발바닥에 불이 날 정도로 일하는 사람들을 왜 부르는지, 참. 회사에 들어오기 전에 인상을 써대던 인파가 자리에 앉고, 표정이 개었다. 아주 맑은 표정들을 하고 있다. 자리에 앉으면 생각을 버린다는 뜻이다. 뭐가 지켜보기라도 하듯이 미동도 없다. 복사기에 불날 때보다 상태가 심각해졌다.

"조회를 시작하죠."

저 딱 부러지는 목소리는 징글징글하다. 사람들의 활기를 먹는 듯하다. 처음 들어온 룸은 향을 낸다. 오늘 조회를 갖는 건 업무일정 때문이다.

"아주 중요한 일입니다. 날씨 탓하는 건 아니죠?"

"그날은 무슨 일이 있어도 밖에서 발표회 합니까?"

그날이 언제더라. 내가 일기예보를 봤던가? 아니, 태풍이 불 것 같은 날이지? 여자의 피부로 태풍을 맞이하라. 바람 맞으면 바람막이가 쓸모없어지는 것을. 경험상 바람막이는 바람을 막아주지 않았다. 오히려 바람을 고스란히 전해주었다. 바람막이는 내가 큰맘 먹고 산 옷이다. 선배들이 하는 말로는 날씨가 심상치 않다고 한다. 말하는 바로 봐서는 바람막이가 뜯겨질 정도의 바람이 불어 닥칠 거야! 저 안건을 막아야겠다는 마음을 먹었다. 암 막아야지. 지금이! 지금이 때다!

"설마요. 일을 왜 하는데요?"

뭐, 신입사원이 무슨 일을 돕겠다고 나섰단 말인가. 경험삼아 들으라고 특별히 끼워준 자리. 특별히 앉을 자리도 만들어준 건데 그것을 몰랐다. 고개를 들어 선배들의 얼굴을 보며 지레 판단이 섰다.

"유민화. 그 소리를 말이라고 해?"

팀장은 미친 곰 같은 소리를 질렀다. 팀장이 중요하다는 것은 진짜 중요한 것이고, 팀장이 해야 한다는 것은 진짜 해야 하는 것이고, 팀장이 아니라는 것은 진짜 아닌 것이 된다. 팀장의 목청은 나에게 많은 깨달음을 주었다.

"실수, 실수입니다. 어느 때라고 해야죠! 지금 이때!"

나는 이런 데 영특하다.

"팀장님, 이런 데 선수 치셔야지요. 얼른 자리 잡을 장소도 예약하시고, 뭔가 만들어도 보시고 그래야죠! 손님 초대 어디 한두 번 해봐요? 어이, 유씨! 뭐 하고 있어?"

"네, 그래야지요. 당연하지요. 제가 꽃을 담당하고 싶은데."

"어이, 그러면 내가 뭘 하냐고. 나는 뭔가 만들어보겠어."

"어이, 하는 그쪽은 남자잖아요. 그리고 남자들이 뭘 하겠다고 꽃에 관심을 두는 거예요?"

"일단 제가 멋들어지는 곳에다가 예약을 해 생각이 있는데 말이죠."

"어머, 그런 일도 하셨나? 그런 곳을 어떻게 알고 하려는 소리가 나온대 그려?"

"그럼 다 빼고는 다 사람 아닌가? 잘 좀 해보라고! 뭣들 하는 것이 없어."

일이 원래 광범위한 것이라고 누군가 그랬던 것 같다. 그래, 내 친구의 친구의 그 다음 친구였다. 남자 친구.

"그럼 저도 무언가 하고 싶습니다."

"그래~, 우리 김, 진, 혁이! 혁이 덕에 우리가 웃어~. 바로 그거란 말이지. 하고자 하는 자세. 딱 그 자세가 우리가 본받을 자세인 거야!"

아침에는 분주했다. 미팅은 팀장 마음에 들었나보다. 끝날 때까지 무언가를 해야 한다는 사람들이 서로 나선다. 감탄했다. 개그 계 덕택에 분위기 반전. 말을 길게 하고 말을 잘하는 거다.

"오늘 웬일일까?"

"그분은 원래 한소리 하는 사람이잖아, 아마."

"아니야, 오늘 뭘 먹고 체하다 온 걸 거야, 아마."

미팅 전과는 다르게 맑은 정신으로 미팅에 참여한다. 역시 아침에 본 얼굴들이 아니다.

"바지가 딱 달라붙었다."

맑은 정신으로 미팅에 참여하는 것은 멋진 일이다. 나도 앞으로 미팅을 해내러 가자. 순식간에 사람이 그렇게 바뀌나보네. 맑은 정신으로 제본 종이를 들고 똑같은 목청으로 한번 시도를? 아, 나는 벌써 찍혔다. 팀장한테 찍혔다는 표현이 퍽이나 그렇다. 퇴근시간에 사람들과 부딪히기가 좀 그런 표현이다.

"이봐, 유민화?"

"어? 니는?"

나를 본다. 천천히 시선이 어딘가를 가리키는 것 같다. 시도하려는 것이 가르치는 거야? 진혁한테 무슨 소리를 들은 것 같기도 한데?

"뭐?"

"바지 먹었다고."

내 바지를 쳐다본 것이다. 바지를 봤다. 물 때문에 꽉 끼여 있었다. 땀난 표시는 나지 않았다. 자국이 없어서 그렇지, 육상선수 바지가 롱 사이즈로 나온 것으로 돼버렸다. 무슨 내가 육상 선수! 육상선수 바지가 뭐야!~. 그래서 그날 점심식사 시간에 일부러 자리에서 일어나지 않았다. 다 나갈 때까지 버틸 작정이다. 마음의 위로가 필요하다. 나는 늦은 시각에 일어섰다. 마케팅 부에 보이는 사람이 없다. 나는 이제 문을 통과하는 중이다. 정문에 누군가 기웃거리는 것이 보인다.

"상훈 오빠?"

"안녕? 나 차상훈이야."

오빠인지 나도 알고 있다고요! 앞으로 가서 내 뒷모습만 보지 말아줘요.

"오늘 있지, 점신은 먹었어?"

점신이 아니라 점심이겠지, 이 사람아. 밥 잘못 먹고 왔어?

"점신?"

"점심! '점심' 말이야."

"아니요."

나는 부탁을 들어달라는 이상한 소리에 정나미가 떨어졌던 오빠를 오래 보고 싶지 않았다. 근데! 근데 내가 뒤태를 보일 수가 없다고! 이 오빠 왜 이렇게 답답하게 굴어? 그래서 갑자기 웃는다. 이봐, 우리 끝난 사이야. 그런 웃는 얼굴로 날 현혹하는 것 같아.

"점심 사주고 싶은데."

뭐? 옷이나 사주지 그래. 아주 옷을 사다 달라고요!

"우리가 점심 하는 사이인가요?"

내 입에서 이런 소리가 나오게 되어 있을지 몰랐다. 나도 이런 소리를 할 줄 아는구나.

"그럼."

내가 이 상황에서 차마 먼저 걸을 수는 없었다. 바지 뒤태를 보이기 싫었다. 근데 이 오빠 자리를 뜨지 않는다. 그냥 거기 자리 잡고 서 있을 생각인가보다.

"강간하고 싶다."

오빠가 쓴웃음을 짓는다. 어째서 그 웃음이 쓰게 느껴지는지 모르겠다. 괜찮아. 방금 내가 무슨 소리를 들은 거야?

"방금 한 말."

나의 시선을 응시한다. 왜 이렇게 자극적인지 모르겠다.

"옷이나 한 벌 사줘요."

오빠한테 헛소리가 나왔다. 내가 이러면 곤란한데!

"괜찮아."

"쳇."

나는 그냥 가려 했다.

"아니야, 잠깐."

내가 그런 소리를 들었단 말이지! 아니야, 가긴 어딜 가. 괜찮아, 암!

"나하고 같이 어디 좀 갈래?"

"네?"

나를 차로 데리고 갔다. 나는 차를 타고 어디 가는 거냐고 물었다.

"옷 필요하다며."

나는 당황했다. 오빠는 나를 어느 상가로 데리고 갔다.

"내가 돈이 그리 많지 않아서 미안하다."

우리 아직 만날 사이가 아니란 거다. 우리 사이에 데이트도 없다. 오

빠, 우리 아직 데이트도 못 해본 사이예요. 돈 이야기가 왜 나오는 거
죠? 아악!

"웃기지 마."

"내 표정 보고나 말해요."

아악! 아악! 홀리는 듯이 군다. 치사하다. 자기만 말해놓고선, 홍홍!
상가는 생각보다 백화점 분위기가 난다. 백화점보다 고급스러워 보였
다. 다만 유명 브랜드만 없을 뿐. 옷집이 여러 개다. 벽 전체가 무서울
정도로 압도적이다. 이런 데를 오빠가 알고 있었다고? 어떻게?

"우리 여기 가보자."

어머? 분홍색 옷가지들이 가장 많은 곳이다. 뭔가 일이 이상하게 돌
아간다.

"손님?, 뭐 찾으세요?"

지훈이 생각났다. 분홍색 옷을 사주려고 했던 남자. 역시 옷을 뒤척
이는 남자 뒤에 있을 수가 없다. 내가 지훈을 만났다는 것을 아직 들
키지 않았으니까.

"원피스."

원피스 하나를 건네주며 얼굴을 가로 저었다. 무슨 낌새야?

"입어봐."

살짝 둘이 손이 스쳤다. 좀 놀랐나? 나 이런 데 놀라는 여자였나?

"보아다!"

어머 보아?

"어머!"

내가 문을 열어젖혔다. 탈의를 끝내고 나왔다. 이 오빠 어디를 가는
거야?

"오빠~."

저쪽에서 유명 연예인이 걸어오고 있었다. 선글라스를 멋들어지게 낀 폼이 일반인 같기도 하고, 옷차림이 좀 후진 것 같기도 하고 그렇다.

"뭐하는데?"

"뭐하다니, 그냥 보는 거야."

나보다 중요하다는 거야? 나는 울먹였다. 억울하다. 나 지금 원피스 입고 있는 거다.

"나보다 그 사람이 중요하고 좋아?"

"나 그런 사람 아니야."

"글래머에 멋들어지게 다니는데?"

"그 사람 남자야."

"아니, 아무래도 멋지잖아."

"너는 그 소리 나한테 해도 되는 거니? 남자였다니까."

"그럼, 어디에 있었던 건데요, 내가 오빠 찾을 동안에?"

"원피스가 보여서 그랬다. 너를 어떻게 봐야 할까 싶었어."

원피스 때문에 설레고 있다는 거? 나는 한 바퀴 제자리 도는 몸짓으로 기분을 표현했다. 남자는 내가 마음에 들었을 거다. 남자가 쑥스럽게 웃는데, 오~ 저런 표정 어디서 나오는 거지? 아, 단정한 저 얼굴을 보고 피부가 돋는다. 역시 자극적이다. 나 이 남자 잡아야 하나봐. 으흐흐~. 감탄사가 나온다. 집에 가서 몸을 좀 녹여야 했다. 피부에 집중시키고 싶었다. 피부에 힘을 줘야 했다. 퇴근을 어떻게 한 건지 모르겠다. 집에서 마음에 드는 원피스를 뽐내고 있다. 혼자서 패션쇼를 한다. 아무리 봐도 멋지다. 무슨 옷차림을 하고 다녀야 할까? 이제부터 오빠를 자주 볼 생각이다. 잘 보이게 입고 다녀야 한다. 흐흐흐. 그리고 보니 낮에 오빠한테서 헛소리를 들은 것 같은데. 그 부분에 대해서 내가 어떻게 넘겼지? 내가 뭐라고 한 거지? 혹시 놀랐던가? 남자가 그리워졌다. 수치스러운 건데, 너무 자극적이다. 결혼은 아직 먼 이야기다. 근데 내가 아줌마로 접어들기에는 아깝단 말이다.

♬

음악을 듣는 중이다. 남자를 보아야겠다. 아침 사무실의 복사기는 또 불이 나게 쓰이고 있다. 일단 쓰는 사람은 나밖에 없는데 말이지. 복사기에서 원래 불이 나기는 한다.

"미니스커트 대박인데요?"

개그 계 김진혁이 나에게 말을 걸어온다.

"우리 동갑이죠? 말 놓을게, 신경 꺼."

"오우, 그러면 재미가 있나~?"

"뭐? 오우, 너 보여주려고 회사 온 거 아니거든."

회사에 너만 사는 줄 아니? 아주 회사에 들어와 살지 그러니? 어디서 관심을 보이고 그래? 아우 싫어. 으~, 짜증난다.

"유민화. 팀장실로 와."

팀장님이 나를 부른다. 팀장에게 아주 당당하게 걸어서 다가갔다.

"너 아직 회사 신입교육을 받아?"

"그러라면서요?"

"그래서 그러고 다니지. 후, 문제이기는 하다."

"뭐요?"

"아니, 여기 남자들 장난이다. 조심해라, 나 같으면 그런 차림으로 들어오지 않겠어."

"무슨 말씀이신지. 저는 모르겠는데요."

"모르라고 하는 말이야. 아직까지는 일 없으니까. 잠깐 정도 약 올리는 거지."

팀장은 나에게 말을 하는 것이 아니다. 내가 보는 팀장은 종이 쪼가리나 넘기며 희한한 소리를 해대는 사람으로 보인다.

"이제 일 해야지, 유민화."

팀장이 종이 쪼가리에서 눈을 뗐다.

"내가 지금부터 주는 자료는 너만 정리하고 봐야 한다."

"네."

서류뭉치를 안고서 나왔다. 양으로 봐서는 다시 들어갈 일이 없어 보인다. 별로 가고 싶지 않은 곳이라 그런 건 아니다. 타자를 치고 엑셀을 켜고 여러 도구를 활용해 판별이 쉽도록 만들었다. 여러 종이들 사이에서 알아보기 쉽게 만드는 일은 좀 불편했다. 편하자고 회사에 취직한 건 아니니까 그 점에 대해서는 넘어가기로 했다. 내가 뭐라고 말할 게 못 된다. 그러니까 이래라 저래라 용건이 없다는 소리다. 서류 더미와 내 신세가 마찬가지다. 은영 언니가 보였다. 언니와 대화하러 갔다. 언니와 이야기 할 수 있어서 다행이다. 나는 언니에게 오전에 있었던 일을 설명해주었다. 은영 언니는 답을 아는 듯 보였다.

"나와 만나는 사이다, 그러면 너는 어떤 옷을 입겠니?"

"말하는 것도, 그저 남자끼리. 그럼 여자가 봐줄 줄 아나?"

"남자들끼리도 통하는 멋이라는 게 있어."

"하하하."

잠깐 서로가 웃어야 했다. 업무 일정상 이제 거의 준비가 끝나는 때다. 이유는 일주일 후 마쳐야 할 업무 발표회를 앞두고 있기 때문이다. 그래서 여태까지 발바닥에 불날 것처럼 굴었던 거다. 마케팅 부서는 지금 수선을 떨고 있다. 우리 부서 사람들은 텃새 부리는 것으로 유명하다, 내가 보기에는.

"이 옷이 얼마나 하는데?"

"근데 무시를 하더란 말이지."

"그 팀장 그거 놔두면 저주라도 부어버릴까?"

점심시간에는 팀장이 늦게 온다는 걸 알고 있다. 이런 유치한 싸움인지 모를 헛소리가 나온단 말이다.

"그건 그렇고, 일도 마무리 지을 때라는 거 몰라?"

그건 선배 언니가 할 말이 아니라고 생각할 법한 말이다. 직원들이 말하는 것과 행동이 틀린데요. 선배들은 각양각색이다. 나는 되도록 신경 끄고자 노력했다. 이 업무만 다 하면 집에 갈 수 있는 데, 양이 넘친다. 도무지 방책이 떠오르지 않는다.

"저주를 퍼부어~. 우리 절에라도 갈까?"

눈치 없게 남자 선배가 왜 나서는 거야? 당신과 수준이 통해서 말하는 건가요?

"신성한 절에다가 무얼 하겠다고?"

팀장이다. 팀장님이다. 휴~.

"너희 상임 앞에서 보고할래?"

"아닙니다."

팀장이 날카롭게 시선을 돌리더니 자기 자리로 갔다.

"팀장실에서 보고해?"

"지가 무슨 팀장이야? 일은 우리가 다하는데."

"선배님들?"

내가 자리에서 일어나 흘깃 보면서 말했다. 그만 힐끔거려. 왜 나를 이상한 눈으로 보려는 건데? 나는 기분이 나빠졌다. 개인적으로 기분이 별로다. 일하는 건 당연한 것. 점심시간이다. 선배들 아무도 나를 신참으로 대하지 않았다. 김진혁은 오히려 신참 대우까지 받고 있다. 대우 받는 것처럼 보인다. 내가 회사 점심시간 빼먹을 때 무슨 짓을 했던 거지? 김진혁을 라이벌로 삼았다. 눈치 빠른 사람은 다르다. 전부 김진혁 편을 들었다.

"그만해라."

저번 주부터 점심시간이 되자마자 관찰한다고 5분가량 멍 때리고 있었다. 머릿속에 저주의 단어가 떠오르지 않았기 때문이다. 이제는 능청을 부렸다.

"미니스커트를 보여줄 사람이 그립다."

"어딜, 순진한 사람한테 그런 소리를 하는 거야? 김유진이 듣겠다."

복사기 앞에서 하는 소리가 이상했다. 진혁이 신경 쓰면 입지 않을 것이다. 영업부서 층에 왔다. 영업부는 한참 열 올리고 있다. 영업부가 바쁠 때도 있었던가? 그 한가하던 층이 꽉 차 있다.

"상훈 오빠!"

"민화?"

상훈 오빠는 나를 라운지로 데리고 갔다.

"너, 오늘 그러고 왔니?"

"네."

내 원피스가 짧다고 소문났단다. 미니스커트 입으면 어울린다며 여자들이 수군거린다고 한다. 눈치도 없이 그런 소리를 누구 들으라고 하는 건지 모르겠다. 그런 종류의 미니스커트 이야기를 남자가 하면 나는 할 말이 없다. 그 소문을 남자한테 들으니 무안했다. 그래서 보아 이야기를 했다. 저번에 당신이 찾아본 보아를 꺼내야 했다.

"글쎄, 큰일 날 소리 하고 있네. 저번에는 내가 미안했어. 정말 실수야, 흠."

"그래요. 실수 맞겠죠. 근데요, 나한테 이러면 되는 거잖아요!"

소문처럼 나를 봐달라는 뜻으로 넘기기로 했다. 조금 연기를 했다. 모욕당한 여자를 연기한 것이다. 가까스로 스스럼없이 넘기기는 했는데 가슴이 아팠다. 오히려 불편하게 만든 꼴이 되고 말았다. 상훈 선배가 갑자기 미워졌다. 날씨 탓에 더위를 식힌다.

"정수기 앞에서 그러고 있으면 누가 데이트 신청하겠다, 너."

"팀장님?"

"둘이 있을 때는 선배라고 불러. 이 선배 정도?"

"제가 그렇게 부르면 선배는 뭐가 되는데요?"

"아니야, 여기 사람 나를 팀장이라고 생각하지 않아."

"그럼 팀장님, 다 들리시는 거?"

"일을 앉아서만 하는 건 아니거든."

하영 선배는 말을 맵시 있게 할 줄 안다. 그냥 느낌이 온다.

"점심 아직?"

"네."

"가자, 선배가 사줄게."

"네?"

선배는 나를 순두부 집으로 데리고 들어갔다.

"여기가 그렇게 맛이 좋대."

그렇게 맛이 좋다는 건 무슨 뜻일까. 생각하다 보면 선배가 신기하다. 선배는 평범하게 생긴 사람은 아니다. 뛰어난 미인도 아니라는 뜻이다. 개인적으로 미인이 뭔지는 모르는데, 미인이기는 하다. 여자가 봐도 여자다.

"선배가 저희 학교 동기?"

"내가 고등학교 선배라는 뜻이다."

"선배가 경영을 아나요?"

"당연하지. 여자의 회사 진출이 얼마나 어려운데."

경영을 배우면 다 된다는 소리야?

“경영 분야가 그렇게 좋은 건지 몰랐네요.”

“면접을 어떻게 붙었을 거라고 생각해?”

“갑자기 물으시면 뭐라 대답 못 해요.”

가만히 있을 수가 없었다. 선배는 무서운 존재였다.

“미니스커트 다음부터.”

미니스커트가 내 명칭인 줄 안다.

“옷 때문이면 왜 그런지 몰라요.”

“원피스 계속 입어.”

“원피스요?”

끄덕끄덕. 선배가 움직인다. 지금 입은 옷이 원피스다.

“발표회 알지? 그날 잘하면 원피스가 회사 복장이 될 수도 있어.”

“그런 거짓말이 어디 있어요?”

선배가 나를 이용하려는 것 같다. 상임으로서가 아닌 다른 용도로
말이다.

“정말로. 다른 언니들이 입는 치마 정장 봤지? 마케팅과는 다른 일
을 해. 영업부가 못 하는 사회적인 일이 목적이야.”

치마 정장. 유행하는 정장을 입었던 면접관 팀장님이 떠오른다.

“그런 정장만 입으면 따분하잖아?”

따분하다니요. 이 언니 머리가 궁금하다. 정말로 대학은 나온 걸까?

“선배님, 동아리 있어요?”

선배님 무서운 목소리를 내셨다.

“아니.”

괜히 건드렸다. 그냥 밥이나 먹는 건데. 업무를 마치려면 적어도 5
시간은 걸린다. 여태 해온 속도로 보아서는 그렇다. 다음에 받은 일이
란 커피나 타 마시는 거다. 무언가를 마셔야 된다. 머리가 지끈거린다.

일을 끝내기도 전에 커피를 4잔도 넘게 마셨다. 머리가 안 돌아간다. 업무를 절반 정도 마쳤다. 그거 하는 것도 힘들었다. 누가 보면 엄살인 줄 알겠다. 거의 엄살에 가깝기는 하다. 모르는 것만 잔뜩 있는 걸 보다 보면 그렇게 된다. 선배가 왜 공부를 더 하라고 했는지. 신참 최면이 말이 아니다.

"아직 못 끝냈니? 내일까지 해줬으면 좋겠는데."

말이 좋다 이거지, 좋다는 소리가 아니다. 반감이 들지 않는 협박이다. 이런 경우는 또 처음이다.

정수에게서 오랜만에 연락이 왔다. 정수는 진지하게 자신의 직업을 털어놓을 속셈이다. 정수에 대한 기대를 갖고 만났다. 생각했던 대로 말을 잘한다. 말하는 것의 정도를 아는 남자다. 직업에 대해서 중요하게 생각하는 것이다. 정수는 직업이 연예인이다.

"수민아, 오늘 어디로 가는 거야?"

"새로 생긴 라면집 가볼래?"

"라면 집? 좋지, 라면."

"라면? 그 집이 좋다는 거야?"

"둘 다. 나 저번에 만난 남자하고 데이트 갔었거든. 나머지는 비밀이야."

"비밀? 휴, 열 받기는 한다. 누가 그런 커플 부러워나 하냐고, 짜증나!"

"그래? 너는 눈치 없기는, 쯧."

"너~ 오면 장을 지진다, 내가. 쯧, 짜증 부리는 이유가 뭐야? 가버려."

"너 참, 그거 협박이야? 휴."

순식간에 분위기가 흐려졌다.

"후후."

"느낌인 거야?"

"그 유행어 쓰지 말랬지? 재수야. 어휴~ 창피해."

“그러니까, 별꼴이야. 어휴!”

“내가 너희 때문에 못 산다, 정말.”

이럴 때만은 수민이가 말을 마무리 짓는 역할을 한다. 수민이는 인기가 많다. 남자도 만나는 것을 꺼리지 않는다. 우리는 고등학교를 졸업하고 헤어진 후 거리감을 느꼈다. 예전에 미팅을 한 적이 있었다. 모임 선배들이 주관해준 일이었다. 여학교 명성에 맞게 행동하기를 잊지 말라고 하셨다. 일의 중심에 있었고 똑똑했다. 은영 언니는 우리와 같은 여자라도 다른 사람이다. 근데 나간 곳에서 낭패를 보았다. 짜증난다는 소리를 들었다. 친구들끼리 몰려다니면서 그런 협박 들어는 보았다. 장난이겠지. 근데 그러면 듣는 사람이 무안해진다. 우리 학교의 미팅은 우리가 속한 모임을 중심으로 이루어지는 거다. 그래서 이름이 모임이다. 잠깐 추억에 잠겼다. 마음대로 퇴근해버릴 거다. 소문으로 들은 미니스커트가 거슬린다. 구두가 유난히 빛난다고 생각했다. 일찍 퇴근해야 할 기분이다. 나의 직감이다. 사실 커피를 먹고 체한 거다. 웃으며 퇴근하는 선배들을 그냥 보낼 수가 없다. 내가 한 건 해야겠다. 소문을 잠재울 미니스커트를 보여주기 위해서 멋지게 걸었다.

“어머, 쟤 왜 저래?”

“뭐하는 거야?”

마케팅 과 직원들이 나를 우러러본다. 언니 몇 명 오빠 몇 명 선배님들이다. 나의 퇴근은 정문을 통과하기만 하면 된다.

“커피 먹다 취했나?”

김진혁! 있었단 말이야? 어우, 짜증난다!

“흥, 커피는 마시는 거거든~!”

“아~뇨, 여기서 데려다주마.”

“뭐? 나도 차탈 줄 알거든?”

"너 택시타고 다녀?"

"뭐?"

이놈아, 내 다리를 감상하지 말라고! 이상한 감정이 김진혁으로부터 나온다는 걸 알았다.

"미안한데, 선배들 뒤에서 수군거리는 거 보이면 입 다물어야 할 거야."

어디서 나를 만지는 거야?

"손? 만지지 말라고!"

"술이라면 그렇게 해."

내 뒤에서 나온 김진혁이 나에게 관심을 보이는 듯하다. 내 엉덩이를 손으로 쳤다. 좀 아프게 맞은 듯하다. 못된 말 하고 못된 곳을 때리는 못된 놈이다. 그리하여 여자가 없는 불쌍한 놈인가 보다. 평소에 친하지도 않으면서 왜 아는 척하는 거지? 근데, 왜 내가 이런 날에 오버하는 거야?

"커피는 마시는 거랬지?"

느리게 행동하기 시작하는 놈이 대꾸가 없다. 그놈이 말을 삼켰다. 어떠한 걸 들을 뻔했는데 말이다. 그걸 알아챘다. 놈이 하는 짓은 하나같이 바보같이 행동하는데, 무슨 감탄사라도 나온 줄 알았다. 뒤에 있던 회사 사람들은 이제 심하게 말을 깐다. 내 입에서 욕을 해야 되는 시간이다.

"무슨 감탄사에 천재다? 무슨 말이 튀어나오려고 했잖아!"

"그걸 왜 알아채야 했니?"

가만히 차태우고 보호해주겠다는 놈이 무슨 소리야. 김진혁이 흥분하는 걸 김유리가 보았다. 김유리가 달려왔다. 유리 언니는 김진혁을 보고 당황해서 묻기보다는 행동으로 보였다. 차 앞을 막아섰다. 모든 행동을 막은 후에 물어왔다. 나는 말을 하고 싶었다. 어처구니없는 행동을 용납

할 수 없어 화가 난다.

"아무것도."

먼저 말을 해버리고 말았다. 말을 아껴서 할 줄 알았다. 나에게 무슨 말을 못 하게 막아서는 꼴이다. 아무것도할 수 없음을 깨달았다.

"그런 거 나도 있다고."

"그런?"

"미니스커트."

"미니스커트?"

유리 언니가 놈을 뜯어말리려고 한 말인지 모르겠다. 유리 언니가 없었다면 놈을 죽이고야 말았을 것이다. 둘 사이에 언어 장벽이 있다. 유리 선배와 대화를 시도했다. 유리 선배가 말을 끊으면 내가 다음 말을 이으려고 선배에게 말을 걸었다. 선배에게 전 날 있었던 일을 설명하는 것은 힘들다. 차라리 정수를 만나겠다.

"그래, 그거 다음에 입어요."

내 입에서 다음이라는 말이 왜 나오는 거지? 답답하게 말이 막혔다. 대화는 통했다. 개인적으로 하영 팀장을 만나는 것을 선호한다. 그때 멀리서 차상훈이 재빨리 걸어왔다.

"밥 사주고 싶어서 불렀어."

갑자기 진행형이다. 나는 바라지 않는 일인데?

"그래요, 가요."

그 상황이 싫었다. 하마터면 징그러운 사이가 될 뻔했다. 친구도 아니고 호감도 없으면 무슨 사이가 되지는 않는다. 각자 길을 가는 데 편해진다. 정수가 사준다고 해서 만나기로 했다. 식탁 차림이 잘되어 있군. 음식점으로 들어선다. 뜻밖의 사람이 있음을 발견했다. 상훈 오빠를 쳐다봤다. 건너편에 앉아 있다. 그것도 팀장님이랑 같이 밥을 먹으면서.

"뭘 봐?"

"우리 동갑인데."

"요새는 동갑이면 다 돼~?"

팀장이 하는 말을 듣고 싶었다. 말을 하려다 정수가 웃었다. 팀장이 말한다. 상훈 오빠가 웃었다. 팀장 선배가 말한다. 오빠가 말한다. 팀장이 고개를 젓는다.

"어이?"

"어이가 없네."

"무슨 말 하는 거야?"

오빠가 고개를 숙인다. 먹는 모양이다. 팀장이 고기를 썰어주겠다고 나선다. 팀장이 말을 멈추지 않는다.

"민화야!"

나를 보고 아는 척하러 올 기세다.

"그런 건 두고 오셔야겠지."

내가 소곤거렸다. 자리에서 일어나지 않으셨다.

"홧김에 독한 소리가 나오는데?"

"어?"

"너 방금 홧김에 나온 말이야?"

정수가 내가 하는 말을 아는 듯했다.

"홧김? 그거 아니야. 얘는, 무슨 말을 못 하게 하니?"

"내가 연애하냐고 물어봤잖아.

삼키지를 못하게 한다.

"언제 물어봤는데?"

조금 뒤에 인기척이 내 바로 뒤에서 났다는 걸 알았다.

“어이없다. 너?”

상훈이가 이상하게 웃는다. 무슨 말을 하려고 그러니? 그게 아니면, 무슨 소리가 듣고 싶어서 그러니? 팀장이 보는 것을 알았다.

“지금 하는 소리가 무슨 소리인 줄 상상도 못 하겠다. 못 하는 소리가 없나봐.”

상훈 선배는 자리로 들어갔다. 기분이 아무렇지도 않았다. 그는 팀장하고 말할 사이가 아닌 듯하다. 정수가 장난스럽게 물어왔다.

“연애, 말이 없다.”

너 혼자 실컷 웃어라. 오빠가 고기를 먹는다. 팀장이 말을 시킨다, 분명 시키는 거다.

“혼자 하면 되지.”

“혼자 무엇을 하는 건데?”

정수는 친절하다. 너무 친절하면 병이 된다는 걸 주입시켜야겠다.

“글쎄다. 일이 혼자서 하는 거지 뭐야?”

정수는 말을 잘한다. 내가 하려는 말을 해준다. 꿈에 그리던 사람의 느낌을 준다.

“친절하면 병이 돼. 남의 일에 너무 친절해지면 아프잖아.”

“엉뚱하시네요. 귀엽다~.”

뜬금없이 정수의 직업이 연예인이라는 걸 알아냈다. 정수가 하는 말에서 억 소리가 난다. 내가 먹어대기는 했나 보다. 칭찬을 했다. 눈에 튀는 것을 발견했다.

“나 집에 간다?”

“아니야, 아니야. 내 친구가 소개시켜 달라고 해서.”

“호호호. 그 남자?”

만날 거라고 예상 못 한 진혁이는 고개를 가로로 됐다. 이상한 걸 보

면 이러는 것 같다. 고개를 아예 저어라. 티 좀 내자. 선배가 자리에서
일어섰다. 자리에서 일어서면 나도 일어선 거다!

"내가 일어서면 너도 일어서야지~, 진혁아!"

"목소리 한번 엄청 시원하네."

기어들어갈 듯이 말하는 김진혁. 개미구멍에라도 들어가는 목소리다.

"소개팅~. 그거 하지 뭐! 하라고 있는 거지."

오빠가 밥을 먹고 계산대에다 대고 말을 하는 모양새다.

"진혁아! 여기야."

벌써 오빠 옆이다.

"어머, 팀장님 아니세요?"

팀장님이 달려 나오듯이 다가온다.

"민화, 너 여기 있으면 큰일 날 거 아니야?"

팀장이 하는 말이 모르는 단어로 채워져 있네.

"팀장님?"

"유진혁?"

"김씨 성인데요."

"어머, 팀장님. 얘가 어딜 봐도 김진혁이지, 무슨 유진혁이에요?"

"야, 너?"

김진혁이 놈, 말을 못 하게 만들어버렸다. 진혁이 억지로 계산하게 만
들어버렸다. 더치페이? 그거 모른다. 사실 돈 나중에 준다고 했다.

"민화야."

"성을 왜 빼고 불러요?"

"여기 왜 왔어?"

"정식으로 데이트하는 거예요."

"정식으로 하는 데이트가 뭔 줄은 알고? 왜~, 나만 쳐다보지 그랬어?"

"어머, 뭐라고요? 본다고요?"

"본 거 맞으면서 뭘."

"민화야. 잘못했다."

상훈 선배와 말하고 싶지 않았다. 나는 말하는 것을 그만둬야 했다. 그래 봤자 팀장하고 밥 단둘이 먹은 사이다. 오빠는 나한테 어떤 특별한 감정을, 정말로 그럴지도 모른다고 생각했었다. 단둘이 밥 먹는 사이를 무엇이라 부르던가. 정수가 아직 자리에 앉아 있다. 정수는 내 일에 흥미를 보이는 듯했다. 회사 일을 마무리 지어야 했다. 팀장이라서 마음에 걸리는 건지도 모르겠다.

"애인 사이 맞지?"

김진혁이 운을 떼었다. 그 운에 놀라운 의미가 담겨 있다.

"빨리 집에나 데려다 줘, 책임져."

"응."

선배들은 돌아서서 곧장 길을 나섰다. 내가 말을 마친 후부터 돌아보지도 않는다. 집에 와서는 다른 의미의 일을 해보려고 노력했다. 오빠한테 들은 빌어먹을 소리. 이제는 화가 난다. 오빠한테 화가 난다. 그동안 오빠한테 느낀 감정들을 생각해봤다. 한마디로, 가벼운 사이라고 해도 뭐라고 못 할 사이다. 그러니까 아무것도 아닌 감정이 되는 거다. 아무것도 아니게 되어버릴 것이다. 그러면 어떻게 대해야 할까? 어떻게 대해야 오빠가 나를 버릴 수 있는 거지? 회사에서 아는 사람이 생기는 일은 기쁜 일이다. 그 중에 다정한 사람은 더 기쁜 일이다. 김유리 선배와 친해지기는 이뤄졌다.

"김진혁 같은 사람을 알기 전까지 나눈 이야기들이 무의미해진다~. 내가 지금 찾는 의미는 김진혁과 가까운가 보다. 김진혁이 어떻게 그럴 수 있지?"

다음날 회사를 나가야 하는데 큰일이다. 지금 이런 고민을 해결할 수가 없다. 걱정이 불어난다. 다음날도 마찬가지로 회사를 나갔다. 정시에 도착했다. 팀장님은 출근을 했다. 팀장님은 내 책상에 있는 여러 서류 더미를 보았다. 옆자리 선배는 나를 놀리러 왔다. 말을 많이 해댄다. 말이 안 나온다. 틀린 말이라도 해주면 좀 좋아. 선배의 말은 따지고 보면 틀린 구석이 없다. 나는 엄청 신뢰를 잃었다. 사원들이 나를 곱게 보지 못했다. 오늘 이 일을 다 끝내야 한다. 책상이 어지럽다고 사람을 이렇게 피해 다니는 건 있을 수 없다. 못 볼 것 보는 시선으로 나를 보는 거다. 나는 회사 동료를 만들어야 한다고 생각했다. 앞으로 회사 동료를 만들기 위해 사내 급식을 먹어야겠다.

"안녕하세요, 선배님?"

"어휴, 무슨 인사야?"

"민화야, 무슨 밥 먹는데 인사를 하니?"

인사하는 것도 따갑게 군다. 유리 선배에게도 인사를 마음대로 못하겠다.

"안녕하세요?"

"어~, 그래."

"어디 보자. 반찬이 여기 있어야지."

반찬을 본다며 시선을 피하는 것 같다. 서로에게 차갑게 구는 모양이다. 첫날은 혼자서 급식을 할 뻔했다.

"민화 씨, 오랜 만이네."

"어제 본 사이다."

"아침에 뭐하고 있었어?"

"서류 정리할 게 있어서."

"서류 정리? 그건 미리 다 끝냈어야지. 다음 주가 발표회인데 서류 정리를 이제 하고 있으면 어떡해?"

"서류 정리가 힘이 들어."

"우리는 그거 훨씬 전에 다했는데?"

"나도 마케팅 과 우리 부의 일원이란다."

"그거, 다음 주 자료 아니지? 우리끼리 발표회 준비하는 중인데?"

"발표회 준비? 그럼 여태 그거 하느라고 시끄러웠어?"

"왜 그렇게 놀래?"

"너는 무슨 일 했다고?"

"나? 일 없는데."

김진혁과의 대화는 급식의 쓸쓸함을 잊게 해준다. 밥을 먹은 후에 나는 진지하게 대화를 하고 싶었다. 점심시간은 커피를 하기에 딱 좋은 시간이다. 자판기에서 커피를 뽑아다가 라운지에 데려다 놓은 진혁에게 건넸다. 진혁은 물음에 답해줄 생각이 없는 것 같다.

"진혁아, 자세히 말해봐. 무슨 일 했어, 첫날부터?"

"첫날은 신입교육 받고, 다음부터는 선배님하고 대화하며 돌아다녔어."

"선배님들? 아는 사람이 많아졌구나."

"어, 그렇지. 왜?"

"선배님들이 잘해줘? 선배라고 부르라고 그러지는 않아?"

"선배님? 내가 부르고 싶어서 부르는 건데. 누나나 형이라고 불러도 될 걸."

은근히 대우를 받고 있는 상태다. 따로 하는 일이 분명히 있을 것이다.

"일은 배우는 시기가 있어?"

"일은 도와주고 싶어서 돕는 건데?"

회사 동료로 진혁을 꼬시는 일은 힘들었다. 커피 좀 먹이고는 힘들었다. 내 말은 수습 교육에서 상황이 이렇게 되느냐는 거다. 수습 교육에

서 상황은? 내가 부족한가? 모자라 보이나? 아닌 것 같아? 나는 내 질
문에 답을 찾을 수 있었다. 작은 일들이 합쳐져서 취급되는 거다. 나를
이런 식으로 밀어내다니! 지각 좀 했다, 말 좀 잘못 했다. 그 부분에 대
해서는 여러 번 만회되는 거다. 수습 교육? 아악! 곧장 팀장님께 갔다.
팀장님에게 항의해야겠다. 내 수습 교육 문제로 이미지 손상을 시킨 사
람이다. 이런 일 넘어가면 큰일 된다.

"팀장님."

"왜 그러시죠?"

팀장님을 봤다. 따지고 보면 지난 일이다. 수습 교육 문제는 저번에
이미 항의했다. 그러니 그 문제를 다시 언급하기 힘들다. 할 말은 저번
에 충분히 했다. 지난 일을 들추면 내가 아닌 것 같아 힘들다. 뭐라고
변명 거리도 없는 것이다.

"양이 너무 많죠?"

커피 한 잔 마시는 폼이다. 커피 잔을 발견했다.

"혼자서 하기에는 많죠? 그거 저번에 우리 부에서 나눠 하던 일이에요."

"근데 왜 제가 하는 건데요?"

"발표회와 관련된 일이죠."

다시 자리로 돌아와 서류를 열심히 정리했다. 서류 정리하는 일이 덜
힘들어졌다. 책을 좋아하니 정리에도 소질이 있다. 오늘따라 손이 잘 움
직이지 않았다. 긴장을 많이 했다. 나는 따로 교육 받은 게 아니라서 내
가 하는 일이 맞는지조차 궁금했다. 다른 신입사원들이 어떻게 일하는
지 모른다. 선배들은 궁상맞게 굴었다.

"우리 부에 신입이 뭘 하는 거 같아?"

"스타일링이라도 하는 것 아냐?"

언니 무리들은 쓰는 언어가 특이하다. 내가 친구들과 하는 대화랑 언

어 차이가 난다. 전문적이고 당연한 언어적 표현이 특기다. 내가 하는 일을 관찰하러 온다. 좋은 모습을 보여서 다행이다.

"신입이 뭐 안다고 저런 걸 시킨대? 신입이 별 수 있나?"

"그 애? 저번에 지각도 했었잖아. 저번에 내가 봤는데, 핸드백만 매고 쪼나 내고 다니더라고."

"미니스커트?"

화장실에 갔다가 망신을 당했다. 고분고분 일하는 나를 저리도 건드리고 싶을까. 울먹이며 밖으로 나오려 애를 썼다. 나오니 보이는 사람이 없다. 나는 울먹이는 것을 멈췄다. 기분이 찝찝하다.

"민화?"

"네, 팀장님. 다 마무리 카피하겠습니다."

"유리? 김유리. 이메일 주소 적어와."

"여기요, 명함인데요."

"민화, 여기로 보내세요."

"팀장님? 저보고 하라는 말씀이세요?"

"당연하지. 김유리는 카피 담당 아닌가?"

유리 선배가 알아서 왔다.

"저번에 일 다 끝냈습니다."

"다시 하세요."

나는 편하게 쉴 수 있었다. 퇴근을 가볍게 할 수 있었다. 피곤해서 잠을 많이 잔 것 빼고는 없다. 내가 할 일이 줄었다. 지훈에게서 전화가 왔다. 그걸 기다리는 데 오랜 시간이 걸렸다. 지훈의 전화에 망설여졌다. 받으면 무슨 말이 나올까? 어떤 일을 하고 있다고 말할까? 고민했다. 결국 받지 않았다. 그리고는 편하게 잘 쉬었다.

"민화, 여기로 와봐. 이거야?"

서류 정리를 한 일은 잊을 수 없는 일이다.

"네, 맞습니다. 제가 다 한 일인데요?"

팀원들이 나를 위하기 시작했다. 나를 인정해주는 말을 해대는 것이다.

"혼자서 힘들었겠어. 이거 우리가 저번에 한 일 아니던가?"

"설마요. 그걸 어떻게 이렇게 만들어요? 밤을 새도 저렇게 못 나와요."

"일을 이렇게까지 한다는 말이야? 신입사원 아닌가?"

"무슨 일을 한다고 그러려니 했더니, 이런 정리에 타고났나봐?"

"저번에 너무 복잡하게 해놨다고 말했지? 그거야."

점심 한참 후에야 제본을 마쳤다. 점심시간은 여느 때와 달리 대화가 가능한 언니가 다가왔다. 유리 언니는 크지 않은 가방을 매고 다닌다. 점심시간에 언니는 가방을 들고 와서 말을 걸어주었다. 언니와 단둘이 사내 식당에서 점심을 먹을 수 있어서 좋았다. 밥을 다 먹은 후에 상훈 오빠를 만나기는 했다. 마주쳤을 뿐 말할 상황이 아닌 것이다. 다행히 한 마디는 뱉을 수 있었다.

"이제 나 보지 마요."

오빠는 당황한 눈치다. 당황스러움을 눈으로 표현하는 사람인가보다. 그런 얼굴을 처음 가까이서 봤다. 친절한 우리의 오빠를 마음에서 내보내기 쉬운 일은 아니다. 벌써 보냈지만 말이다. 날이면 날마다 이런 감정을 느낄 수 있는 게 아닌데, 아깝다. 그래도 배신당한 기분이 어떤지 알아버린 기분이랄까. 나는 그런 감정을 숨길 수 없었다. 나 자신이 귀여움 받는 선배한테 그런 소리 하기도 쉽지는 않았다. 나의 사회생활에 펑크 내는 일을 하다니!

"무슨 일이야?"

언니는 놓치지 않고 늘 기다리는 모양이다. 무안하지 않게 말을 해주려는 듯했다. 언니, 그냥 모른 척해주시지 그래요. 나의 감정이 더 심각해진다. 이 회사는 매너 관계라는 절차는 없는가보다. 언니의 마음을 돌리느라고 걸음을 빨리 했다. 대충 넘기려고 애쓴다.

우리 팀장은 여자다. 우리 팀에 여자는 그리 많지 않다. 그럼에도 여자의 입김은 장난 아니다. 내가 들은 소리 거의 여자들의 입담에서 나온 것이니까. 관심 없는 듯이 행동하면서 스타일에 대해 유난히 관심을 두는 부서가 우리 부서 외에 하나 더 있다. 이 회사에서 내가 가본 층은 3군데, 라운지까지 가보고 왔다는 말이 된다. 처음에 찾아갔던 인사과 층은 점잖은 까만색만 입고 다녔다. 정숙함이 묻어나는 곳이다. 나도 내가 어떻게 모르는 그곳을 들어갈 수 있었는지 의문이다. 영업과 층을 가면 빛나는 옷을 만날 수 있다. 눈 부시는 곳이다. 그 다음은 마케팅 과다.

"신입? 이거 제본들이야. 이제 치워줄래?"

나는 복사라도 해오라는 건 줄 알았다. 나보고 치우라니 속이 뒤집힌다.

"선배님, 신입이 뭘 알겠어요?"

혼자서 들어다 놓을 수 없을 만큼의 제본 양이다. 혼자 그것을 옮기라니, 어처구니가 없었다. 이런 일을 남자인 자신이 아니라 여자인 나에게 시키는 경우는 무슨 경우인가! 남자 선배님이 오죽하면 여자를 쓰려고 할까라는 생각까지 해봤다. 근데, 그래도 이건 아니다. 남자들이 많이 있는 부서에서 여자를 부리는 이유가 이런 거라면 일을 못 하겠다는 거다. 나는 잠시 특권 의식에 접어들었다. 우리가 누리는 특권은 이런 일과 아무 관련이 없는 거다. 내 말은 신입인 나를 지칭하는 말투다. 내가 불평하면, 여기 모인 선배님들 당황스러운 눈치다. 남자들끼리 모인 김에 일 좀 하면 어떠냐는 거다. 제본과 거리를 두기로 했다. 무거운 더미들을 들어 나르는 건 힘든 일이다.

"팀장님, 제본 나왔습니다."

"수고했습니다. 이거는 거의 민화가 한 일입니다."

칭찬의 말을 기다리는데 별 반응이 없다. 말을 조금이라도 더하면 강한 인상을 줄 듯하다.

"사원으로서 당연히 해야 할 일입니다."

팀장은 내 편을 들어주려고 말을 이었다. 관심은 거의 팀장이 받았다. 하지만 감정이 묻어 나오지는 않는다.

"저번에 보신 자료가 마음에 들었나요?"

"자료라면 서류 더미들을 말씀하시는 건지?"

"맞습니다. 제가 준 서류 더미들이요."

격식에 맞게 행동하라는 언어적 표현을 받았다. 맞춰줘야 한다고 강요받는 듯하다.

"알고 있습니다. 저번에 마케팅 과에서 단체로 정리한 서류라고 들었습니다."

팀장은 고개를 몇 번 끄덕였다.

"단체가 어떤 단체일까요?"

너스레 떠는 모양새가 한 소리 해도 먹히는 사람인 듯하다.

"우리 팀 아닌가요?"

옆자리 선배님이 물었다. 팀장보다 높은 사람한테 질문하는 유일한 선배다.

"우리 팀이 해온 일 중 가장 열심히 한 일이죠."

나는 시선을 한 몸에 받을 수 있었다. 주인공이 되는 순간은 어렵지 않다. 하는 일에서 팀장을 빼고 말할 수는 없다. 그러나 회사 생활에서 한 순간에 주인공으로 만드는 분은 그분이다. 팀장에게서 통보가 왔다. 받았던 서류 더미를 반납해야 했다. 힘들게 분류한 흔적이 좀 남아 있다. 다시 읽어보기를 권했다. 다시 봤는데도 머리가 아파왔다.

"정리라고 생각하니?"

입이 떨어지지 않는다. 라운지에 가서 커피를 들었다. 회사 밖은 높은 건물과 정리된 길이 있었다. 가로수 길은 휴식시간에 쉬기 편하게 만든다. 라운지는 하늘을 보기에도 편했다. 내가 하지 않았으면 입에서 나왔을 법한 말이다.

"우와~! 고생 많이 하셨네요!"

그들과 비교하면서 스스로를 칭찬하고 있다. 시간을 많이 내서 휴식을 즐겼다. 방해꾼도 없다. 나 말고는 일해야 하니까. 근무시간이 끝나려면 30분쯤 남은 것 같다. 나를 제외하고 직원들이 바쁘게 수선을 떨고 있다. 걸음걸이가 타박거리더니 달라졌다.

"마케팅 과 공지 났다!"

화심 선배가 큰소리로 한마디 했다. 공지를 팀장이 하는 게 아닌가 보다. 공지는 어디에 나오는 거지? 옆자리를 보려고 시선을 힐끔거렸다.

"회사 홈페이지 게시판에 가봐. 크게 붙어 있다."

자기들끼리 수군거린다. 아는 사람만 아는 이야기 하듯이 말한다.

"마케팅 과 공지 있겠습니다. 발표회 때 꾸미고 오시면 됩니다. 시범 사항이니까 지킬 필요는 없습니다."

"아무리 시범 사항이라도 그렇지, 규정이 없으면 뭘 하라는 겁니까? 어디 보이는 거라고 알려주셔야지요."

"이번에 보일 사람은 일반인입니다. 일반인 만나러 가는 거니까 규정이 없는 것이죠."

"말도 안 돼. 그럼 자료가 나올 일이 없지."

나는 질문을 하고 싶었다. 질문이 더 나오지 않을 것이다. 겨우 언제 말해야 타이밍에 맞을지 기다리기만 했다.

"원피스는 입고 가도 되죠?"

"물론입니다."

내 질문 후에 망설이던 사람들이 덩달아 질문을 했다. 저마다 정리하던 일이 있어서 대충 뭘 할지 각자가 아는 것처럼 보였다. 마케팅 부서 정식 영업이다.

"그럼 정장 아니라도 되는 건가요?"

"물론입니다. 월요일 9시에 회사 대형 홀에서 뵙죠. 거기서 모이는 겁니다."

9시, 홀에서 모인다는 건 중요한 지시사항이다. 집에 가서 옷에 대해 궁리했다. 옷이라고는 바지들, 미니스커트 하나, 오빠가 사준 원피스 정도. 원피스를 입을까 고민했다. 어쩌면 빛나 보일지도 모른다. 지금보다 관심을 받을 수 있을 것이다. 훨씬, 선배님들이 입는 수준에 가까울 것이라고 생각했다. 내가 지금 입는 옷보다 나를 더 빛나게 할 것이라면 기꺼이 입어 보이는 거다. 내가 원피스를 입을 수 있는 경우를 생각해봤다. 없을 것이다. 월요일까지 긴장이 된다. 금요일이면 즐거울 텐데, 월요일에 하는 건 뭔가 긴장되게 한다. 마음이 무거워졌다. 일요일에는 공원에 갔다. 공원에서는 커플들이 데이트를 하고 있었다. 저러고 놀면 재미있을까? 공원에서 데이트를 하면 보는 내가 불편하다. 목적은 마케팅이다. 발표회는 목적으로 이루어지는 축제 같은 것. 재미있는 축제를 상상했다. 이런 날에 특별 할인 행사도 있을 것이다. 무료로 해주는 건 더 많을 듯하다. 다음날 피곤하면 곤란하므로 일찍 잤다. 잠자는 일도 힘들다.

다음날 원피스를 입었다. 유난히 옷 입는 것이 힘들었다. 입고 나가기 부담스러워져서이다. 생각해보니 내가 선물 받은 물건이다. 출처가 떠올라서 문제다. 일단은 그냥 입고 나간다. 내 옷이니까 즐기는 것도 내 것이라고 판단했다.

"입으면 되지 뭐. 우리만 모이는 거니까."

신호등 앞에 서자 부끄러워졌다. 그냥 옷을 입었어야 했다. 어쨌든 밖으로 나왔다. 나온 김에 회사로 가야 했다. 시간이 얼마 없었다. 선택 사항이 아니다. 홀에는 사람들이 가득했다. 내가 지각이라도 한 줄 아는지. 홀에는 아는 사람이 보이지 않는다. 사람을 찾으러 나선다. 우리 부가 어디에 있던가? 마케팅 과는 홀에 배치된 자리에 있다. 자리에 나도 덩달아 앉는다. 청바지를 선호하는 사람들이 여기 모여 있다. 축제 분위기 속에서 무리가 아닌 사람들은 아무 소리 없이 길을 가게 된다. 출근하려는 사람이 줄어들었다. 학생 무리의 반응은 끝내줬다. 그만큼 무료를 체험하려는 사람들이 많았다. 발표회는 형식적인 것이 아닌 것이 되었다. 서로 덩달아 즐길 수 있었다. 마치려는 시각에 가는 길이 새로 생겼다. 안 보이던 꽃도 있다. 무리를 지어 있다. 가는 길을 멈출 수 없을 정도로 사람이 많이 움직인다. 퇴근은 자유스러웠다. 하던 일을 멈추고 길을 간다.

회사에서 나는 생각할수록 오래 가지 못하는 곳에 머무르는 중이다. 나는 한 팀을 이끄는 사람이 된다. 나는 승진할 수 있었다. 그래서 이제 회의도 하러 간다. 늙은 사람들은 막장이다. 하기 싫어서 말을 못 하는 사람들이다. 저번에 하영 선배는 결혼해서 나갔다. 발표회 이후에 많은 것이 달라졌다. 나는 신정수에게 연락했다. 지훈의 전화는 이제 아무렇지도 않다. 문자도 수신거부를 해놓았다. 오히려 생각나는 건 정수였다. 연락이 뜸했던 이유를 댔다. 정수는 솔직하게 자신의 직업이 연예인이기 때문이라고 말했다. 마음이 바보가 된 걸까? 정수는 그래서 멋있는 사람이다. 정수가 만나자고 했다. 기꺼이 만나고 싶어졌다.

“언제라도 좋아.”

정수와 주말에 만나 점심을 먹었다. 즐거웠다. 정수는 밤에 일하는 영화를 찍고 있다고 했다. 그래서 점심시간에 만나잔다. 정수와 만나면 이야기를 많이 한다. 정수가 하는 말은 전부 내가 재밌어하는 관심사였다. 말이 통한다는 걸 알았다. 정수는 나와 말하는 게 비슷하다. 정수는 나를 위해서가 아니라 자신을 위해서 말을 한다. 그런데도 정수가 하는 말은 재미있고 웃음을 준다. 그래서 비슷하다고 생각된다. 정수도 그렇게 생각하면 좋겠다. 친해진다는 걸 알아가면서, 날이 갈수록 정수에게 바라고 싶어진다. 정수가 입는 옷이나 머리를 기대하게 된다는 뜻이다. 자세히 보면 취향이 비슷하다. 무엇을 고를 때 같은 것을 고른다. 먹는 것도 같다. 오직 하나만 고르라고 할 때 선택하는 취향 말이다. 정수는 자신을 바라봐줄 여자가 필요하다고 했다. 정수와 나는 커피 한 잔으로도 재밌게 시간을 보낸다.

우리 팀장은 줄곧 인정을 받았다. 저번 프로젝트의 실적이 대단한가 보다. 기획과 실행을 동시에 하는 사람이다. 그래서 유일하게 룸을 만들어 차지하고 있는지도 모르겠다. 당연히 부하직원을 대하는 데 있어서 일이 빠르게 마무리 지어졌다. 내가 전에 정리하던 자료는 그래서 힘들었던 것이다. 각자 다른 사람에게서 나온 아이디어들이다. 팀장이 팀장으로서 일에 흥미가 없어진 것처럼 보였다. 그리고 돌아오지 않았다. 결혼식 이후에 돌아오지 않았다. 나에게 하는 충고도 잊지 않았다.

“그런 곳에서 일할 수 있다는 건 행운이야.”

의미가 없는 듯한 말을 했다. 나에게 의미 없는 말이다. 부하 직원보고 그런 말을 왜 하느냐 말이다. 자신의 일을 그만두는 상사를 이상하게 쳐다보았다.

“유 팀장!”

팀장은 팀장인데 성을 딴 것을 원칙으로 한다.

"유 팀장님, 보고할 일이 없나?"

내가 이제 팀장 자리에 앉았는데 말이다. 회의실에 들어가서 나는 그냥 내가 앉아야 할 자리에 앉았다. 큰 룸에서 회의를 제법 멋지게 한다. 나는 내가 무엇을 해야 할까 궁리했다. 오늘은 일이 많다. 직원들에게 서류 정리를 시켜야 한다. 자료 정리가 이들에게 필요한 절차라고 생각했다. 먼저 나서서 일을 맡고 싶어 하는 사람은 없었다. 자기네가 보기에도 일이 많아 보인다. 책상에 놓인 더미가 부담이 된다는 걸 알아챘다. 그래서 아무나 불러서 시키기로 했다. 일에는 정답이 없다. 가장 듬직하지만 마땅한 존재 화심 선배. 옆자리에서 이름 불리는 존재가 되었다.

"이화심 님? 이거 정리 해오세요."

이제는 말 하나로도 멋이 나오는 진혁이.

"김진혁 님은 이것 정리를 해보세요."

다음은 일을 주기가 수월해졌다. 나는 하영 선배가 어떤 일을 해왔는지 궁금해졌다. 선배는 인수인계 차원에서 여러 가지 설명을 해줬다. 일을 시키는 법, 상사를 만나는 법, 기획을 짜는 법. 기획 짜는 법에서부터 대충 넘어갔다. 사실 머리에 남는 어떤 것도 없다.

"너 승진했다며?"

"어."

"나 결혼했어."

상훈 선배를 라운지에서 보는 일은 간단했다. 말문이 막혔다. 더 이상 남자를 만나지 못하겠다. 그냥 오빠에게서 배신을 맞았다. 정신이 어질하다가 아득해졌다. 흔히 보는 드라마에나 나올 법한 일이다. 내가 승진할 때는 동료가 많아지는 줄 알았다. 선배가 나를 찾아올 줄 알았다. 말로 사랑에 빠진 사이는 아니더라도 나를 의미 있는 사람으로는 여길 것이라고 생각해온 것이다. 상황으로 봐서 나를 차버린 사람인 것이다. 모든 동료에게서 배신감을 느낀다. 그런데 화심 선배는 내 일을 자신의 일로 여겨줬다. 선배에게는 대화를 통해 상대의 기분을 바꿔주는 모르는 재주가 있나보다. 동료에게서 마음이 멎을 정도로, 나는 웃기는 일을 겪은 거다.

정수를 만났다. 모든 면에서 그는 다정했다. 정수는 회사 앞에서 만난 진혁에게 관심을 보였다. 만날 때 나에게 이따금 회사 이야기를 물으려 한다. 내가 하는 프로젝트를 영업부에서 가로채갔다. 그리하여 다른 일을 찾아보기로 했다. 사람을 찾는 일은 어렵지 않았다. 막다른 골목길 접어들듯이 떠맡는 사람들 때문에 한참 망설였다. 팀장으로서 어떻게 일을 해내야 할지 망설여지는 것이다. 나는 이 팀을 이끌어야 했다. 직장에서 자신의 개인 전화를 받는 사람에게 일을 시키면 '딱'일 듯싶다.

"알잖아? 내가 이 말을 하게 되면 화가 날 거야."

종이 부스러기 소리가 계속 난다.

"미안하지만, 조금 있다가 마음은 변하거든."

분명 여자를 차는 소리이다. 분명 여자를 싫게 만드는 소리가 틀림없다. 나는 화가 났다. 자신은 하는 일도 없이 전화나 받고 화나 내고 있다는 말이지? 도저히 그냥 넘어가지 않겠다! 쭉 그 남자에게 일을 맡겼다. 내가 집중적으로 일을 시키니까 그 사람이 해야 할 분량이 늘어났다. 다른 남자들은 소같이 군다. 그들 중에는 일을 떠맡기는 바보가 자주 나타난다. 주로 들리는 소리는 싫다는 불평과 불만들뿐이다. 서로 미루는 일을 가지고 의논 중인가보다 싶다. 힘든 일 시킨 것도 아닌데 유난히 싫어하는 티를 낸다. 물품들이 모자란다는 듯 티격태격 물건 옮기는 소리가 크게 들린다. 어떤 일로 싸우는지 실로 궁금하다. 무슨 일을 하는지 밖으로 나가 보고 싶은 마음이 굴뚝같다. 밖으로 나가면 열심히 하는 척한다. 티가 날수록 사람들이 무슨 일을 하고 있는 건지 궁금하다. 저번에 일을 많이 시켰던 남자가 하는 말은 온전하지 못하고, 부스럭대는 소리가 흘러나온다. 어째서 듣기 싫은 소리가 나오는지 궁금하다. 집에 가면서도 궁금했다. 서로 어떤 일을 하고자 하는 건지 궁리했다. 내 일이 끝나고 나는 은근히 한 부하 직원에게 말을 건넸다. 우리 팀에 진혁이가 있으니까 남자말고 여자를 만나보는 것이다. 아무도 없는 시간을 활용해야 한다. 어쩐지 가장 성실한 사람으로 보이는 사람은 먼저 퇴근했다. 나는 할 수 없이 키 큰 여자를 만나야 했다.

"안녕하세요? 팀장 유민화입니다."

"안녕하세요? 팀장님."

목소리가 마음에 들었다. 말을 편하게 하는 사이가 되면 좋겠다.

"시간 있으면 술 먹으러 가지 않을래? 술 자주 먹어?"

"아니요. 자주 먹지는 않는데, 자주 가는 곳은 있어요."

다른 건 모르겠는데, 성격이 마음에 드는 여직원이다. 안주를 많이 시켜주었다. 시끄러운 소리 전체를 알아낼 것인가 고민한다.

"요즘 회사에 무슨 일 있어요?"

"아니요, 아무 일 없는데요."

"에이~, 그러지 말고 좀 생각해봐요. 나도 요즘에 시끄러운 남자들 때문에 힘들었어요."

"어머, 정말요? 팀장님이 신경 쓰실 일이에요?"

"뭔 줄 모르니까 더 신경 쓰게 되는 일이죠. 자세하게 들을 만한 곳이 없을까 고민도 많이 했죠."

"회사에서 연애하던 커플 이야기예요! 저도 얼핏 들었는데 헤어졌다는 거예요! 그냥 헤어질 일이 아니라고 그런대요."

"그냥 헤어지지, 왜 그렇게 소문이 나죠?"

"그러니까 다른 사람이랑 못 하는 일을 엄청 했대요!"

"잠을 잤다는 이야기죠?"

"저도 그렇게 짐작하고 있는데 모두 쉬쉬하는 일이니까, 모르는 거죠."

감정을 모른다는 게 슬픈 건지도 모르겠다고 생각했다. 정말 모르는 일이 좋은 일일까? 혹시 그 전화하던 남자랑 관련된 일 아닐까?

"근데 사내 연애 금지 아닌가?"

"그렇게까지 하면 무슨 낙으로 사나요? 회사에 멋진 남자가 얼마나 많은데."

"그럼 사는 게 재미라는 거잖아요."

"말이 그렇게 되나요?"

이름은 정다슬이고 새 카피 담당이다. 김유리가 카피 담당에서 빠져나온 셈이다. 정다슬은 나이가 나보다 4살 많았다.

"그럼 언니라고 불러야 하나?"

"그렇죠."

우리는 술에 취하고 말았다. 안주도 많이 먹었다.

"술 취하면 안주가 약이 된단다. 좀 먹어보자."

한가로운 날을 보낼 수 있었다. 내가 이번에 할 일에 관한 서류의 양은 생각보다 많았다. 다른 사람이 하는 일을 관찰해보고 싶어지는 시간이었다. 나는 돌아다니면서 사람들을 건드리고 다녔다. 내가 질문하면 답해야 되는 사람이 대답을 꺼린다. 그래서 건드려야 한다는 개념이 생겼다.

정수가 아는 유명한 식당에 갔다. 그곳의 요리사를 소개시켜주었다.

식당은 전망 좋은 호텔의 스카이라운지에 위치해 있다. 스카이라운지는 호텔에서 볼 수 있는 전망 중 가장 멋진 광경을 볼 수 있도록 해놓은 곳이다. 뜻밖의 호의에 놀랐다. 나 혼자 정수를 좋아하는 줄 알았는데 말이다.

"신윤주라고 합니다. 여기 총지배인입니다."

지배인은 요리사라는 뜻을 겸하고 있다. 정수는 자신의 동생을 소개시켜주었다. 요리사는 사교성이 좋았다. 먼저 친해지기를 원했다. 윤주와 친해지는 시간이 많아졌다. 특별하게도 다른 부서에서 호출이 왔다. 우리 팀을 대표하는 내가 가봤다. 다른 사람 보내기가 미안해졌다. 영업과 층으로 가니 들어가기 싫어진다. 전에 본 언니들이 그곳에 있을 거라고 생각하면 좀 무서워진다. 아마도 은영 언니가 잘 해결해준 듯하다. 아니면 오랜 시간이 흘러서 벌써 잊어버렸든지. 불편한 자리에와 있는 기분이다. 영업부서 팀장이 마케팅 부와 의논할 일에 대해 묻고 싶은 것이 있다고 했다. 어디서 나온 생각인지 기특하다. 그 부서 팀장을 만났다. 여기는 따로 공간이 없다. 옆 공간에 책상이 따로 있기는 하다. 그곳에서 만날 수 있었다.

"이하영 선배님이 마케팅 부 팀장이셨던 것 아시죠?"

"저희 부 팀장이었습니다."

"왜 그만두었는지 아십니까?"

그러니까 의논할 것이 아닌 무언가다. 나에게서 무언가를 재촉하려는 듯이 말했다.

"은퇴 사유는 안 가르쳐주시고 있습니다."

남자가 왜 이유를 묻는 건지 모르겠다.

"얼마만큼 아는 사이인가요?"

한번 떠봤다. 쓸데없이 묻는데 이유가 있을까 싶었다. 오랜 만에 드라마에 눈을 붉히고 있는 입장에서 튀어나온 말이다.

"집중해서 일을 하세요. 마케팅 부 허술하군요."

내가 팀장인데 나보고 허술하단다. 말문이 막혔다. 무슨 소리인가 한참 뜸을 들였다. 더 이상 나눌 대화는 없는 것 같다. 그런데도 나가자는 말이 없다. 기분이 나빠지려 했다. 무슨 소리인지 모르니까 기분이 더 나쁘다. 변태인가보다. 다음부터 영업부에 얼씬도 하지 않겠다고 결심했다. 그분, 어이가 없다. 제정신을 찾는 데 좀 힘들었다. 변태를 만나고도 모른 척하다니! 뺨이라도 때리고 나오는 건데! 아니다, 소리라도 지르고 울고 하면 언니들이라도 달려왔을 텐데! 갖은 생각을 다해봤다. 어쨌든 제정신이다. 나는 새 프로젝트를 계획하고 있다.

"내 첫 실적이 되겠군."

나만 쓰는 공간이 얼마나 좋은 건지, 머리가 잘 돌아간다. 그 덕에 제정신이다. 나는 구상을 구체화해봤다. 미팅 시간에도 어렵지 않게 말을 꺼낼 수 있었다.

"이번 프로젝트의 목적과 주요 사항을 알려드리겠습니다."

말을 많이 할수록 자진해서 해보겠다는 사람이 늘었다. 그 문제의 사람을 어떻게 대해야 할지 생각해본 적은 없다. 확실히 문제의 중심에 있는지도 모르겠고, 일은 하던 사람이 해야 하니까.

"우리 서로 열심히 격려하면서 일을 합시다."

나는 열정에 감동한 나머지 모두에게 일을 시켜버렸다. 내가 원래 그런 성격이 아닌데, 김진혁 군과 같이 점심을 먹을수록 전염이 되었다. 팀원들은 나의 추진력을 믿었다. 친한 동료인 유진 선배와 다슬 언니가 스스럼없이 나선다. 나에게는 리더적인 감각이 생겨났다. 부하 직원이 나를 따르도록 하는 데 어려움이 없다. 다음번 급식 시간에 어렵지 않게 그 영업부 팀장을 볼 수 있었다. 좋은 일은 아니다. 나는 속상해서 손짓까지 해보이며 관심을 두게 만들었다. 이상한 사람이라는 것을 강조해서 수식어를 가지고 저 사람을 표현해 보였다. 수식어를 사용하지 않고서는 관심을 돌려주지 않았다. 진혁이는 부드럽게 한 마디 했다.

"기분 나쁜 사람이군."

내가 추궁 당했다는 것을 모르는 사람과 말하고 있다. 내가 듣고 싶은 반응은 아니다. 기분에 대해서만 말하니 짜증난다. 다음에는 급식을 빨리 하러 가자고 말할 생각이다.

"아저씨를 대포로 쏜 것과 같아."

급식소 사건은 당황스럽게 끝났는데 설명은 간단히 해줬다. 진혁은 내 행동에 불만을 가지고 있었다. 어찌하든 다시는 얼굴이라도 안 봤으면 하는 사람이다. 이유를 알 리 없는 진혁에게 말을 따로 해줄 시간은 없었다. 드디어 내 위에 있는 상사들이 나를 불렀다. 하는 일이 수월히 되겠느냐고 물어왔다. 당연히 수월하게 진행되고 있다고 설명했다. 부하 직원에게 간단한 설명을 시켰다. 마무리 작업도 아닌데 시간을 많이 들였다. 팀장 이외의 다른 상사를 만날 수 없었던 나 같은 사람에게는 놀라운 변화다. 회사를 나간 이하영 팀장은 나에게 남겨두고 간 것이 없다. 여기 앉아 있는 사람들 대하는 것과 다른 일에 대한 기초 설명은 나를 아프게 했다. 긴장한 탓에 나온 불안감이다. 나는 새로운 마음으로 일을 받아들이기로 했다. '상사를 만나는 법' 메모를 꼼꼼히 적어냈다. 다시 읽기 싫어진다. 종이에 내가 적어놓고도 싫다. 꼼꼼히 읽어보지 않으면 잃어버릴 글귀다. 책상 구석에 볼 수 있게 붙였다.

정수에게서 연락이 왔다. 편지를 써주겠다고 했다. 정수가 쓰는 말로 표현하면, 잊어버리지 않을 편지가 될 것이다. 나는 기대했다. 다른 일을 마쳐야 할 시간이다. 다른 사람이 아닌 내가 해야 될 일은 다른 일이다. 밖에서 수다 떠는 소리가 들린다.

"그게 아닌데요."

"하지만 그것 때문은 아니에요."

"그럴지도 모르죠."

"그 말이 맞아."

"내가 그랬어."

"너만 아니었으면 속일 수 있었을 텐데."

"고맙다."

"일러바치는 사람이 없다는 게 좋은 거니?"

이런 말을 하는 사람이 있었던가? 말을 이런 식으로 할 만한 자가 누구지? 보통 사람들이 시끄럽게 떠드는 소리는 언제나 들린다. 이번에는 도저히 듣는 것으로 끝내서는 안 될 일이다. 밖에서 추궁당하는 목소리를 내는 사람이 정다슬이었기 때문이다.

"거기 좀 시끄럽지 않아요? 뭘 그렇게 잘못했다고 밀어붙이나요? 일하는 시간에 그러는 거 아니죠."

눈치 보는 사람들 때문에 말문이 막혔다. 대꾸를 하지 않는 것이다. 이번 기회에 확실히 부하 직원을 만들어야겠다.

"남이라고 싫은 소리를 골라서 하는 게 사람이니? 여기가 회사라는 걸 알고서도 말하는 게 사람이니? 작정하고 잘리고 싶어? 단체로 사직서라도 쓸 것같이 어디서 당당하게 나대?"

이들은 내게 심화서를 써왔다. 일종의 반성문 형식이다. 이들에게서 모든 사건의 전말을 듣는 것은 쉬웠다. 일주일 내에 큰 것을 해서 마무리 지으라고 말했다. 그러자 알아서 심화서를 써왔다. 우리 팀은 내 부하 직원이 되는 것을 당연시한다는 걸 알게 됐다. 진혁이와 나는 일로 만나면 말이 통했다. 더 이상 미니스커트에 신경 쓰지 않았다. 어느 정도 친해지기를 바라는 눈치였다. 진혁이에게 김유리가 멋지다고 말했다. 누가 봐도 김진혁은 김유리를 좋아하리라고 생각된다. 나에게 관심을 주는 것도 어느 정도에 불과할 뿐이다. 나에게 묻지 않는 걸 보니, 시간이 지나면 내가 정수를 얼마나 좋아하는지 설명할 계획이다. 따지고 보면 내가 일의 중심이 되어가면서 태도가 바뀌게 된 사람은 한둘이 아니다. 김진혁이 관심을 보일 때가 적당한 때여서 그런 거다. 본인도 감정이 없게 굴었다. 여태까지 그게 감정이라면 김유리가 어울리는 사람이다. 어중간하게 행동하는 사람으로 보이고 싶지는 않아 한다. 나는 팀장이다. 가끔 마음이 꼬인 것처럼 행동하기는 한다. 어느 날 그는 자신을 어떻게 생각하는지 내게 물었다.

"내가 어떻게 좋아하는 거라고 생각해?"

"넌 경험 삼아 누구를 좋아하는 건가? 근데 그러면 곤란해. 왜 그런지 알고 있으니까."

내 말을 들은 후 김진혁의 행동으로 알고 있을 리가 없다고 생각했다. 평소와 다르게 행동한다. 옆에 있는 내가 무안해졌다. 유리 선배가 좋아한다는 걸 모르는가 싶었다.

"맞아, 넌 버림받을 타입이야."

내가 아니라고 힌트를 주었다. 이만 하면 알아서 갈 때가 된 거다. 진혁은 단추를 몇 개 풀면서 긴장감을 풀었다.

"기회가 되면 친해지고 싶어."

그럼 여태껏 친하게 말한 건 뭔데? 도대체 무슨 생각을 하려 드는 거지?

"나도 친해지고 싶은데 니가 누구를 좋아하는지 모르겠어."

자신이 친하지 않은 사이라고 자처하는 상황에서 무슨 소리가 나와야 하는지 모르겠다.

“감정이라는 거, 내가 아니라도 일을 떠나서 일률적이면 좋겠다.”

한시라도 빨리 유리 선배를 만나고 싶었다.

“진혁이가 나한테 관심을 보여.”

정수에게 털어놓으면 해결될 것처럼 마음이 편해졌다. 평소와 달리 정수와 윤주를 동시에 만나게 되는 날이다. 정수는 윤주가 요리를 잘한다는 것을 안다. 하지만 윤주는 정수가 하는 일을 좋아하지 않았다. 정수는 영화배우다. 나는 정수가 하는 일이 마음에 든다. 정수가 부담스럽다고 생각하지 않는다. 윤주는 동생이면서 정수를 싫어했다. 형제면 닮은 구석이 있기 마련인데, 그들은 닮은 구석이 없다. 윤주는 우선 배역부터 싫어했다. 하는 일이 왜 싫으냐고 물어볼 기회는 좀처럼 오질 않았다. 사실 엄두도 안 난다. 하지만 둘은 만난다. 현재는 가능성이라도 되는 줄 아는 모양이다. 가능성을 남겨두고 모험이라도 떠나는 베짱이를 그리러 드는 걸로 보인다.

회사에다 김진혁은 고백을 한 듯하다. 그날부터 솔직해지겠다고 나한테 와서는 고백하고 갔다. 스스로에게 솔직해지겠다고 말했다. 무슨 말인지 도통 모르겠다. 부하 직원이면서 못 하는 소리가 없다. 꾸짖으려 하면 도망간다. 스스로 자리를 피한다. 남자들 사이에서도 소문이 퍼졌다. 라운지로 관찰하러 나가기로 했다.

“김진혁 진짜 장애인 아니야?”

“싫다는데 이유가 있어? 밉고 싫은 건 어쩔 수 없는 거야. 좋아하는 사람한테 어쩔 수 없는 거랑 같아.”

“나이도 중요하고 얼굴도 중요하고 일도 중요한 거야.”

담배 피는 무리 중에 김진혁이 있었다. 분명 들었을 것이다. 옆에 있는 동료가 말을 거들었다.

“잊어버려. 오히려 화가 될 거야. 너한테 별 감정 없잖아? 파악이 안 돼? 전부 다 아까워할 사람이야."

그러던 중 상훈 선배가 나왔다.

"사실 너한테는 아까워. 차라리 유명인사가 나을 사람이야."

정수에게서 전화가 왔다. 벨소리가 기막히게 컸다. 그들이 잡는 분위기가 사라졌다. 상관없어서 그냥 전화를 받았다.

"정수야, 민화야."

나는 정수랑 통화하면서 라운지로 들어갔다. 차라리 잘된 걸 알아챈 동료들은 티를 내기 시작했다. 정수는 심각해졌다. 오늘은 퇴근 시간에 직접 만나자고 했다. 회사 정문에서 기다리기로 약속했다. 오늘 팀의 분위기는 심각해졌다. 유리 선배는 눈치를 챘다. 나에게 실망하기보다는 대화하기를 원했다. 오히려 내가 좋아하는 사람에 대해서 어느 정도로든 설명해야 했다. 진혁이 길을 거닐 때 유리 선배에게 진지하게 말하고 오라고 조언했다. 정말 진하게 고백하면 된다고 설득했다. 사실 선배가 진혁이를 진짜 생각하는지 몰랐다. 그런 행동을 낌새로 보았었다.

기다리던 퇴근 시간이다. 회사 앞에서 정수가 기다리고 있었다. 나를 향해 진혁이 걸어왔다. 차 문을 닫고 정수는 내 뒤에 따라 나오는 남자를 보았다. 진혁이와 정수는 만났다. 셋이서 술을 먹자고 했다. 술집에서 술을 먹으면 기분이 달라질 것처럼 말했다. 진혁은 미친 것처럼 보이고 싶은 듯 술을 벌컥 소리내고 먹어 댔다. 드라마에 나오는 여자에게 불행을 안겨주는 것을 즐기는사람을 보는 듯하다. 진혁이 한마디 말을 했다.

"여자에게 불행을 안겨줄 바에는 전부 포기할 수 있어요."

정수가 드디어 입을 열었다.

"쓸데없이 주제도 없이 아무것도 모르고 여자를 대해서 니가 지금쳐 맞는다."

둘은 순식간에 주먹질을 해댔다. 주먹으로 싸우는 건데도 무서웠다.감정이라고는 없는 동물을 보는 듯한 느낌을 받는다. 싸움에서 밀리면 재떨이를 던지고 일어섰다. 보여주기 싫어서 재빨리 주먹질을 해댄다. 발로 차는 것을 기본으로 안다. 어느 부위를 맞아도 아플 텐데 아픔에 반응하지 않는다. 조금 후에는 소리 지르고 난리가 났다. 남는 것은 아픔이다. 나는 끝까지 볼 수 없었다. 아픔을 자처하는 일을 보는 것도 아픔이다. 마지막까지 밖에 서 있고 싶었다. 나는 하고자 하는 말이 없다.

"니가 지금까지 민화한테 한 핑계이고 변명이고, 전부 마음에 없던 감정이 생겨서 그런 거라면 포기해. 지금 알게 된 것들 다 포기해. 알고서도 그러면 민화가 불쌍하잖아. 그런 것조차 없었다면 불행을 자처하는 거야."

정수가 말을 끝맺었다. 정수가 많이 맞았다. 꿈에나 나오고 꿈에 그릴 법한 남자 신정수가 말한다. 정수는 하나하나가 모두 멋이다. 정수에 대해서 감정이 생기기 전이 아닌데도 지훈이 생각났다.

내가 아는 신윤주는 요리사다. 나는 윤주가 일하는 식당으로 놀러갔다. 고개를 저으며 말하는 윤주는 정수가 아닌 지훈을 맞이하고 있다.

"너 말고 불쌍해져도 가치 있는 남자가 있으니까."

한참 기다리다가 숨어서 나왔다. 윤주는 나에게 친절하게 대해줬다. 부담스럽지 않게 물어본다. 신기하게 윤주는 지훈을 잘 알고 있었다. 음식점은 사실 지훈이 네 집 근처이다. 윤주에게 말을 하지 않으려고 했다. 하지만 윤주는 뜬금없이 말을 건넸다. 윤주는 말을 아끼려 들지 않았다.

"그러니까, 차기 어려운 존재가 너와 비슷해."

이 같은 상황에서 어떠한 말도 하지 않았다. 나는 팀에서 이끄는 역을 하는 사람이다. 이런 나와 만나고자 하는 사람들은 하루에도 많다. 그래서 지훈을 굳이 만나고자 하는 마음이 없다. 일이나 하는 게 훨씬 낫다. 회사는 어느새 익숙해졌다. 부하 직원으로서 걸맞게 행동한다. 팀장인 나에게 주제 없는 행동을 보이지 않는다. 낯을 가리면서 친밀하게 행동한다. 직원으로서 당연한 도리를 마땅히 해낸다. 회사 이외의 생활은 나에게 없다. 정수를 만나는 일은 중요하지 않다.

"좋아하는 사람보다 일이 먼저라니."

윤주는 유일하게 대화가 통한다. 정수를 만나서 하는 말보다 편하다. 사랑하는 사람을 만나는 게 편한 일이라고 생각한다. 나는 윤주와 동갑이다. 내가 회가 먹고 싶다고 했다. 그러자 다음 기회에 꼭 사주겠단다. 초밥을 만들어주겠다고 했다. 웃음이 나오는 장난으로 들었다. 우리는 서로에게 무언가를 해주면 친해지는 사이다.

회의는 대부분 상사의 일방적인 말을 듣고 끝났다. 하지만 이번에는 달랐다. 어쩌면 이하영 선배가 일을 낸 후부터 내가 나서는 건지도 모르겠다. 선배는 일을 내고 나갔다. 나는 일종의 수습을 하는 자리에 앉혀졌던 셈이다. 문제가 있을 때마다 상사들에게 불려갔다. 이들이 하는 행동으로 미루어보아 예전부터 익숙한 회의이다. 하지만 선배를 탓할 수는 없었다. 아직도 남아 있는 것을 내 일로 만드는 것이 회사를 다니는 이유이다. 우리 팀은 이제 나의 팀이다. 팀장을 중심으로 모든 문제를 생각한다. 팀장은 김진혁 하나로 흔들리지 않는 사람이다. 여태까지 내 편이 아니었던 사람들이 그에게서 돌아섰다. 하지만 김진혁은 존재감을 지울 수 없는 사람이다. 진혁은 일이 있은 후부터 말이 없어졌다. 조용해졌다. 멍청하게 아무 일도 하지 않는다. 우리가 맡은 역할을 위해서 아무런 도움도 주려 하지 않았다. 은근히 도움을 찾는 사람이 있는 듯 없는 듯했다. 결국에는 이상한 일 시키려고 조직이 돌아간다는 것을 눈치 챘다. 누군가 나와 함께하기를 원할 때 다슬 언니와 유리 언니는 옆에 있기를 꺼려하지 않았다. 기꺼이 응해준다. 누군가 있어주기를 바라는 것도 일의 일종이 되어버렸다.

"여기가 어디라고 오는 거야?"

윤주의 식당에 갔는데 은영 선배가 있었다. 은영 선배는 나를 보고 당황했나보다. 영업부 동료와 같이 점심 먹으러 왔던 것이다. 영업부 동료들 중에는 얼핏 떠오르는 사람들이 있었다.

"선배는 승진도 안 하고 뭐 하셨는데요?"

"뭐? 여기 지금 영업부 회식 중이야."

눈앞에 있는 상황을 따지고 있으면 상황은 마무리 지어지지 않는 듯하다. 더군다나 내가 누구인지도 모르고 있다. 난처하게 됐다. 나는 일부러 여기까지 왔는데, 돌아가기가 좀 그런 상황이다. 말해놓고 나왔더니 겨우 은영 언니 때문에 돌아서서 가야 하는 경우가 되었다. 은영 언니 때문에 돌아가기는 싫었다. 상황이 곤란하게 되었다.

"여기 제가 아는 지인이 일하고 있어요."

기막힌 표정을 지어 보였다. 놀라웠다. 노련하게 기가 막힌 표정을 하고서 저리로 가라는 손짓을 했다.

"뭐라고 ? 여기서 빨리 나가도록 해."

말하고 싶지 않았다. 앉을 수 있는 자리에 앉았다. 영업부 직원들이 시끄럽게 수군거렸다.

"여보세요. 거기는 영업부라고 거짓말하고 돌아다니던 여자 신입 아니세요?"

"아닌데요."

"에이, 맞는데요, 뭘~. 누구시더라. 이름이 어떻게 되시나요?"

"나 기억난다!"

"기억 안 나는 게 이상한 거 아니야?"

"맞어, 맞어. 기억나."

모른 척하기에는 모든 것이 어긋나는 듯하다.

"유민화 팀장입니다."

자리에서 일어서서 기꺼이 악수를 청했다. 악수하며 시선을 피하지 않았다. 상황이 더 나빠지기 전에 나왔다고 생각이 들도록 만들었다.

"안녕하세요."

어색하게 악수하던 사람이 인사를 건넨다. 하지만 영업부 직원들은 열정적이다. 더 이상의 비난은 없다.

"제가 유민화입니다."

손수 치기를 했다. 그러자 반응을 보였다.

"죄송합니다. 저희가 실례를 했군요. 저희 사이에 아직도 기억에 남아서요. 워낙 사교적이셨던 분이라서 말이죠."

옷만 열정적으로 보였다.

"생각에서만 사교적이라고 느꼈나봅니다."

너스레를 떠는 내가 오히려 불쌍하다. 말이 필요하지 않음을 알았다.

"에이~, 왜 우리 같은 것이 뭘 잘 알겠다고 그러세요~. 웃자고 하는 이야기예요."

"설마요."

내가 말을 잘랐다. 이만하면 누구하고 농담을 하는지 알릴 생각이다.

"이번에 저희 부에서 나오는 거라 공짜인데 합석하시겠어요?"

상대편은 의외로 사교적으로 말을 했다. 영업부 직원들이 갑자기 반기려 한다. 이번에 영업부는 반응이 좋았다. 그래서 합석했다. 공짜에 밉다고 할 사람은 그리 많지 않다. 난 그리 많은 사람들 중에 포함되지 않으니까.

"먹기 좋은데요?"

"먹으면 맛있죠. 저 여기 단골이거든요."

한 마디 거들었다. 서로 맛있다고 유난 떨어댄다. 자신들끼리 축하
해주고 띄워준다. 분위기를 잡는 건지 즐기자는 건지 모르겠다. 그리
하여 먹는 일에는 문제가 없었다. 목에 술이 넘어가자 괜히 편한 사람
된 것처럼 말했다. 회식하는 영업부에 끼는 것이 아니었다. 불편한 회
식 자리를 마쳤다. 그 후에도 마주 보기조차 불편했다. 자기들끼리 불
편한 인상을 써댔다. 정말 잘못 낀 것이다. 공짜는 없는 법이다. 공짜
가 없다는 데 다른 이유는 없다. 서로가 불편하면 공짜가 아니게 된
다. 영업부의 사교적인 면은 보이지 않았다.

"유민화 양은 성격이 사교적인가 봐요."

"네. 사교적이에요."

식사 후에 하는 말로 보아서는 사교적이라는 말이 나쁜 뜻으로 쓰
이는 듯하다. 사실 세상은 사교적이지 않으면 바보와 다를 바 없다. 나
는 잠깐 실망 외의 감정까지 느끼게 된다. 또한 영업부에 들르게 될까
봐 겁을 먹는다. 자신이 나약해짐을 알았다.

"팀장님 회사에 안 나오세요?"

다음 날은 주말인데 회사에 가는 게 힘들었다. 앞으로 나아가는 자
리가 싫어졌다.

"팀장님은 회사에 못 나오시는 거 누구한테 알렸나요? 저희는 통보
못 받았는데요."

통보를 기대하는 인사과에 놀라울 뿐이다. 인사부에 말할 만한 사
람이 없는 관계로 곤란했다.

"저희는 곤란합니다. 처리해드릴 수가 없군요."

인사과 직원이면서 무엇을 곤란해 하는지 이해를 못 했다. 인사과 직원들은 일을 이렇게 몰아서 한다는 거다.

"본인이 생각해도 곤란해요?"

남자 직원은 곤란한 게 무슨 뜻인지 모르는 것 같다. 곤란하다는 단어의 뜻을 얼마나 설명했는지 모른다. 영업부랑 절차상 아무 문제 없다고 덮어씌우고 대충대충 사는 사람들과 다를 바가 없다.

다음 날은 심하게 굶었다. 하루 종일 돈 생각을 했다. 시간이 지나서 지훈을 찾아갔다. 은혜를 갚고 싶었다. 사실 돈만 갚으려고 찾아갔다. 추억을 풍기는 집을 다시 찾아갔다. 지훈은 편하게 쉬고 있었다. 나도 편하게 다시 그 소파에 앉고 싶었다.

"편하려면 왜 이 집에 왔니?"

자리에 앉지 않고 말한다. 다행히, 나를 문 밖으로 내보내려 하지 않았다. 무거운 짐을 끌어다 놓을 때처럼 굳어 있다.

"돈 갚고 싶어서 왔어."

너스레떨면서 말했다. 이상해 보일 것이다. 여느 때처럼 묻지 않았다. 내가 물어봐야 한다.

"잘 지냈어?"

"응."

잘 지냈을 것이다. 밝은 소리가 난다. 무슨 말을 해야 할지 몰랐다.

"잘 지냈어. 말도 없이 나간 사람이 하는 말치고는 이상하지 않니?"

역시 이상했던 거다. 지훈은 이상함을 드러내야 하는 사람이다. 지훈은 커피를 타다 주었다. 자신이 마시는 쓴 맛의 블랙커피를 타다 주었다. 다행히 소파에 앉아 있을 수 있었다. 우리가 이야기하는 데 소파는 필요하지 않았다. 다만 소파에 앉아서 대화하는 것을 좋아할 뿐이다. 시간이 좀 지나서 아는 것이 늘었다. 맛있는 것을 먹고 싶어 했다. 기꺼이 먹을 것을 만들어주었다. 기분이 풀리기를 기대했다.

"지훈은 내가 아무렇지도 않나봐."

"전화도 문자도 엄청나게 한 사람이 누군지 아는 거 아닌가?"

사실 지훈에게서 전화도 문자도 손에 꼽을 정도만 왔다. 자신의 화난 감정을 과대 포장하고 있다. 기분이 풀리지 않았다.

"내가 뭘 하고 지냈게?"

"말도 없이 왜 간 거야?"

"회사에 취직했어."

내가 하는 말을 확인시키려고 사원증도 들고 왔다. 내가 다니는 회사에 대해서 설명했다. 그러자 그는 하는 일에 대해서는 묻지 않았다. 나를 확인하려 들 뿐이었다.

"내가 선물한 물건은?"

뜬금없이 묻기에 모른다고 했다.

"나를 만나고 집에 관심을 보였던 유일한 물건이 뭔지 알아?"

"큰 창문."

내가 하는 일을 묻기 바랐다.

"나? 팀장이야."

"말이 되는 소리를 해. 아무리 오랜 만에 본 사이라도 말이 좀 그렇지 않냐? 어디서 빚이나 지고 온 사람처럼 그러면 뭐가 되니."

"정말로 진실이 알고 싶어?"

"거짓말은 없는 거다."

"그래서 진실인 거지."

지훈은 실망했다.

"거짓말을 했을 리가 없잖아."

지훈은 식탁보로 간이 커튼을 만들었다. 내가 없는 동안 심심했나

보다.

"돈 갚으러 온 거야."

"돈을 갚겠다는 사람이 이제야 온 거야?"

"온 거라고 받아들여주라."

"니가 편하려면 이 집에 뭣 하러 왔니?"

받아들인다는 것은 편한 것이다. 상황이 심각했다. 훨씬 마음이 상한 상태다. 나는 지훈이 어떤 상태인지 모르겠다. 말을 하면서도 무슨 소리인지 모르겠다. 지훈한테 져주고 잘 보이려 했다. 대화는 오래 할 수 있었다.

"감사해요."

오랜 만에 자신의 집에 들여보내준 이에게 인사했다. 여전히 미소를 지어 보였다.

"감사하다는 말이 흔한 거였던가?"

허물없이 감사하다고 인사를 했다. 그러나 그는 나쁜 소리라도 들은 듯 행동했다. 점심시간이 되면 회사 동료들과 이야기를 할 수 있었다. 그럴 때면 칭찬하는 소리가 늘었다. 유리 선배와 화심 선배같이 전 팀장을 알던 시기부터 못 하던 일을 해내는 나를 칭찬했다. 다정하게 일하는 것이 아무나 하는 일이 아니라는 것이다. 나는 팀장임에도 다정하게 임했다. 진짜 말할 수 있는 실적은 팀원들이 나를 따른다는 것이다. 말도 하기 힘들었던 시절이 사라질 정도로 자신감을 심어주었다. 팀원들은 유일하게 나를 따랐다. 하는 일의 순서보다 관계를 중요하게 생각했다. 사람이 친해지면 서로 관계가 생긴다. 정수와는 친해졌는데 관계가 생기지 않았다.

"너와 만나면 편해."

나는 궁금한 것을 물었다. 둘 사이에 친해져서 알게 된 것들은 많다. 주로 찾는 일이 어떤지 알만큼 친해졌다. 하지만 사이라고는 느끼지 못했다. 정수는 그냥 동심인 것이다. 편한 사이가 좋은 건지 모르겠다. 그래서 지훈을 찾아갔다. 쉬고 싶었지만 지훈에게 묻고 싶었다.

"서로 믿는 사이가 뭔지 생각해본 적 있어?"

지훈은 어른스럽게 앉아 있었다. 하는 일이라고는 없어진 사람처럼 굴었다.

"편하려면 우리 집에 왜 왔니?"

지훈과는 불편한 사이가 되었다. 윤주를 만나고 싶었다. 윤주가 하는 일은 멋있다고 생각한다. 윤주가 먹는 것도 멋지다고 느꼈다. 그래서 같이 식사하기 원한다. 종종 만나기 원했지만 오지 말라고 말렸다. 윤주가 다른 일에 열중하고 있는지 알 수는 없었다.

"오늘에서야 직접 만날 수 있다니 영광이야."

"그걸 농담이라고 하면 너는 막장인 거야."

"식사를 같이 하는 거지?"

윤주는 확답했다. 먹을 만한 것을 만들었다. 최고로 불리는 자리에 있는 사람은 솜씨가 다르다. 남 같지 않다. 요리를 주면서 특별한 이야기를 했다.

"차인 남자 이야기인데, 다시 차야 하는 상황을 맞은 거야."

"이야기가 비극으로 보이는데?"

나는 듣기 어려운 감정을 표현했다. 진실로 자신의 이야기처럼 이야기했다.

"예쁜 것들은 다 썩을 것들이야."

윤주가 실망했다. 내가 저번에 본 두 사람에게서나 나올 법한 이야기이다.

"이해하기 어려우면 왜 좋아하니?"

"궁금증이 아픈 거라서."

윤주는 누구의 이야기인지 알려줄 의사가 없다. 다음 기회라도 윤주를 보는 일이 꺼려질 것이다.

"별 다른 일 없으면 회사의 모든 마무리된 일을 모아줘."

"네."

회사를 다니면서 모두에게 인정받았다. 이제는 소문도 무섭지 않다. 더 이상 사교적인 성격이 문제가 아니다. 동료로 인정받고 추앙 받는다. 영업부는 더 이상 나를 위해하는 발언을 하지 않는다. 이제부터라도 잘해주려는 마음을 비쳤다. 잘하고 싶은 일이 있다는 것으로도 존중 받을 줄 알아야 한다. 어느 날 우리 팀을 주제로 한 식에서 내가 대표로 뽑혔다. 뜻 깊은 날에 발언권이 주어진다는 것이 얼마나 멋진 일인지 모르겠다. 여태껏 일을 하면서 느낀 형식적인 것에 비중을 두지 않았다. 나에게 주어진 만큼 말할 것이다.

"저는 일에서 차이가 나는 것을 당연하다고 생각합니다. 우리는 사교적인 것을 좋아하는 사람입니다. 저희 팀원들은 사람을 존중해줄 줄 압니다. 당연한 것을 차별 대우하는 일은 하지 말아야 합니다."

나에게 영광스런 자리라고 강조하고는 고개를 들었다.

"사람에 따라서 일을 해서는 안 됩니다. 우리는 열심히 합니다."

'열심히 일한 당신 떠나라!'라는 현수막. 멋지게 붙은 장식품들이 멋있게 보인다.

"집에 손님이 있어서 만나기 힘들어."

윤주는 만나자는 문자를 보내놓고도 연락을 하니 막상 다른 소리를 한다. 만나고 싶지는 않은데 전화는 마땅히 해야 한다고 생각했다. 윤주는 철없는 사람처럼 변덕을 부린다. 상당히 부담스럽다. 나중에는 솔직하지 못한 데서 아픔을 느꼈다. 내가 싫은 짓은 못 하겠다고 먼저 말했어야 했다. 나는 생전 처음 하기 싫은 일과 아픔을 겪었다. 도저히 윤주를 다시 못 볼 것이다. 민망하고 괴로워진다. 어쩌면 그 추한 소리들의 주인공이 누구인지 알 만하다 싶었다. 지훈을 만나고 싶었으나 정작 만날 수 있는 것은 정수였다. 정수는 집 근처 공원에 서 있었다.

"왜 여기에 있는 거니?"

"오래 기다렸어."

내가 하지 않은 일을 했다고 말했다. 화나는 것은 순간의 일이다. 무언가를 먹는 일은 흔하다. 나는 짜증이 나기 전에 맛을 본다. 정수와 싸웠다. 정수는 미워했다. 연락이 두절된 것부터 미워했다. 솔직히 일은 핑계다. 회사 문제도 핑계다. 어떻게 하면 편한 사이가 나쁜 것이라고 말할 수 있는 거지? 편하려면 자신의 집에 오지 말라고 하는 사람이 있다. 윤주가 일하는 음식점에 가면서부터 일이 벌어졌다. 아직까지 내 이야기 같다고 착각이 든다. 나는 내 집에 책방을 만들었다. 학자 같은 취향을 가진 사람들은 서재라고 한다. 내가 만든 책방에는 회사를 다니며 흥미를 느꼈던 종류의 책들이 있다. 회사를 다니면서 힘든 일이 생기면 재미를 찾기 위해 관심을 두곤 하는 종류들이다. 누군가를 생각해서 떠오르는 것을 일찍 찾고자 하는 의도이다.

유리 선배는 회사에서 하는 일정한 일이 있다. 물건들을 체크하는 시간이다. 유리 선배와 기꺼이 대화를 했다.

"우리가 이만큼 해냈다는 것이 믿겨져?"

"어느새 옛날 팀장보다 못하다는 걸 없애주었지."

구비될 물건들을 살펴보았다.

"우리 민화가 내가 일하는 시간에 무슨 용건이 있으셨나요?"

"사실은 대화가 필요한 것이다."

"우리 사이에 할 말이 남았던가?"

은근히 쌀쌀맞게 반응했다. 말하기가 꺼려졌다. 그래도 유리 선배는 무언가를 아는 것 같았다.

"김진혁이 일이라면 저번에 설명했던 것으로 부족한가요?"

"김진혁이 일이라면 궁금해 할 줄 알았거든."

궁금한 건 없는데 자꾸 있다고 생각하게 만든다. 말을 어떻게 해야 대화가 될지 알 수가 없다. 진혁이가 어떻게 사는지 모르게 된 지 오래다. 알아서 나를 피했다. 시선 하나까지 조심했다. 자주 갈 법한 휴식처에도 소식이 없다. 만날 법한 곳에서도 지나치기 일쑤다.

"만난 적이 없는 걸요."

따지고 보면 만난다는 것은 회사 밖에서 하는 일이다.

"그렇구나. 만난 적 있는 줄 알았어."

나를 의심하는 줄 알았다. 내가 저번에 정수에 대해서 한 설명을 하고자 했다. 뭐라고 생각하든지 나는 차라리 다른 사람을 만난다.

"나는 김진혁보다 나은 사람이 훨씬 많은 걸요."

말에 힘을 줬다.

"니가?"

유리 선배는 마음이 상한 듯하다. 그러나 반말하는 것이 마음에 걸린다. 결례가 아닐 수 없다.

"나이가 중요하지만 상처를 줄 만하게 말할 필요까진 없었잖아요."

퇴근을 했다. 마음이 불편했다. 오늘 내가 과연 친절하게 굴었는지 의문이 든다. 그러다 문득 새로운 의견에 도달하게 되었다. 아는 척하고자 하는 의도가 아니다. 유리 선배가 일하는 시간이다.

"희망을 잃지 마세요."

유리 선배는 놀랐다. 그러고는 이야기를 털어놓았다.

"너 때문에 부끄러워서 회사를 못 다니겠대!"

울 만한 이유가 되는가보다.

"진혁이 회사에 한 말이라고 소문이 났죠. 그러면 울면서 용서라도 빌면 되지."

유리 선배는 미니스커트 사건 말고는 모르는 듯하다. 그러니까 자신이 입어도 반응을 보이지 않았다. 회사는 미니스커트에 더 이상 관심을 두지 않았다. 소문은 입에서 입으로 전해진다. 학교를 다니면서 알게 된 것이다. 식상하지만 소문은 관심이다. 괴롭히는 사람이 드러나면 싸우는 것이다. 정수와 진혁은 크게 싸움질했었다. 진혁은 소심했다. 싸운 후부터 잠잠해졌다. 나에게 말 한 마디도 꺼리는 것이 특징이다. 이상하게 소심하게 군다.

"유리 언니는 소문 들어본 적도 없어요?"

"미니스커트는 지났다."

일을 마치고 커피 집에 갔다. 할 이야기가 있다. 소란스럽게 달그락거리는 커피 집에 온 것을 후회한다.

"자기가 무슨 일을 저질러놨으면 해결을 봐야죠. 소심하게 기어들어가요."

"알 수가 없다, 회사 사람들의 낌새도."

"모르는 일이라고 잡아떼지 마세요."

"정말 몰라."

어디서부터 설명해야 이해가 되시는 걸까.

"어디서부터 말을 하면 알아줄 건데요?"

"아는 것 전부 다."

"전부 다 내놓으라는 것하고 다를 바가 없잖아요. 샌드위 하나 정도는 먹어야 하겠는 걸요."

"하나 먹으려면 이야기를 잘해야 될 거야."

"알아요. 이해만 해요."

샌드위치가 나왔다. 토마토가 끼어 있어서 빨간색을 띤다.

"눈에 띄게 소문이 난 건 아닌데, 아는 사람은 아는 이야기예요. 그건 본인한테 불라고 하세요, 알 만한 부분이 아니니 말이죠. 자신이 누구를 좋아한다고 소문을 냈어요. 그리고 병원 갈 정도로 맞았죠."

줄거리만 듣고서 선배는 기겁했다.

"내가 이해만 하라고 말했잖아요."

"이해가 된다."

그 다음에 비명 지르는 소리를 들을 수 있었다.

"아악!"

"뭐가 잘못된 줄 알겠죠?"

"난 그 애가 불쌍했어! 집이 좀 어려웠거든. 근데 누구인지 알겠어서 말이야."

"몰라도 돼요."

"미안하다, 바로 앞에 그분을 두고 계신 줄 몰라서."

"그분이 이상하게 들리네요."

"아니야, 별 감정 없어."

"섭섭한데~."

내가 서운한 감정을 비쳤다. 사실대로 말하려는 의도였지, 먼 사이가 되고자 한 게 아니었다. 먼 사이가 되고자 커피까지 마시고 있다면 썩 좋지 않은 일이다.

"섭섭해 하지 말아라. 내가 김진혁이 좋아진 거 사실은 오래 되지 않았어."

반전이 숨어 있었다. 그래서 그런 감탄사가 튀어나온 것이다. 당황해서 말을 길게 해버렸다.

“네? 치마 때문은 아니라고요?”

“미니스커트는 니가 유명해서 그런 거고.”

똑바로 응시했다.

“사실 회사에 이하영 팀장 하면 유명하잖아? 이하영 팀장이 너를 부리고 있다는 사실을 모르는 팀원이 없었어.”

“네? 뭐라고요?”

그렇게 이야기가 진행되자 수습 교육의 추억이 떠오른다. 사실 받은 적이 없다.

“동시에 관심을 끌려고 나섰던 거지.”

“어이가 없는데요?”

결국 나에게서 선택받기를 원한 줄거리가 되겠다.

“처음에는 곱게 보이지 않았어. 그냥 장난치는 관계는 싫었거든. 동료 중에 마음에 드는 사이도 없고. 순간 앞에 보이니까 도와줘야 한다는 생각밖에 없었어.”

“어떻게 받아들여야 할지 모르겠는데요.”

“우리 친한 사이가 되기를 바란다는 거?”

“그럼 진혁에게 관심을 보였던 건 뭔데요?”

“일을 열심히 해야 돼서.”

일을 핑계라고 하는 거다. 본인 사생활을 침해당하지 않으려 했다.

“진혁이하고 친해지면 나아지는 게 많아.”

순간 진혁이의 인간관계를 떠올렸다. 순식간에 대우받는 사람이다. 같은 신입사원인 주제에 대우를 받았다. 속으로 질투나 하던 시절이 떠오른다. 나도 친해지려 했다. 유리 선배가 하는 행동이 마땅하기는 하다. 하지만 김진혁은 좋아하기에는 먼 사이다.

“유리 선배가 하는 일이 그렇게 힘들었어요?”

나는 조금 비꼬아 말했다. 예상 외로 선배가 웃었다.

"하하하하."

유리 선배는 한동안 회사가 어려워서 비형식적으로 돌아가는 힘든 일이 있었다고 했다.

"나는 공채이기는 했는데, 연락이 공식적으로 없어서 힘들었어요."

"나도 아는 사람 하나 없이 돌아다녀서 곤란했어. 알다시피 회사가 크니까 물어보기 그런 게 있었어."

"라운지?"

"난 라운지가 뭔지도 몰라."

우리 팀원끼리 따로 모이는 장소가 있기는 하다. 근데 라운지를 찾는 사람은 따로 있는 듯하다. 실제로 하영 선배 때문에 외면한 적이 많다고 한다. 대화는 웃으면서 끝났다. 정리를 하다가 다슬 언니와 부딪혔다. 아프게 부딪혀서 대화를 할 수 있었다.

"미안해요."

"미안해요."

아프게 부딪혀서 쉬는 시간이 생겨났다. 쉬는 시간 동안 다슬 언니가 새 화제를 알려주었다.

"사내 연애하는 사람들 잡혔대요!"

"어머. 누구한테?"

"저번에 소문내던 사람들 전부 걸렸지 뭐예요! 모른 척하는 사람들이 은근히 많아요. 한 사람이 들춰내려 하니까 전부 나오지 뭐예요!"

"굉장한데요?"

"전부 벌칙을 받을 예정이래요."

"말만으로 어떻게 잡았대?"

"그러니까 커플이죠. 이어지면서 알려지는 사이예요."

“혹시 했는데 정말 본인 아니죠?”

“당연한 소리를! 추궁당해서 기분이 뭣 같았어요. 본인들 생각하면 불쌍해요.”

“근데 왜 가만히 있었던 거죠?”

“가만히 있으면 소문이 잠잠해질 줄 알았거든요. 나라도 가만히 있어야겠다고 생각했어요.”

“일이 커지면 어쩌려고.”

걱정하는 마음을 뒤로 하고 이야기를 즐기고 있었다. 나는 더 알고 싶어 물었다. 다슬 언니가 말 꺼내기를 즐겼다. 가끔 무기에 대한 언급도 했다.

형식적으로 야유회를 갔다. 간식거리가 많았다. 그 중에 자기 먹을 것을 싸온 사람들이 있었다. 자신의 음식을 나눠먹고 먹으며 친해졌다. 나는 꽤 많이 먹었다. 진혁은 어려운 일을 사서 했다. 옛일은 다 잊고 즐기는 모양새다. 솔직히 고백을 받은 정식 사이가 아니다. 그런데 쑥스럽게들 구니 즐길 만했다. 특히 후식으로 파인애플을 먹을 수 있었다. 불편한 사이라는 개념이 사라지니 덜 불편하기는 했다. 다슬 언니가 앉아 있는 곳에는 사람이 많았다. 그러나 거기까지 파인애플을 가지고 가서 끼였다. 다슬 언니와 이야기를 할 수 있었다. 둘이 있어도 말이 통하니 단체로 있어도 재밌었다. 은영 언니가 영업부를 끌고 왔다. 은영 언니는 영업부의 놀이 부장이다. 그럼 놀이 장은 누구인지 궁금했다. 영업부의 대표적인 사람 중의 하나이다. 저번에 같이 밥 먹을 때와 분위기가 다르다. 공짜로 음식을 대접해주던 영업부가 아니다. 장기가 많은 실적에 구애받지 않는 유일한 부서다. 이런 날을 위해 존재하는 부서다. 은영 선배와 상훈 선배는 영업부이다. 영업부는 특별한 대우를 받아왔다. 하지만 내가 있는 한 우리 부가 특출할 것이다. 알려진 바로는 영업부는 할 일을 마땅히 해내는 부서다. 영업부서 사람들은 각양각색이다. 단체로 노래 부를 만한 자신을 보였다.

"단체로 노래라도 부르겠습니다."

영업부가 환호한다. 자리를 만들면 얼마든지 낄 사람이다. 나에게 사교성을 물었던 남자가 사람을 부릴 줄이야. 억척으로 막아서야겠다. 불편한 자리가 되느니 관두게 만들 것이다.

"우습게 그러지 말고 솔로여야 돼요. 대표가 알아서 나오세요."

영업부가 나서는 것을 제재할 수 있었다. 솔로라면 나서지 않을 것이다. 하는 짓을 막아서야 한다.

"단체로 하는 일이 중요합니다."

상급으로 보이는 상사가 튀어나왔다. 상당히 반응이 좋았다. 내 말은 없는 말이나 다름없다. 영업부가 하는 짓은 먹고 보는 것이다. 먹는 자신감이 어떤 것을 보여줄지 기대하게 한다. 과연 영업부에서는 호응적인 사람들이 나왔다. 서로 하고자 하는 솔선수범에 감탄사가 나왔다. 인기 부서라는 것이 실감난다. 우리 부도 멋있다. 멋지게 나오는 사람이 많아서 감탄스러웠다. 나에게 감탄은 힘든 일이다. 그러나 우리 부에서 못 하는 노래, 춤, 개그를 선보인다. 일하는 재미 외에 나오는 재미를 선보였다. 완전히 열정적이다. 이들에게서 재미는 잘해내는 것이 아니다. 즐기는 것이다. 우리 팀은 일하는 데 반응을 보였다. 영업부는 놀이에 반응과 관심을 보인다. 상당히 멋진 광경을 보게 되었다. 상훈 선배는 유부남이다. 일을 다른 사람 못지않게 해내려 한다. 주위를 살피고 자신이 나서야 할지를 판가름했다. 남보다 못 하는 것을 싫어한다. 노래도 하려 했다. 호응이 대단한 사람이다. 힘겨워 보인다. 주로 하는 일을 떠나서 놀면 힘들어 보인다. 즐길 때는 동심으로 돌아가서 노는 것이리라. 마칠 때가 되었다. 사회자가 나서서 이야기한다.

"어린 날에 불렀던 동요를 흥얼거려보는 동심의 하루 보내시길 빕니다."

치울 사람이 모자랐다. 쓰레기를 정리하면서 상훈 오빠와 자연스럽게 말할 수 있었다.

"내 결혼, 일부러 늦게 말해서 미안하다."

"그런 일 있고 나서 말하는 게 이상한 사이죠."

당연한 일이었다고 말했다. 은영 언니가 거들었다.

"미안해. 내가 억지로 붙이면 오히려 망가지는 거였어. 서로 아무 사이도 아니겠지만."

은영 언니가 먼저 자리를 피했다. 다른 곳으로 거들어주기 위해서 갔다.

"관심을 보이는 게 멋져 보였거든."

사람들은 다른 곳을 쳐다보았다.

"이 말을 듣게 되다니 운이 참 좋아. 나한테서 이런 말이 나와서 다행이야."

허탈하게 말하고 있었다. 아마 자책하고 있는 것이리라.

"별 감정 없는데도 말하는 사이가 되니 기뻤어. 원래 사귀던 여자야."

"이제서 그러면 꼴불견이죠."

대화는 공포를 자아낸다. 더 이상 아무런 감정이 없음을 알았다. 은영 언니가 있는 곳은 시끄러웠다. 일이 남아 있었다. 그쪽으로 갔다.

"우리 사이에 할 말이 남았나?"

드디어 은영 언니가 섭섭하게 말했다.

"너한테는 계속 미안해 했어."

"응."

"너는 낙인 찍혔었어. 회식 사건이 있은 후 우리 사이에서 증거를 찾았었어. 그래서 내가 무사히 말해주기는 했는데, 그게 잘못 받아들여지더라구. 그 외에는 어쩔 수가 없었어. 우리가 할 수 있는 일은 소문 안 나게 하는 것밖에 없었거든. 신입사원들 중 너를 기억하는 사람이 많았어. 입단속은 시켰는데, 과장이 찾으니까 막막하더라구. 우리는 단체로 모른 척했어. 남자 신입사원들이 만취해서 모르겠다고 핑계를 대면 되는데, 너는 그런 핑계를 댈 수가 없었잖아."

"회식 사건 후에 나를 무신경하게 대했다는 거군요."

"우리는 최선을 다했어. 너를 위해 해줄 수 있는 건 거기까지니까. 마음으로 넘어가길 바래."

"그냥 말을 하지 말지 그랬어요?"

언니에게 그 당시의 모든 섭섭함을 털어놓았다. 우리는 어릴 적 추억을 소중하게 여긴다. 어릴 적 모임에 나가서 놀던 일을 아직 기억하고 있다. 모임이 주관한 만남은 학생 때의 환상을 자극했다. 어떻게 해서 그렇게 잘 놀 수 있었던 건지, 추억을 우습게 표현한다. 은영 언니와 말을 할 수 있어서 다행이었다. 오늘 이대로 헤어졌다면 서로 아무것도 아닌 사이가 됐을 것이다. 오래 전 언니는 아무 사이도 아니면 추억도 같이 없어지는 것임을 알게 해주었다. 우리는 아는 사이지만 만나는 것을 그만두기로 했다. 언니는 내심 아까운 감정을 비췄다. 그런 남자한테 붙이는 게 재미라고 느꼈던 걸 후회한다는 것이다. 나름대로 놀리는 거였는데, 진지하게 돌아가서 당황했다는 소리다. 내심 미안한 감정을 털어놓았다. 언니는 정말 애인이 있는 줄 몰랐다고 강조했다. 솔직히 일 잘하는 남자가 최고라는 것이다. 어디가 멋있었냐고 물었다. 머뭇거리더니 웃기게 말을 했다. 없었다며 우습게 만들었다. 실제로 누가 좋아했던 건지 묻지 않을 수 없었다. 은영 언니는 관심 있는 사람들이 꽤 있었다고 했다. 관심을 받는 타입이면 있을 수밖에 없다. 하지만 나를 놀리려고 그런 것이면 용서를 못 하겠다. 알고 보면 선배들은 애인 있는 사람이 그럴 것이라는 예상을 못 한 것이다. 특징을 가지고 있는 사람과 없는 사람은 다르다고 했다. 언니는 어느 인기 좋은 여자한테 소개시키지 않았던 걸 후회한다고 말했다. 헛소리가 느는 것 같았다. 하여튼 언니는 오빠를 보낸 것을 후회하는 모양새다. 언니의 큰 특징이 남 일과 자신의 일을 구분 짓지 못하는 것이라는 걸 잊고 있었다. 언니와는 서로 부딪힐 일 없기를 바라며 인사했다. 영업부와 사이가 좋아졌다. 회사를 자유롭게 돌아다니는 사람이 늘어났다. 부딪히는 사람들도 늘어났다. 나는 되도록 돌아다니는 일을 자제하라고 통보했다. 은영 언니랑 시원하게 헤어졌다. 다음 기회에 대화한다면, 추억을 꺼낼 듯하다. 다음부터 볼 일이 없겠지만 말이다.

"기쁨, 슬픔, 행복은 주변에 있는 것이 아니라 내 안에 있어요."

오늘은 퇴근시간이 되기 전에 직원들에게 말을 했다. 서로에게 힘이 되는 말을 해대고 자리를 떴다. 오늘도 무사히 집으로 들어간다. 정수와 헤어져서 다음 말 한 마디 못 했다. 정수와 싸운 이유는 정확히 없다. 정수는 내게 편한 사이라서 좋다고 했다. 지훈에게 물어보려고 오랜 시간을 기다렸다. 그러다 블랙커피를 마시면서 알게 되었다. 나는 편한 사이라도 좋은 사이가 되고 싶다는 것을. 다음에 만날 수 있는 기회도 없어 보인다. 정수는 화려하게 이 지역을 떠났다.

다음 날 놀라지 않을 수 없었다. 인터넷이고 라디오고 정수가 떠난 것을 알려주는 내용이 자주 있었다. 연예인 직업에 맞게 일을 하러 멋지게 떠났다. 그는 떠나기 전에도 잘 알리고 떴다. 누구 보라고 그러던 건지 알 수가 없다. 평소의 자유분방한 성격답게 사라졌다. 진혁은 나를 불쌍하게 여겼다. 내가 같이 다닌 사람이 누구인지 알기 때문이다. 누구인지 알면 기겁할 사람이라는 듯이 직원들에게 말하곤 했다. 장난이라는 게 더 얄밉다. 진혁에게 가까이 가지 말라는 협박을 붓기 시작했다. 남의 이별을 이런 식으로 몰아붙이는 것은 비극이다. 특히 조심하라고 하면 알고 있는 것 같다. 아직 눈치 못 챘던 건가 모르겠다. 수군거리는 짓은 하지 않는다. 묻지도 않았다. 그냥 솔직하게 궁금해하지 뭐.

퇴근 전에 직원에게 한 마디 했다.

"웃으며 출근하고 웃으며 퇴근해야 돼요. 그 안에 천국이 있어요."

마땅히 해야 될 말이다. 많은 사람들이 의아해 했다. 김진혁이 달려와서 잽싸게 말을 막았다. 무슨 말을 하든지 용서하지 않았다. 톡! 쏘아붙이고 자리를 떴다.

"이래라 저래라 할 만한 입장이 아니야."

얼마 후 친구들을 만났다. 서로 만나는 일을 반겼다. 수민이는 지각을 하지 않는 친구이다. 노아현은 미운 구석이 있는 모델이다. 직업이 모델이다. 형태만 쓰이는 껍데기와 같은 것이 아니다. 그냥 모델을 직업으로 삼고 사는 사람이다. 왜 직업을 그걸로 택했는지 모르겠다. 천성이 자유스럽다. 일을 맑은 얼굴로 대할 줄 아는 친구다. 이번에 만나는 일이 중요하다고 느끼는 것이 당연할 듯하다.

"오랜 만이다. 먼저 와 있네."

"먼저 기다려야지, 우리가 먼저 취업했으니까."

수민이의 직업은 호텔리어이다. 외국어에 흥미를 느끼고 굉장히 빨리 취업했다.

"난 잘 자리 잡았어."

"나야 뭐 가는 데가 일이니까."

만나면 이럴 때 분위기가 좋아진다. 서로 기쁘게 웃을 수 있었다.

"나도 취업했어."

내가 취업 소식을 알리자 감탄사를 내며 놀랐다.

"오우."

“어이가 없다.”

“내가 취업을 했다는데 그런 반응이 뭐야? 뭐 이런 것들이 있어?”

이들은 나를 말려주었다. 친구가 취업했으면 마땅히 기뻐해주어야 한다.

“우리는 취업을 힘들게 안 했으니까.”

내가 엄청 매달려서 회사에 들어간 줄 알고 있는 것이다.

“사실 안 봐도 나오잖아. 대학도 못 가놓고 거짓말이 통하겠어?”

“막말하는 거다, 노아현.”

나는 설명해야 할 필요성을 느꼈다. 내가 도시로 간 것부터 설명해야 했다. 부유해 보이는 아현한테 점심을 사라고 권했다. 내가 술술 말하겠다고 선언했기 때문이다. 아현은 그러자고 했다. 그 덕에 유명한 곳에서 멋진 것을 먹을 수 있었다.

“멋진 것을 좀 알겠으면 멋진 말이라도 해야 된다는 걸 명심해.”

“기대하고 있다.”

먹을 것을 앞에 두고 하기에는 슬프다고 느꼈다.

“우선 학교 졸업하고 도시로 이사 갔어. 짐 다 싸들고 올라갔어. 캐리어를 끌고 다녔지. 번화가는 멋진 풍경이었어. 도시는 내가 가고 싶어 했던 곳, 기억나?”

친구들은 구석을 찾아서 갈 줄 몰랐다는 반응을 보였다.

“에이~.”

“차라리 최고로 좋은 도시를 향하겠다. 최고를 놔두고 어딜 돌아다녔니?”

“꿈이 크면 쉽게 망하는 것이야!”

“그런 잡소리를 어디서 듣고 왔냐?”

“도시 여자가 유혹을 해요.”

"하하하."

"어디 순진한 남자를?"

"여자가 유혹을 해요."

친구들은 내가 도시에 오기 위해 연락했던 친구만큼이나 반응했다. 혹시나 친구 집에라도 머무르는 것 아니냐며 너스레를 떨어댄다.

"친구에게 연락은 했었는데 오히려 남자가 있냐고 물었어."

그 애한테서 말도 안 되는 추궁을 당했었다. 나중에 남자가 나오기는 한다.

"그래, 남자가 아니고서야 도시를 왜 가겠니?"

"도시에 가면 차가운 여자인 건가?"

"백화점에서 나만 보고 있더라."

친구들이 박수를 치며 환호했다.

"결혼하기에는 어린 나이."

"어디서, 다 큰 어른한테!"

침을 삼키며 물어왔다. 오랜 만에 취직한 사람의 이야기는 재밌는 법이다. 물음에 답할 의사가 없다. 그냥 내 이야기나 해댔다.

"남자를 만났어. 자기 집으로 곧바로 초대해줬어. 그러고 몇 주 동안 머물렀어. 잘 대해줬고 먹을 것도 주기에 계속 있었어."

오래 있기 편했음을 설명했다.

"괜히 오래 있었던 게 아니야? 아무 일도 없었잖아."

김수민은 사랑하는 사이냐고 물었다.

"나는 취직할 때까지 머무를 수 있었지. 그리고 대출회사에 다녔어. 이상한 일 시키려 드니까 못 하겠더라고. 월급이고 뭐고 보이는 게 없었어. 차라리 관두는 게 낫겠다는 생각이 들었거든."

"잘했어. 잘한 거야."

“그럼, 잘했어. 그런 곳에 가느니 버리겠다.”

“그러다가 정수를 만났어.”

“그 사람? 신정수?”

“연예인이잖아!”

연예인이라고 알아채고는 박수를 쳐댔다. 요란을 떠니까 말하기가 싫어졌다. 상황이 우스워졌다. 같이 이야기하는 것이 부담스러웠다. 연예인이라고 미친 반응을 보인다. 그게 내 이야기보다 중요한가보다.

“정수를 사랑하지 마라.”

내가 한 마디 해야 했었다. 솔직히 정수는 유명 연예인이다. 영화에 나올 정도면 알아주는 것은 무난하다. 나도 정수를 보고 반하지 않을 수 없었다. 정수 때문에 지훈에게서 돌아섰다고 생각하는 것이 문제되지 않았다.

“그리고는 지훈의 집을 나왔어.”

친구들은 이해를 했다.

“왜 나왔는지 모르겠는 걸.”

“싸우지 않았으면 안 나와도 되는 것을!”

“정수가 마음에 걸렸어. 다른 곳에 취직하기 전에 만났거든. 다른생각하기 싫었어. 나는 정수는 어려운 사정에 빚이라도 되는 줄 알았거든. 마음이 편하고자 했어. 그래서 지훈이한테 말도 없이 나갔어. 정작 필요한건 지훈이였는데 말이야.”

지훈이한테 미안한 감정이 생기지 않았을 때의 일을 설명하기 싫었다.

지훈이 정말 마음에 걸리기 시작하면서부터이다. 지훈에 대해서 궁금해 하기 시작했다. 친구들은 떠나간 사람이 아닌 지훈에게 호감을 보였다. 처음에 보인 반응과 달랐다. 그러면서 지훈이 나한테 해준 일을 말해주게 되었다. 나중에는 지훈이 윤주를 만난 것도 가르쳐주었다. 그

뒤로 찾아갔지만 거의 쫓겨나온 것도. 그리고 나는 별 감정이 없는 것 같다고 말했다.

"내가 미워하는 건 좀 아니잖아."

망설이다 말했다.

"너를 쉽게 보는 거잖아."

친구가 화난 듯이 말했다.

"남자는 차일수록 느는 존재야."

덩달아 노아현이 말을 밀어주었다.

"그런가봐."

아현이가 말이 이상하다고 생각들 때 하는 말이다.

"왜 말을 야하게 하는 거야?"

그러다가 문득 지훈을 만나던 것보다 정수에게 관심을 두게 된 일을 정리했다.

"솔직히 그런 남자를 만나는 게 이해돼?"

초점을 다른 여자에게 두어야 했다.

"지훈이와 만났던 신윤주라는 여자가 잘나가는 요리사라며?"

"이유가 있다면 민화하고는 아무 사이도 아닌데 윤주하고는 무슨 사이가 되고 있다는 소리하는 거 아니야?"

"그럼, 끝난 사이 아니야?"

수민이도 고개를 끄덕였다.

"정수라는 남자랑 가장 잘 어울려."

마지막 결론은 지훈과 먼 답이 나왔다. 그러고는 윤주라는 여자를 만나고 오라는 것이다. 만나라고 힘주어서 말한다. 나중에 행운의 편지라도 쓸까봐 걱정하는 거라고 핑계를 댔다. 내가 정수와 헤어진 일을 설명하지 않았다. 친구들은 정수가 좋아할 만한 사람이라는 걸 안

듯했다. 용기를 내서 만나야겠다고 내지르고서야 허락을 받아냈다. 윤주는 신정수가 떠난 일을 기억하고 있었다. 한동안 떠들어대는 이야기가 들리지 않을 리가 없다. 상황이 복잡해져서 별다른 말을 못 하겠다.

"신윤주, 한번은 지훈이랑 말하는 거 봤어."

긴장감이 들었다. 평소에 맞이해주는 사람과 다른 것을 마주하고 있다. 잘해주려고 베풀던 호의도 없다. 평소처럼 안부를 묻고 인사하던 때가 멀게 느껴진다. 솔직해지는 것은 쉬운 일이 아니다. 애써서 친절하게 말하려 한다.

"지훈이랑 말하는 것도 들었어?"

"어떻게 아는 사이야?"

"지훈이 나를 첫사랑처럼 여겨."

지훈이랑 아주 친한 사이었다. 여기서 물러날 수 없었다. 윤주를 만나는 데 엄청난 용기가 필요했었다. 그런데 여기서 멈추어 다른 길을 갈 수가 없다. 다른 길을 가도 용기는 필요할 듯하다. 나는 아직 포기하지 못한 것이다.

"니가 말하던 사람이 나였어."

윤주가 모르는 것처럼 말하기에 상기시켜줬다. 드라마처럼 행동하는 여자가 나았다고. 어디에 갔는지 모르게 나간 여자가 앞에 있다고.

"정수 떠났어, 아주."

말을 마치고 오랫동안 가만히 있었다. 정수가 얼마나 좋아해주었는지 생각하는 중인가보다. 욕이라도 듣는다면 기꺼이 들어야 했다. 나는 맞았다. 처음으로 주먹질을 날렸다. 얼굴이 중요한지 아는 사이에는 입을 노리지 않는다. 서로 코피를 흘렸다. 무식하게 달려가는 싸움으로 번지지는 않았다. 정수를 잊을 수 있냐며 고함을 쳐댔다. 서로가 울었다.

"오빠는 진심이어서 떠난 거야!"

먼저 운 건 윤주다.

"나도 진심은 있다고!"

나도 울었다. 아무 사이도 아니라는 것은 아픈 것이다. 적당히 울었다고 느꼈나보다. 지훈과 과거에 아는 사이었다는 사실을 알려주었다.

"지훈은 나하고 아는 사이야. 아마 나를 좋아했을 걸. 나는 요리사가 꿈이라서, 없어도 되는 아이라서 버렸어. 그러던 어느 날 니가 나타났어. 뜻밖에 지훈이 사랑한 거지."

나는 이별이 아니라 없어진 사람이다. 답답한 윤주가 화를 낸다.

"무식한 것이 뭔지 모르게 만들어. 목소리조차 듣기 싫어."

윤주는 지훈을 싫어했다. 민화가 나라고 예상하지 못했다. 이름이 같은 사람이 많다는 것을 알고 있기에 말이다. 윤주는 내가 집을 나가면서 아무 감정이 없었다면 사라졌을 것이라고 충고해주었다. 지훈이 받아들이기에는 너무 편한 존재라서 없어진 여자가 된 것이다. 편하면 오지 말라고 미워하던 얼굴이 생각났다. 지훈이 아직도 감정도 표시하지 못한 것을 질책하고 있다.

"너도 정지훈이랑 똑같은 생각을 하고 있는 줄 알았거든. 이제는 너희 사이에 있고 싶지 않아."

솔직해지려 했다.

"아마도 첫사랑이였을 꺼야."

"아직까지 사랑한다는 거야?"

"나는 사랑하는 사이라고 여긴적 없는 친구야."

윤주는 당장 나에게 고백했다. 마지막 말은 나를 위해 해주는 말이다. 나에게 어울리게 들렸다. 거짓말 같은 단어만 쓴다. 지훈을 만나려 했다.

“만나기가 어려워?”

이제는 지훈이 전화를 받지 않았다. 찾아가기로 마음먹었다. 기다리던 사람같이 나왔다. 안으로 들여보내줄 마음이 없어 보였다.

“소파에 앉으면 서서 할 때보다 할 말이 늘어나.”

소파에 앉을 수 있었다. 소파라도 앉아야 들어줄 것 같았기에 포기할 수 없었다.

“앞으로 가는 일이 어려울 줄이야.”

홧김에 내뱉었다. 말을 숨길 수 없었다. 이해하도록 이야기하려 했다.

“나가서 이야기하자.”

왜 끝까지 윤주가 있는 식당으로 가는 건지 모르겠다. 반항도 못 하고 따라 들어왔다. 억지로 찾아온 게 아니기 때문이다.

“실례지만 손님, 지금 주방 용구가 고장 나서 시간이 오래 걸리겠습니다.”

웨이터가 다가와 말했다. 나는 상관없다는 듯 행동했다.

“기다려도 됩니다.”

지훈은 말을 마치고 나에게 시선을 던졌다. 말을 오래 하려고 그러는 것이다. 긴장감이 들어서 물을 오래 마셨다. 무언가를 하면 자신감이 생길 것 같았다. 차라리 말을 머뭇거리기로 했다. 지훈에게 말을 가리는 일은 어렵지 않았다. 내게는 저번에 만났을 때와 같은 물음만 반복할 뿐이다. 특히 달라진 것이 없는데도 말이다.

“오랫동안 기다리셨습니다.”

요리가 나왔다. 먹는 동안 말을 삼가기로 했다. 나는 우선 윤주에 대해서 물을 생각이다.

“오래 기다렸어요.”

“오랜 시간이 지나 나를 찾아와서 놀랐다.”

지훈이 말을 가로채며 말문을 막았다. 나에게 묻는 것이 별로 없던 사람인데, 이제는 먼저 말을 한다. 말을 먼저 하니까 무슨 사이가 된 것처럼 보였다. 나는 지지 않고 윤주에 대해서 물었다. 윤주의 친구로 굴었던 것을 털어놓을 작정이다. 지훈은 여기로 데리고 온 것을 후회했다.

"누가 불편해 해서."

불편하게 행동을 했다. 보는 내가 불편했다. 지훈은 꽤 자신의 직업에 걸맞은 사람이다.

"기다리는 시간이 작은 설렘의 시작이고 행복한 시작이란 걸 아니?"

멋있게 말을 했다. 웃기게 말하려고 그러는 것으로 느껴졌다. 난해한 말을 해서 불편했다.

"웃기기만 하다."

"어디가 웃긴데?"

정작 본인은 잘못 말했다고 생각하지 않았다. 잘못 행동했다고 생각하지도 않았다. 그러고는 자신이 하고 싶은 말을 했다.

"처음부터 버림받은 것이 아닌가?"

"버림받아?"

내가 말꼬리를 올렸다. 다시 만난 것부터 말하고 싶었는데, 옛날이야기나 하듯 말하고 있다.

"아무것도 없으면서 나간 거야?"

아무것도 없는데 취직을 어떻게 했냐고 물으면 이해가 빨리 되는 것이다. 한참 고민하고 말해야 했다.

"뭘 어떻게 해야 내가 하는 말을 믿을까."

고민하는 걸 알아줬으면 좋겠다. 계속 전혀 말이 안 되는 것처럼 굴었다. 내가 사원증까지 보여주었는데 말이다. 답답하게 굴면 회사로 데

리고 갈 생각이다. 내 사원증을 믿지 않았다. 나는 말을 돌리기로 했
다. 윤주 이야기를 꺼냈다.

"윤주 만났어."

"저번에 남자랑 만난다는 소리 들었어."

내가 한 마디 하면 더 나올 것 같다. 싸울 수 없는 사이다. 다른 사
람은 몰라도 지훈한테는 져주어야 한다. 여기서 포기 못 하겠다.

"너는 윤주하고 어떤 사이야?"

"대답이나 해."

"윤주하고 사귀는 사이야?"

"윤주를 직접 부르지 그러니."

"윤주한테 말하는 거 봤어."

"그래, 다 말했어. 누구인지도 알아."

"누구라고 말했는데?"

"누구라고 말 못 하겠는데."

"알 만하지. 너 첫사랑 있었다며?"

"아니야."

"솔직히 말해."

"막말로 만들지나 마."

막말하는 사이는 아닌데 험악해진다. 만나는 남자가 있었다고 말
못 하겠다는 거다.

"너는 불쌍해져도 가치가 있어."

이러다가 서로 말이 통하지 않겠다. 나는 지훈을 향한 마음을 고백
했다.

"그 사람한테 일없어. 절대로 없어."

거듭 강조했다. 빨리 이야기하는 것이 옳다고 느꼈다.

"우리가 아무 사이가 아니야?"

불안해서 물었다. 그토록 대답을 듣기 힘들었다는 것이다. 대답을 들어야 했다. 머뭇거리더니 말했다.

"편하려면 우리 집에 왜 오니. 너하고는 불편한 사이야. 사랑하는 사이."

감정이 있다는 것을 확인하고 기뻤다. 나는 편한 사이가 아닌 사람을 만나고자 한다. 앞으로 만날 사람은 나를 사랑해줄 사람이다. 사랑을 기쁨으로 맞이할 수 있다. 지훈은 자신의 집으로 초대해주었다. 나는 기꺼이 가기로 했다. 집은 평소보다 깔끔했다. 집안 분위기가 변했다. 스타일이 더 이상 예스럽지 않았다. 추억을 꺼내려 하는 분위기가 아니다. 뭔가 활기차게 만드는 흰 쿠션을 장만한 것이다. 기쁜 마음으로 소파에 앉았다. 어디서 본 것처럼 말하는 데 재미가 들렸다. 지훈한테 지어낸 말을 했다.

"나무를 키운다는 것은 오래 바라보고 생각하는 것을 배우는 거래요."

생각해보니 내가 읽은 책에 나온 말이다. 이번에 새로 장만한 책방에 들여놓은 책이다.

"내가 키운 나무사진 잊어버렸지?"

"응."

지난 기억을 기념해서 다시 하던 일을 하기로 했다. 첫날 나에게 먹으라고 주었던 것을 주었다. 다음날에 보여주던 것을 보았다. 차근차근 볼 생각이다. 안 보여주려던 것을 빼앗아서 보고자 했다.

"우리 사이에 많이 아팠잖아."

헤어진 시간 동안 지나간 것은 돌아오지 않는다. 그래도 찾으러 가는 것은 새로운 의미가 있다. 하고자 하는 일을 미루면 실패하듯이, 찾고자 하는 마음을 찾지 않으면 후회한다. 나는 그래서 지훈을 포기하지 않았다.

"예전에 같이 영화 봤던 거 알아?"

너무 오래된 일을 꺼내는 것은 쉬운 일이 아니다. 같이 보았던 영화의 장면을 찾아냈다. 알았다는 듯 말했다.

"거기서도 만남이 영원하지 않았어."

"만남도 이뤄야 하는 일이야."

시간이 지나면서 만나는 장면이 쉽게 느껴졌던 것이다. 지훈이 나에게 한 말은 다시 옛 감정을 떠오르게 했다. 지훈은 영화사에 다닌다. 영화를 좋아한다. 나와 많은 시간을 함께하지 못했다. 빨리 헤어졌던 것이다. 오래 있었다면 나와 더 많은 것을 해볼 수 있었을 텐데. 지훈이 하는 일이 나에게 조금은 의미가 있어진 것이다. 그러니 불편해졌다. 우리 사이는 같이 여행 갈 사이가 됐다. 나에게 최소한의 짐을 챙겨오라고 했다. 난 옷만으로도 최소한이 넘는데, 그런 소리를 한다. 내가 불평을 했다. 그러자 데리러 오겠단다. 다행히도 무거운 짐을 들지 않아도 되었다. 다음에는 해외로 여행갈 계획이다. 어쨌든 내 의사를 전달하기까지만 했다. 전혀 받아들인 것 같지 않았다. 서로 휴가를 냈다. 10일 동안 우리는 휴가를 갈 계획이다. 휴가를 가면 힘든 일을 잊고 올 것이다. 아마 맛있는 밥을 종일 먹을 수 있겠지. 지훈은 요리를 잘한다. 내가 먹을 밥이라면 더 맛있게 만들어줄 것이다. 기대하고 기꺼이 휴가를 원하는 곳으로 가는 것이다.

"가나마나한 휴가를 왜 가겠어?"

"휴가 가려고 옷 챙겨왔어."

한동안 웃으면서 대화할 수 있었다. 지훈은 좋은 곳으로 휴가를 계획했다. 우리는 좋은 풍경을 볼 수 있는 곳으로, 만나는 사람도 많은 곳으로 간다. 유명 관광지로 출발한다. 지훈이 요리를 잘한다는 사실을 알면서도 윤주를 생각했다. 시간이 나면 오늘 물어볼 계획이다. 오늘은 그 사람이 나를 위해 하는 일이 많다.

슈퍼마켓에서 하영 선배를 만났다. 주변은 유명한 관광지다. 그런데 여기에 선배가 살고 있는 줄 몰랐다. 하고자 하는 일이 많아 보였고, 다른 일을 찾고자 하지 않았다. 유명한 이하영 선배님이시다. 하영 선배님을 만났다. 오래된 트리나무는 이별을 생각나게 한다. 선배는 트리나무를 사고 있다. 아직 나를 보지 못했다. 선배가 회사를 그만두고 만나기는 처음이다. 인사를 건네기로 마음먹었다. 회사에 취직한 후에 하영 선배를 백화점에서 만날 수 있었다. 이번에는 슈퍼마켓이다. 우리 사이는 물품이 구비된 곳에서나 만날 사이인가보다. 선배에게 인사했다.

"이하영 언니."

문득 선배가 나에게 일을 시킬 때와는 다른 모습이라는 생각이 들었다. 정말로 멋진 정장과는 다른 모습이다. 멋있어 보이던 회사에서의 그 모습이 사라진 것이다. 딱 맞게 빼입은 옷과 달리 맞지 않는 옷을 입었다. 선배가 인사를 했다. 오랜 만에 만나서 반가워해주었다. 나도 반기는 것으로 보였는지 모르겠다. 역시 선배를 만났던 적은 옛날로 보인다. 오래 전에 우리가 만났던 걸로 알게 된다. 선배와 말을 하는 시간이 생겼다. 내가 선배의 짐을 덜어주기로 했다. 지훈이 기다리는 것을 잠깐 뒤로 하기로 했다. 티슈를 사러 간다며 슈퍼마켓에 온 것이다. 뜬금없이 따라나서겠다는 내 의사를 거절하지 않았다. 나는 근처 선배의 집으로 초대받았다. 언니는 나에게 남자가 있다는 것에 놀라지 않았다. 특별히 지훈과 함께 가기로 했고, 언니는 즐겁게 받아들여주었다. 우리는 즐겁게 만날 수 있었다. 언제 적 이야기라며 선배로 일하던 시절을 꺼냈다. 나는 항상 정당한 자리를 차지하지는 못했다. 그에 비하면 선배는 정당한 자리를 차지하고 있었다. 선배의 팀장 시절은 아직까지 전설이다. 나에게 영향을 끼친 시절이며 모두가 우러러볼 시절이 되었다. 나는 빼지 않고 말했다. 선배의 그 시절에 있었던 뒷담화도 얘기했다. 다슬 언니가 알려준 줄타기 신드롬을 말하지 않을 수 없었다. 식탁 차림을 완성하고 자리에 앉아 있었다. 여기 모인 사람들이 감탄하게 굉장히 말을 많이 했다. 어떤 표현을 써도 그 시절의 모습에 감탄하지 않을 수 없었다. 음식을 먹기 전에 하영 언니는 둘이 어떻게 만났는지 물었다. 나는 기꺼이 말해주었다.

"캐리어 때문이죠."

"캐리어 때문이라면 민화가 유명해졌던 물건 아니야?"

"유명해 보이게 하는 물품이죠. 얼마나 그것 때문에 관심을 받았는지 몰라요."

"첫날 들고 온 짐이 캐리어였지?"

언니가 관심을 보여서 한참을 웃었다.

"사실, 그래서 더 유명했어."

사람들은 나에게 관심을 갖지 않았다. 오히려 나를 외면하려 들었었다. 그 당시 아무것도 아닌 여자가 들어와서 몰랐을 것이다. 유명한 이유는 단순히 하영 언니가 나에게 관심을 준다는 것이 알려지게 된 후부터이겠지?

"하영 언니가 없었다면 회사에서 관심을 받지도 못하고 제대로 다니지도 못했을 거예요."

"맞아, 우리 위험했어. 여자가 설 자리가 그리 많지 않아. 하는 일의 영역이 넓지 못해."

"할 수 있는 일이 적죠."

"불쌍해지면 할까 말까 하게 만든 거야. 그래서 회사가 미웠던 거지."

이쯤해서 언니에게 회사를 등진 이유를 묻고 싶었다.

"언니는 어째서 성공한 자리를 버리고 나갔죠? 언니의 실력은 굉장했잖아요."

"사람이 가져야 할 마음 중에는 솔직함이라는 감정이 있어. 아무나 갖는 것이 아니라 아무 때나 나오는 감정이 아닌 거야. 솔직함이란 것을 찾고 싶었어."

하영 선배의 말은 진심으로 들렸다. 마음을 알 수 없을 정도로 선배를 진심으로 좋아했던 것이다. 선배가 자리를 떠난 후에 나에게 남겨진 것은 많았다. 나에게 주어진 것도 많았다. 떠나면서 직접 준 것도 없었으면서 나에게 승진의 기회를 안겨다 주었었다. 회사에서 대우를 못 받던 나에게 힘이 되어준 선배이다. 처음 얼마나 힘들었는지 모른다. 마지막으로 선배는 나를 안아주었다.

지훈과 나는 예정대로 숙박하러 갔다. 아무 소리 없이 방으로 들어갔다. 숙박 시설에 비누는 기본이고 도구들이 많이 구비되어 있었다.

"나한테 같은 것이 없었다면 너하고 만나지 못했을 거야."

뜬금없이 말을 걸었다. 지훈은 나에게 선물을 건넸다. 중요한 날에만 받을 수 있는 선물이다. 아침이다. 창 밖에는 아름다운 풍경이 보인다. 윤주에 대해서 묻지 않았다. 망설여졌다.

"나는 아직 결혼하고 싶지가 않아."

점심시간이 한참 지나서도 만날 수 없었다. 유난히 싫은 감정을 드러냈다. 지훈은 잘 차려입은 옷이 멋져 보이게 입었다. 지훈은 나에게 보여줄 것이 있다며 좋은 것을 보러 갔다. 주변에는 어느 것 하나 튀는 게 없었다. 나는 취직을 해서 많은 사람들을 만날 수 있었다. 그 중에는 어디서도 찾을 수없는 감정을 주는 남자도 만났다. 그 중에는 평소와 다름없는 사람을 만날 수도 있었다. 나를 부담스럽게 하는 회사 사람들도 만날 수 있었다. 부담스러움은 나에게 재수 없게 버림받을 때랑 같았다. 서로 어떤 사이가 되려면 부담감을 없애야 한다. 우리가 살아가면서 필요한 마음가짐이 있다고 누군가 그러던가? 그런 인생을 살고 있다면 굉장히 대단한 것이다. 어느새 굉장한 어른이다. 하루를 살면서도 하루라는 것을 알고 살아간다면 후회 없이 인생을 살고 있는 것이다. 나는 특별한 인생을 살고 싶었다. 특별히 도시에 온 것을 후회하지 않는다. 자랑스럽게 집을 구한 것도 내가 한 일이다. 조금씩 특별해지면서 정수를 만나지 않았다. 지훈과 만나면서 사이를 가진 관계가 어떤 건지 알게 했다. 우리는 단순히 아는 사이가 아니다. 서로가 알고자 하는 사이다. 나는 지훈의 품격에 고개를 숙였고, 하는 일에 존경을 품었다. 지훈은 그만 한 가치가 있는 남자였다. 우리가 함께한 시간은 중요했다. 옛이야기를 공유하는 사이는 특별한 사이이다. 호의를 먼저 베풀었던 사람은 지훈이다. 지훈은 조용한 시간을 멈추고 나에게 청혼했다.

"결혼하자."

나에게 고민할 시간을 주려 하지 않았다.

"그래."

갑자기 스치듯이 생각났다. 살아가면서 바람이 없을 수가 없다. 바람이 불어왔다. 긴 플레어 치맛자락이 휘날릴 정도로 선선히 분다.

"바람피우지 마."

나에게는 바람 부는 이유에 대해 궁금증을 느끼던 친구가 있었다. 바람은 자주 불면 새로움이 떠오르게 해준다. 나이를 먹었다. 고등학교를 졸업하고 돈이 없었다. 하지만 도시에 오고 싶었다. 튀지 않게 잘 만들어진 옷도 이제는 입을 수 있다. 도시가 위치한 장소는 늘 오고 싶었던 곳이다.

"이쁘다."

나와 만나고 싶어 하는 사람은 많았다. 그러나 세월이 흘러도 사랑하는 사람은 지훈이다. 어째서 좋아하는 감정을 자아내는지 모르겠다. 처음으로 내가 시간이 흐르고 선택한 사람이 정지훈이다. 내가 처음 도시에 왔을 때, 방을 건네준 사람이다. 이 도시에서 나를 보호해준 것은 지훈이다. 지훈의 집에는 유일하게 잡지책이 딱 하나 있다.

"너를 잊으면 전부 싫어져. 옆자리에 있어."

꽃잎
휘날리다

꽃잎 휘날리다

만화책은 나의 일상이 되었다. 엄마는 내가 읽는 그 어떤 것도 허용하지 않았다. 오히려 내가 공부를 잘하는 탓에 조그마한 전단지에도 화를 내셨다. 잠깐 마음을 빼앗겼던 유명 배우의 브로마이드에도 화를 냈다. 항상 조그마한 잡지에 나올 법한 모든 것은 나에게 괴로움을 주었다. 우리 엄마는 공부를 못했다. 할 수 있었는데 하기 싫어서 안 했단다. 그런데도 내게는 공부를 시키려 한다. 나는 내 부모님이 이해되지 않는다. 특별하게 좋아하는 것도 없으면서 '하면 안 되는 일'만 늘리는 것이다. 어째서 하면 안 되는 일인지 알 수가 없다. 따지고 보면 알기는 어렵지 않다. 왜 엄마가 '하면 안 되는 것'을 늘려 가는지 알기는 어렵지 않았다. 간단히 자신의 마음에 드는 딸 역할만 하는 사람으로 만들려는 것이다.

내 엄마는 새엄마이다. 엄마에게 들키지 않고 오래 보관해온 물건이 딱 하나 있다. 어릴 적 갖고 놀던 인형조각도 아니다. 또래 남자한테 받은 쿠키 조각도 아니다. 연애소설로 열풍을 일으킨 작가의 책도 아니다. 그렇다고 유명한 학술서도 아니다. 내가 갖고 있는 것은 유명 디자이너가 설립한 기숙학교 캠페인 전단지이다. 유일하게 들키지 않은 물건이다. 여태껏 들켜왔던 모든 물건들은 버려지고 뭉개지고 까지고 부스러기가 되어서 흔적조차 남지 않았다. 어쩌다 친구가 들고 있는 것을 뺏어다가 내 것으로 만들었다. 쓰레기통으로 직행하려던 것을 막아선 것이다. 도대체 어디서 구했냐고 묻자 친구는 화를 냈다. 덜 친한 친구였다. 할 수 없이 출처를 구하는 일은 그만두었다. 나는 친구의 화를 막을 만큼 대화를 넘어서지 못했다. 포기하는 것이 유익한 것이었다. 할 수 없이 나에게 온 물건이다. 다행히 학교 사물함은 내 보물창고가 되었다. 그래서 사물함을 공개하는 일이 재미였던 친구들이 나를 떠나갔다. 나는 그 부분을 포기했다. 나에게는 아름다운 전단지가 들려져 있으니까!

가는 길을 찾기가 어려웠다. 아직은 운전할 나이가 못 된다. 사실 운전에 그리 집착하지는 않았다. 운전은 내가 하는 일 중 책읽기보다 하기 싫었다. 책읽기가 싫다는 것이 아니다. 차에 집착하는 것이 싫을 뿐이다. 조금은 멀다고 생각했다. 내가 갈 수 있는 거리가 아니다. 부모님께 사실대로 말하는 길밖에 없었다. 기숙학교에서 하는 일을 설명하기 곤란했다. 내가 좋아하는 만화 행사를 하는 거라고 잘 말할 수는 없기 때문이다. 유명 디자이너가 주관하는 일이지만 엄마는 그 디자이너도 싫어한다. 나는 설득하기 위해 재주를 부려야 했다. 인터넷 서핑을 시작했다. 인터넷을 열심히 검색했다. 여기저기 찾다 보면 답이 있을 것이다. 홈페이지는 별 볼일 없었다. 내가 필요한 핑계거리 하나 없었다. 그래서 유명한 블로그를 선택했다. 만화책 팬카페에 가입된 이 사람의 정체는 기숙학교를 다녀온 학생이다. 여러 장의 사진으로 인증해 놓았다. 기뻐서 이웃신청을 하고 친하게 지내자는 글을 올렸다. 그 사람은 나에게 좋은 정보를 제공해주었다. 그 사람이 사진으로 인증한 전단지이다. 나는 기쁨에 그것을 공유할 수 있냐며 쪽지를 여러 통 보냈다.

　과연 사교성 좋은 사람은 언어적인 것부터 이해해주었다. 나의 필요에 응답했다. 나는 그에게서 좋은 질의 물건을 얻었다. 친구에게 부탁해서 배송지로 받아볼 수 있었다. 사실 이 친구에게 배송지로 택배를 받아달라고 하기에는 좀 미안했다. 내 절실한 감정을 토해내는 데는 어려웠다. 힘들어서 음료수를 몇 잔 마셔야 했다. 다음 날 부모님께 그 물건을 보여주었다. 전단지에 안내장을 겸해서 소개했다. 나는 꼭 가야 한다고 강조했다. 저번 주제는 실용물품 만들기였다. 기숙학교는 어디서나 사람을 받는, 방학 기간을 이용한 모임 장소다. 모임이라는 의미를 지극히 강조했다. 부모님으로 하여금 믿게 하려고 난리를 쳐야 할 판이었다. 다행히 난리까지는 가지 않았다. 나의 당당함에 고개를 숙여주신 것이다. 내 생에 첫 감사를 표했다. 진심으로 부모님께 감사했다. 이번에는 기대되는 방학이다. 나의 계획은 실행되고 있었다. 이제 자유를 향해 나아갈 것이다.

　기숙학교에 도착했다. 부모님이 직접 차로 태워다 주었다. 아는 사람 하나 보이지 않아 슬그머니 걱정되기 시작했다. 하지만 내가 좋아하는 일을 하게 해줄 시발점이다. 정말 하고 싶어서 온 사람들이라면 기꺼이 친해질 것이다. 기꺼이 사람들을 만나겠다. 깜빡 잊은 일이 있다. 여기는 고등부만 모이는 곳이다. 나는 큰 건물 앞에 주차된 차에서 내렸다. 주차장이 저기 있는데 왜 큰 건물 앞에 주차했는지 모르겠다. 주위를 살폈다. 마땅히 안경을 쓰거나 조용해 보이는 사람을 찾아야 했다. 다행스럽게도 길에는 한 사람이 지나가고 있었다. 나는 시원스럽게 친구라고 불렀다.

"친구야!"

그 친구는 손가락으로 자신을 가리키며 당황스러워했다. 뒤돌아서 다른 걸 보지는 않았다. 거기에 자신밖에 없다는 것을 아는 모양이다. 피곤해 보이는 인상인 그 친구가 고개를 끄덕여주었다. 나는 부모님께 잘 가라고 인사했다. 다행히도 부모님은 멀리 있는 친구를 오래 보지 않았다. 믿는 눈치였다. 나는 떠나는 차를 향해 당당하게 손을 흔들어보였다. 나중에라도 연락할까봐 세차게 흔들었다. 먼저 부모님한테서 연락이 오기라도 하면 못 받았다고 할 생각이다. 나는 모임이라는 것을 차를 타고 오면서 여러 번 반복해야 했다. 목에서 목소리가 나오는 것이 신기할 정도로 갈증을 느꼈다. 물도 마시지 않고 기대하고 온 것을 후회했다. 부모님은 굉장히 이해를 잘했다. 나는 힘들었다. 이제 만남의 장소를 찾아가야 한다. 만남의 장소를 물어보려고 어이없이 불렀던 그 사람에게 말을 걸었다. 정말 친구가 맞았다. 나이가 같았다.

"실례했어요. 제가 그렇게 불러서 당황하셨죠? 당황하신 것 같은데요."

"맞아요. 엄청 당황했어요."

"미안해서 어쩌죠."

"만남의 장소로 가기나 하죠."

여자는 보기보다 격식이 있었다. 나를 당황하게 했다. 차마 말을 잇지 못하게 만들었다. 처음 말을 길게 했는데 대화를 막았다. 여자는 첫 마디에서 미리 와서 많이 둘러본 것처럼 말했다. 같이 오래 있기에는 감정이 서먹해졌다. 만남의 장소에 도착해서 기다렸다. 아는 것이 없는 나는 조용히 기다리기로 했다. 그때 안내 요원이 들어왔다.

"본 교육은 약 2달 동안 이루어집니다. 본 교육 과정에 앞서서 간단한 소개를 하고 싶은데, 짐들이 많으신 관계로 양해를 구합니다. 많은 분들이 짐을 옮겼으면 하시네요. 우선 지금부터 기숙사로 이동하겠습니다."

안내 요원은 간단한 말을 한 단어씩 또렷하게 말했다. 다행스럽게 짐을 놓을 공간이 생기게 되었다. 열쇠를 받았다. 아마 나는 방장일 것이다.

"나이대별로 붙여달라고 항의가 많아서 되도록 순번대로 방을 매겼습니다."

"순서대로 방이 있는 것인가 본데?"

각자 자신의 방을 찾아가느라 분주해졌다. 나는 요란 떠는 무리가 미웠다. 내가 여러 번 치였기 때문이다. 서로 들뜬 나머지 자신의 길을 가려고 밀어제쳤다. 상당히 짜증스러웠다. 내가 가는 길에 표시를 하고 걸어야 했다. 그러면 덜 치였다. 나는 방까지 무사히 들어왔다. 방은 깔끔하고 단정하다. 정말로 꿈꿔온 순간이 눈앞에 있음을 지각했다. 여기 있는 나를 상상도 못 할 것이다. 나는 상상도 못 할 곳에 와 있다. 날이 저물었다. 식사 시간이다. 이제부터 친한 사람을 만들어야 한다는 것을 깨달았다.

밥을 같이 먹자는 말을 건네기가 어색했다. 같은 방 쓰는 사람들은 서먹하게 만드는 재주가 있다. 상당히 부담스럽다. 잠자는 시간이 훨씬 편했다. 아침이 되었다. 아침 역시 어색한 시간을 견뎌야 했다. 나는 이들이 사교적이기를 꺼린다는 것을 알았다. 나는 사교적인 만남을 할 시간을 원했다. 안내 요원은 따로 시간을 주지 않을 것처럼 보였다. 여기로 오는 데 비용이 많이 드는 것은 알겠는데, 비싸게 굴면 의미가 없을 것이다. 아침이라서 새롭게 내 일에 열중하고자 했다.

"일정표 저기 있던데 가져가도 되는 건가요?"

옆에 있던 작은 여자애가 물었다. 가져가라고 내놓은 것인 줄 알았다. 보고도 못 본 척하고 자리로 들어와야 했다. 나는 처음에 못 본 척한 그것을 다시 가지고 들어와야 했다. 나눠주거나 보여주지도, 신경을 쓰지도 않고 밖에 버려두듯 내놓은 안내문을 들고 들어와야 했다. 새로운 전단지를 나눠주었다. 거슬리는 물건 중의 하나 일 뿐이다. 물건을 뒤로 하고 다른 볼거리를 찾아 나섰다. 내가 하고자 하는 일은 여태껏 해온 일 중 가장 마음에 드는 일이다. 만화책을 좋아하는 나는 이제 원하던 곳에 발을 디뎌놓게 되었다.

"오늘부터 진행될 행사의 주최자를 소개합니다."

주최자는 유명하게 보이는 인상을 고스란히 가지고 있었다. 인터넷을 통해 들어본 사람이다. 내 나이 또래의 디자인 관련 일을 하고 싶어 하던 사람들 입에서 한번은 들어본 이름이다.

"엔디자인 대표 김정숙입니다."

우리나라 유명 디자인 회사 대표라고 소개했다. 모두가 시선을 떼지 못했다.

"제가 주최하는 만화 행사에 초대된 여러분 환영합니다. 앞으로 어떤 어려움과 고난이 있더라도 여러분의 선택의 시간으로 보내시길 바랍니다."

의지가 강한 사람이다. 선택을 후회하는 사람은 나가게라도 만들 사람으로 보였다. 안내 요원 외의 사람들과 인사를 나누고 그들은 나갔다. 이어서 기숙학교의 연혁을 자세하게 설명했다.

"우리 기숙학교는 설립된 이래 수료생을 맞이하고자 합니다. 많은 협조 부탁드립니다."

나중에야 안내문을 배포했다. 주지 않으면 당장이라도 나가려 했기 때문이다.

"안녕? 너 나하고 나이가 같던데 알고 있어? 방이 나는 옆에 있어."

"방금 알았네."

친구는 나에게 기꺼이 이름을 알려주었다. 서로 같이 다니기에 문제가 없었다. 다행히 친구 하나를 사귈 수 있었다. 첫 일정은 좋아하는 것을 공유하는 것이다. 좋아하는 장르를 소개하는 것이다. 거의 자유 시간이다. 나이 별로 모일 수 있는 시간이다. 사람들이 자신의 나이를 찾아갔다. 나도 덩달아 나이를 찾아갔다. 먼저 말을 걸어줄 만한 사람은 없었다. 아무래도 자신의 취미를 소개하는 일은 어려웠다. 주위 사람들에게 나는 친절히 말을 걸려고 노력해봤다. 자신들은 그림 그리기를 원했다. 좋아하는 캐릭터를 그려냈다. 이제는 소개를 해주었다. 그림 실력으로 볼 때 여기 있는 사람들 모두가 전문적으로 보였다. 내가 꺼리는 전투 장면을 좋아하는 사람이 많은 듯하다. 그 중에는 불편한 것들까지 좋아하는 사람도 있었다. 좋게 그린 모양새다.

나도 좋아하는 만화 주인공을 그려 넣었다. 내가 나서려고 일어서는데 호응을 보였다. 역시 흥행한 것은 다른가 보다. 만족스럽게 소개해주었다. 그림보다 내용을 많이 말해야 했다. 왜 좋아해서 여기까지 왔느냐, 잘 들리게 말했다. 내 소개에 반응하는 사람이 많아서 좋았다. 다음 사람들은 별로 호응을 얻지 못했다. 그에 비하면 그림은 잘 그려진 것으로 보인다. 얄밉게 구는 이는 없다. 어색하다 싶으면 그림에 반응해주는 내 나이 또래가 마음에 들었다.

"너도 열여덟이지?"

누군가 말을 걸었다. 뒤에서 말을 걸어온 사람은 가장 멋지게 그림을 그린 여자다.

"안녕하세요?"

인사를 먼저 건넸다. 알아서 이해한 모양이다. 내 이름까지 알고 있었다. 서슴없이 내 이름까지 확인하려 들었다.

"나도 열여덟이야. 반가워. 민정이의 그림에서 나도 감이 왔어."

"뭐? 좋은 감이죠?"

"여기 사람들 그림을 멋지게 그리는 거야. 예쁘게 그렸다고 생각했어."

친하게 지내려고 일부러 다가와서 밥을 먹었다. 은혜는 자신이 내 소개에 감명 받았음을 설명했다.

"그런 거 좋아하는 사람이 많았다고 생각하지 않았었는데, 만나면 있는 거야! 정말로 만날 수 있다는 거."

나도 내가 좋아서 설명한 부분을 덩달아 강조했다.

"내가 하고 싶은 부분이 그런 거야. 그림에 그걸 그리려고 얼마나 노력했는지 몰라."

표현이 전해지지 않았다. 은혜는 내가 표현한 부분을 나중에야 봤다고 했다. 나중에야 전해졌다는 것에 나는 슬픔을 표했다. 자유스럽게 그림 그리고 글을 적는 시간이 있었다. 각자 하고 싶은 일을 하는 시간이다. 개인 자리가 있으니까 어색하지 않게 할 것이다. 이 시간에 발표를 한다면 하지 않을 것이다. 다행히 곧 식사를 할 수 있었고 은혜랑 같이 갈 수 있었다. 다음날엔 친해지려고 목소리를 돋우는 사람이 있었다. 큰 소식을 전하려는 듯이 나를 불러서 놀랐다. 나를 아는 사람으로 착각했다. 내 이름을 알고 있었다. 내가 모르는 사람이 나를 알면 기분이 이상하다.

"아침 밥 먹었어?"

그 여자가 나에게 말을 걸었다.

"아침 식당은 저기에 있는데?"

위치를 손으로 보여주었다. 손으로 표시하기에는 무리가 있었다. 나는 데려가주었다. 밥을 혼자 먹으러 가는 모양이다.

"민정이 맞지?"

내 쪽으로 걸어왔다.

"정수영이라고 해."

갑자기 말을 걸어오더니 자기소개를 했다. 들은 적 있다. 자신의 그림을 자랑스럽게 소개한 첫 사람이다.

"김민정, 만나서 반가워."

이렇게 만날 수 있다는 게 놀랍다. 수영이가 먼저 친하게 지내고자 했다. 수영이가 밥을 먹으러 가는 길이었다고 설명했다. 조금 후 기다렸던 은혜가 왔다. 나는 소개를 시켜야 할지 말을 먼저 해야 할지 망설였다.

"나랑 같이 밥 먹을 친구야."

소개를 먼저 해야 했다. 서로 궁금한 표정을 지어 보였기 때문이다. 특히 은혜는 가만히 쳐다보았다.

"은혜랑 같이 가면 되겠다."

은혜는 머뭇거렸다. 은혜 자신이 나와 밥을 같이 먹기 원하는 것이다. 셋이서 식당에 갔다. 재밌는 이야기 거리를 서로 많이 들려주었다. 둘은 재미있는 이야기를 자랑삼아 말한다. 둘의 공통점은 재미있게 말한다는 거다.

"너희 둘 정말 재밌다."

수영이가 은혜에게 잘해줬다. 말을 끊지 않았다. 오래된 사이처럼 보였다. 둘이 친해지니 마음이 놓인다. 식당에 가는데 상상 하나가 떠오른다. 그전에는 아무것도 아닌 것이다. 원래 강의가 있던 곳으로 갔다. 이번 시간은 원하는 형식으로 상상만으로 존재하는 만화를 그리는 것이다. 상상이 어렵다. 그냥 좋아하는 것을 표현하라면 하겠다. 선생님이 마지막 말을 끝내자 하고 싶은 일을 했다. 여기 모인 사람들은 배치된 도구들을 마음대로 가져다 썼다. 신기하게도 마음대로 막 그리려 들었다. 내 친구는 집중했다. 선생님은 우리가 일을 하고 일을 이루기 위해 표현할 수 있도록 진행했다. 웃기는 모습은 찾을 수 없게 조금 변한 친구를 관찰했다. 수영이 하는 일에 조금 더 관심이 생겼다. 시간이 흐르고 자연스럽게 나한테 관심을 보였다. 직접적으로 물어보았다. 특히 어떤 것을 표현하고자 했는지 물었다. 은혜는 말을 많이 했다. 자신과 장르가 다르다며 강조하고는 말을 이어갔다. 잠깐 시키는 것을 하기 싫어함을 알게 되었다.

"나도 그래."

"난 그냥 하고픈 일이야."

"어쩐지 잘하더라."

"칭찬이니까 밥 같이 먹자."

"나는 밥 먹었어. 너희 둘이 가면 되겠는데?"

"우리 둘이 가면 어색해."

"무슨 소리야?"

사실 같은 방 사람이 다가왔다. 수업이 끝나고 혼자 고구마를 얻어먹었다. 나는 밥을 또 먹게 생겼다. 둘 사이가 별로였다. 별로 같이 가고 싶지 않은 모양이다. 셋이 모였는데 말이 막힌다. 나는 잠깐 내가 겪을 일을 상상했다. 나는 배가 불러 우유만 얻어왔다. 막상 식당에 오니 밥을 받아야 했다. 셋은 같은 자리에 앉을 수 있었다. 마침 빈자리가 세 곳 있었던 것이다.

"내용이 별로였어, 마음에 드는 구석이 하나도 없어. 게다가 나은 곳도 하나 없어."

진실을 토로했다. 은혜가 수업에 대해 설명했다. 수영이는 자신의 장르에 대한 말이면 미워하겠다며 달려들 기세였다.

안내 요원이 늘었다. 첫 날 본 사람은 따로 있다. 다른 사람은 어디서 왔는지 똑같은 옷을 입고 있다. 어째서 선생님이 보이지 않는지 궁금했다. 나는 안내 요원이 인기가 많다는 걸 알게 되었다. 안내 요원은 키가 크다. 나와 같은 방을 쓰는 사람이 관심을 보였다. 그래서 알게 되었다. 은근히 가까이 가는 사람이 있었다. 아는 것이 많은가보다.

"어째서 음식을 못 시켜 먹나요?"

말을 잘하는 아이가 따지고 들었다. 놀러 와서 먹는 음식이 맛있는 건 똑같은가보다. 서슴없이 지적을 하던 사람이다. 불만을 말하는 것에서 친구에게 말하는 것으로 보아 말을 정말 잘했다. 밥을 굶은 그 사람은 곱게 말이 나올 수가 없었다. 싸워야 했다. 음식이 맛이 없어서 굶을 것을 예지해준 그 사람이다. 급식소에는 다양한 사람이 있다. 첫 날보다 많은 사람이 각자 이야기를 한다. 급식시간이 즐거운 시간인가 싶다. 우리는 만나서 돌아다니는 것을 선호해서 그런 사람들을 모른다. 주변에 사람이 많다. 알게 모르게 유명한 사람들이다.

바닥에는 식품 포장지로 보이는 것이 버려져 있다. 내가 좋아하는 김밥집의 포장이 뜯겨져 버려진 것이다. 나는 이런 데 알아봤다. 버려진 쓰레기가 아닌 것으로 보일 때 말이다. 편의점이 문을 열었다. 그 사람이 항의하자 바로 차려진 것이다. 그 사람의 주위 사람들은 호응했다. 멋지게 승리한 것으로 보였다. 원래 차려질 예정이었다고 안내 요원이 설명했다. 잘 차릴 준비를 새로 했다는 것이다. 이번 행사가 크게 열렸다고 했다. 우리는 덩달아 가보기로 했다.

"여기도 판다!"

내가 좋아하던 김밥을 보여줬다. 배고플 때 김밥 집 김밥을 먹으면 기분이 달라진다.

"이거 먹으면 기분이 달라져."

"한번 먹어봐야지."

원하는 일은 겉으로 친절한 척하는 일이다. 하는 일은 없었다. 다만 아무것도 없는 지옥으로 들어가는 길에 있는 것처럼 생각이 들게 한다.

"야!"

소리가 들렸다. 곧 여자 하나가 나에게 따지고 들었다.

"너 때문에 내가 쌌잖아!"

"뭐라는 거야?"

수영이가 말을 곤란하게 했다. 왜 나에게 따지고 드는 거지? 뒤돌아설 수가 없었다.

"내 일이니까. 너 먹으라고 만들고 너 하라고 들여놓고 너 하라고 있으면 왜 돈을 쓰니?"

내가 앞으로 나갔다. 뒤로 돌아가지 않고, 앞으로 밀치고 걸었다.

"뭐?"

저번에 본 그 아이는 쓰레기가 아니라서 다행이다. 버려진 것이 아니라 능숙하게 집었다. 내가 쓰레기통으로 버려줄 생각이다. 내가 할 일로 생각하고 기꺼이 버려줄 생각이다. 나오면서 본 아이는 나와 같은 방을 쓴다. 방에는 먼지가 쌓여 있다. 청소를 했다. 그 아이 자리까지 청소해뒀다. 다음에는 청소하기 전에 말부터 할 것이다.

"나오면서 본 아이 알아?"

"우리랑 동갑이야?"

"동갑은 아니라면 좋겠다."

"나랑 방 같이 쓴다."

다시 기숙사에 들어가기 전에 말했다. 친구들은 밀쳐낸 아이를 기억하고 있었다. 하던 일을 잠깐 멈췄다. 새것을 그리려는데 마음에 걸렸다. 그 아이는 말없이 들어와서 곧바로 잠만 잤다. 부끄러움을 느끼는 것이다. 차라리 잘된 일이다. 나는 다음에 만나면 싸워야 할지 생각해봤다. 여러 가지를 가지고 고민했다. 친구들에게 내가 한 생각을 말해버렸다. 결정하는 데 수월할 것 같았다.

"어제 본 그 아이 알지?"

"알지, 알려준 그 아이?"

"만나면 싸우겠지?"

"설마, 아니겠지."

"그래, 아니겠지."

나는 친구들의 말을 믿기로 했다. 싸우면 앞으로 힘들 거라고 여겨졌다. 싸우면 앞으로 같은 방을 쓰는 사이가 아니라 미운 사이가 될 거라고 생각했다. 무언가를 보았다. 쓰레기를 바닥에 버렸다. 막 살려고 작정한 사람처럼 허영지게 굴었다. 저번에 나에게 따진 사람이다. 말을 잘하는 그 사람이 나를 봤다. 나는 사람들에게 말을 걸려 했다. 그 사람을 보는 것보다 낫다. 말 거는 일은 어렵다. 어째서 나와 사이가 나쁜 사람이라고 알고 있는지 모르겠다. 나를 보고는 다시 그 사람을 본다. 기분이 상했다. 유명한 그 사람은 소문에 뛰어났던가보다. 다행히 뛰어난 것을 싫어하지 않았다. 나는 소문에 반응하기로 했다.

"소문이 난 모양이야."

만남의 광장에서 크게 떠들어대는 중이다. 지나가던 이들 중 이제는 만나는 사람이 많다. 친해진 사람들이 꽤 있는 모양이다. 친구들이 말을 막았지만, 나는 소문난 이유를 추적하려 애썼다. 소문난 이유를 알고자 항의했다. 주위에 있는 사람을 잡았다.

"주변에 있던 사람 맞죠?"

"저번에 나 밀친 애가 너니?"

"그런데? 왜? 불만 있니?"

"있는데."

"뭐?"

불만이 있을 리가 없는데 불만이 있다고 하면 화가 난다. 나는 불만을 가진 사람을 붙잡았다.

"그럼 직접 오라고 전하세요."

그 여자의 친구로 보이는 사람은 나를 보고 상당히 기겁했다.

"화가 나면 직접 말해."

"말할 데가 없거든. 전해!"

소리를 질러야 했다. 광장에 모인 사람, 기숙사에 있는 사람, 식당에 있는 사람까지 모두 들으라고 소리를 내지를 것이다.

"이유도 없는 멍청이라고!"

아마도 모두 들었을 거다. 방으로 들어갔다. 그 아이는 나에게 음료수와 과자를 사다 주었다. 대화를 하며 좋게 풀 수 있었다. 나를 위해 많은 위로를 해주었다. 수업을 받기 전에 길에서 사람을 만났다.

"나는 문정희야, 안녕?"

정희가 아이스크림을 사다주었다. 친구들이 모였다. 친구들을 사귄 후부터 무서워 보이지는 않았다. 나는 정희를 소개시켰다. 정희는 반갑게 인사했다. 오늘은 친구들의 기분이 좋았다. 그래서 우리는 이렇게 친해지게 되었다. 네 사람이 식당으로 갔다. 넷이 앉을 자리가 있지는 않았다. 수영이가 자리를 찾았다. 주위에 세 자리만 빈 곳으로 먼저 움직였다. 자리를 만들어야 했다.

"여기 우리가 앉을 건데, 자리 좀 비켜주겠어? 내 친구들이랑 앉을 거거든. 같이 있으려고 말이야."

수영이는 말을 길게 잘했다. 이해하기는 어렵지 않은데 비켜주기 싫어했다. 옆자리로 조금씩 비키면 완성되는 위치다. 사람들이 상당히 불쌍한 표정을 지으며 비켜주었다.

"그래 비켜주도록 할게."

친구들이 같이 움직였다. 사람들도 좋은 친구를 만들었나보다. 자리를 비키는 것이 불쌍한 일인지 수군거리는 소리가 들려서 기분이 별로 였다.

"괜히 말했나봐."

"나이도 어려 보이는데 그냥 비켜주지."

"떨어져 앉을 수는 없지."

"한 사람이 떨어지는 게 더 불쌍하다."

"그건 그래."

"혼자서 앉으면 어떻게 먹어?"

"그건 그래."

일정표를 서둘러 보았다. 다음에 가야 할 곳이 다른 장소여서 다른 일을 찾도록 했다. 할 일이 많지 않아 보였다. 수월하게 자신이 쓰고자 하는 도구를 골라냈다. 갖고 싶은 것을 막 가져다 썼다. 내가 못 하는 일을 별로 서슴없이 해댔다. 더군다나 꿈에도 상상 못 할 말을 해댔다. 생각보다 무서운 사람들이 모인 것이다. 우리는 모여서 이야기를 했다. 모이기에 좋은 의자가 배치되어 있었다. 뭔지 모르게 보이는 형상을 하고 있다. 먹을 것을 싸갖고 온 것이다. 성희는 특이한 가방에서 김밥을 꺼냈다. 우리는 내심 당황했다.

"아~, 이거? 안내 요원 휴게실에 냉장고가 있더라고."

"거기에 왜 갔어?"

"뭐, 다 아는 방법이 있어."

이해하기 힘든 사람이다. 김밥을 먼저 먹었다. 내가 먹으니 따라 먹는다. 수영이가 활짝 웃었다. 내가 맛있게 먹어주었다. 정희는 자신의 김밥을 모두 먹어주기 원했다.

"우리가 이거 다 먹어주마."

은혜는 이상하게 먹기 힘들어하는 것처럼 보인다. 정희가 가져온 김밥을 다 먹을 수 있을 것 같았다. 은혜는 다음에 아이스크림을 같이 먹어보러 가자고 했다. 아이스크림을 처음 같이 먹어줄 친구가 필요하다고 했다.

"그럼 다음에 만나는 거다!"

"다음 기회가 있으려나?"

"농담이 지나치다."

내가 한 소리 했다. 정희가 웃어 넘겼다. 정희가 하는 일은 멋진 일이었다. 정희는 벌써 직업적인 것을 찾아 완성해가고 있었다.

"나는 따로 일하는 곳이 있어."

정희는 직장으로 보이는 그곳에 바로 다닐 모양이다.

"임시로 인터넷에 있는 곳?"

"직장이야."

정희는 고개를 끄덕여주었다. 그리고는 장래 희망이 이 분야면 만나자고 한다.

"나는 아직."

나는 아직 하고 싶은 일이 없다. 아직 다른 일은 눈에 보이지 않았다. 남자가 나를 쳐다보고 있다는 걸 알았다. 나는 그 아이를 보지 않도록 했다. 언제부터인가 잘 보이는 존재이다. 그 안에 있던 사람 중 누구인지 알고 싶었다.

"아까 여기 있던 남자 누구인지 알아?"

"아마 한 살 더 많지."

그 남자는 여기 있던 사람들의 시선을 한 몸에 받았다. 도무지 나이도 모르는 사람을 어떻게 잘 아는지 모르겠다. 어째서 잘 보이는 일을 하는지 알 수가 없다. 나는 그 남자 애가 왜 그렇게 구는지 알 것 같았다.

“그 애는 민정이 너에게 관심을 두고 있어.”

그 남자의 이름은 정인호이다. 인호는 하는 일이 없다. 있는 듯 없는 듯했다. 그런데 친구를 사귀고 나서 자신의 감정을 나타냈다. 어색한 것을 좋아하지 않는데 어색한 사이로 보이는 사람이다. 친구들은 인호에게 이상한 감정이 없었다. 나는 인호에게서 관심을 받은 듯하다. 그러나 모르는 사이일 뿐이다.

다음날 인호가 나를 보고 있음을 알았다. 일부러 인호를 만나러 갔다. 만날 수 없었다. 급식시간에 얼핏 나타났다. 그러나 관심을 주지 않았다. 나는 친구들에게 도움을 구하기 싫은 상황에 놓여 있다. 이유가 없이 보는 나도 이상했다. 이제 모른 척하고 다닐 것이다. 아무래도 아무것도 아닌 모양이다. 다음 시간부터 인호 주변에 있는 남자들이 나를 의식한다고 느꼈다. 내가 지나가거나 행동하는 걸 몇몇이 쳐다보는 것이다. 뭔가 일이 이상하다. 쳐다보는 것은 거슬리는 일이다. 걷기가 불편할 정도로 기분이 상했을 때 무언가를 해야 한다고 느꼈다.

“야! 정인호?”

이름도 몰랐던 사람을 부르게 되었다. 인호가 내 쪽을 팍 쳐다봤다. 처음으로 서로가 얼굴을 똑바로 쳐다보게 되었다. 도저히 오래 참을 수 없었다. 그래서 그냥 마주치기로 했다. 일부러라도 말을 할 생각이다. 죄 중에는 일부러 하는 일이 가장 못된 죄라고 한다. 나는 직접 못된 말을 할 생각이다.

“모르니까 더 나쁘게 구는 거잖아.”

“그 애는 성욕이 없어.”

나는 순간 이 남자의 말을 이해해버렸다. 다시 방학이 되었다. 전에 있던 방학은 푸릇한 추억이 되었다. 어느덧 새로운 일을 향해 나아가야 할 때가 되었다. 나는 마침내 숨겨온 계획을 실행하기로 했다. 회사에 사정을 했다. 이 나라에서 알바를 원하는 모든 학생과 모든 취업 준비생들은 월급이 잘 떼인다는 것을 알고 있다. 그래서 월급을 일당으로 주는 곳이 있다. 일당으로 월급뿐만 아니라 일일정산까지 해주는 곳이 있다. 드디어 방학이다. 도시로 갔다. 택시를 탔다.

"어구~, 짐이 많으신데? 어떻게, 짐이 많네요?"

"네, 좀."

"어디서 오셨어요?"

"시골에서 왔어요."

내가 살던 곳은 도시가 아니다. 나는 고향이 시골이라고 했다. 이 도시와 크기가 다른 멋진 곳이라는 것이다 .

"먼 데서 오셨네. 여기까지 어떻게 오셨어요?"

택시기사는 나를 또 뒤돌아봤다. 나는 말했다.

"일하려고요."

택시에서 내렸다. 마음이 복잡해졌다. 도시는 복잡하다. 거리에는 젊은 사람들이 걸어 다닌다. 외국인도 보인다. 나이 많은 사람들은 한껏 폼으로 걷는다. 구두를 신은 아가씨는 멋으로 치장하고 걷는다. 연인들은 시끄럽게 웃으며 손을 잡고 걷는다. 별로 보고 싶지 않다. 면접을 보았다. 도시로 오면서 알게 된 것은 내가 시골에서 온 것을 알고 사람들이 놀란다는 것이다. 도시로 오면 힘들고 이상한 것을 느낀다. 도시에 왔다고 말하면 걱정을 한다. 도시는 차도부터 무서웠다. 연인으로 보이는 사람들이 지나간다. 누군가 아는 척을 했다. 인호는 여자친구가 있었다.

"너 민정이 맞지?"

나에게 옳다는 확신을 주고 있다.

"아닌데요."

"너! 나 괴롭혔던 민정이지?"

확고하게 말로 밀어붙였다.

"뭐?"

거세게 아니라고 말하려 정면을 보았다. 인호는 잘 알고 있었다.

"나 좋아하지 마라."

인호는 내 말에 무덤덤했다. 인호는 내가 하는 말을 넘기려고 했다. 인호가 가려는 나를 잡았다. 놀라서 소리 지를 뻔했다. 인호가 말했다.

"민정이가 없으면 재미가 없어."

나는 잘못 들은 줄 알았다. 옆에 있던 사람을 알아서 가라고 보냈다. 처음으로 당당한 모습을 보았다. 나는 짐을 들고 있어서 인호를 기다리기로 했다. 인호는 기꺼이 무거운 것을 들었다.

"너, 갈 곳도 없지?"

"싸가지 없어서 가르쳐준다."

"아는 곳 있는데."

"이왕이면 숙소까지 데려다줘."

나를 불쌍히 여기는 눈치다. 짐이 무겁다고 느꼈을 것이다. 하지만 숙소에 갈 돈도 없다.

"돈 빌려줘."

할 수 없이 도시에 와서 그래야만 했다. 나는 그렇게 될 수밖에 없을 뿐이다.

"오늘 당장이라면 곤란해."

"지금 필요해."

"싫어."

"정말, 정말로 있어야 해."

"싫어."

“숙소 갈 돈도 없어.”

“싫다니까.”

“부탁이야.”

“부탁이니까 들어줄게. 너와 나는 특별한 사이가 되는 거니까.”

그러고는 나를 데려다 주고 갔다. 밤에는 아무 일도 없었다. 누군가가 그리운 밤이다. 외로워서 인터넷을 할 것이다. 전화가 왔다.

“나 남자친구 생겼어.”

은혜와 통화하는 중이다. 갑작스런 소식을 일방적으로 통보한다. 굉장히 소란을 피워댄다.

“은혜 맞니?”

은혜가 나에게 연락을 해왔다. 그러고 보니 나는 은혜가 사는 곳에 와 있는 것이다. 나는 은혜와 굉장히 친하게 지냈다. 도움을 구하고 싶었다.

“나 지금 있는 곳이 여기야.”

“여기에 와 있다는 거야?”

놀라며 말하는 것을 듣기가 부담스러웠다.

“근데, 돈이 없거든.”

돈이 없다는 말을 꺼내기가 어려웠다. 돈이 정말 없기 때문이다. 취직이 되지 않았다. 오늘 연락이 오기로 되어 있는데, 아직 연락이 없다. 연락이 없어서 고민이 되었다. 취직을 꼭 해야 하는데 말이다.

“왜 왔는데?”

“취직하려고 왔어.”

“그럼 지낼 곳이 없잖아.”

“잘 지내고는 있어.”

은혜와 말하기가 꽤 어려웠다. 은혜에게 도와달라는 말을 꺼내기는 힘들 것으로 보인다.

"도움이 필요한데."

"뭐? 도와달라고?"

"응."

나는 은혜가 말을 쉴 때 말을 꺼냈다. 침묵 시간이 길어져서 말을 꺼내기 편해졌다. 은혜에게 말을 그만 하기는 쉬웠다. 답이 없어서 고민을 해야만 했다.

"내가 도울 수 있다면 도울게."

은혜는 결국 자신의 의지로 대답해주었다.

"정말?"

나는 돈을 벌었다. 이제는 집으로 돌아가고자 한다. 방학이 되고 거리에서 많은 사람들을 볼 수 있었다. 내가 만나고 싶은 사람이 누구인지 알아냈다. 인생에서 가장 아픈 기억이 있냐고 물으면, 전부 아픈 기억이며 멀쩡한 것이 없었다는 게 진실이라고 말할 수 있다. 내 인생에서 아프지 않은 적은 한 번도 없었다. 여행을 떠날 것이다. 먼 곳으로 떠날 것이다.

내가 여행 가기 전에 공항에서 우리는 마지막으로 만났다. 우리는 웃으며 헤어질 수 있었다. 친구들에게 마지막엔 웃는 것이 매력이다. 그들과 함께하면 순간에서 즐거움이 나온다. 잘생긴 사람에게서 매력을 찾기란 쉽지 않다. 인호가 앞에 서 있었다.

"가지고 싶다."

우리 넷은 모였다. 남자친구를 사귀고 있었다. 정신없이 날리는 넷의 머리카락이 꽃잎 휘날리는 모습 같았다. 벚꽃 놀이가 있는 날이면 인호를 만날 수 있었다. 누구였는지 기억해냈다. 그에게 나는 대답했다.

"아주 못 보게 떠날 거거든."

아주 돌아오지 않겠다던 내 의지는 찌그러졌다. 나는 다시 도시에 있다. 인호에 대해 묻지 않는 나에게 친구들이 기꺼이 찾아왔다.

"인호가 너 좋아해. 니가 싸가지 없어서 가르쳐준다."

오늘은 인호가 떠오르는 날이다. 벚꽃 놀이가 시작되는 봄이 되었다. 그곳에 기다리고 있는 사람이 있었다.

"너하고 연애하고 싶어, 정인호."

꽃잎
휘날리다

데이트

집을 하나 얻었다. 냉장고가 있는 집이다. 첫날엔 냉장고에 음식을 채워 넣었다. 맨 나중에는 아이스크림을 넣었다. 냉장고를 열 때 포만감을 느낄 수 있게 해놓았다. 이사하는 첫날 벽지에 대해 고민해야 했다. 주인이 잠깐 들르더니 벽지를 조심하라고 말했다. 나에게 맞지 않는 문양들이다. 인테리어를 다시 하면 비용이 얼마나 들까 계산해본다. 집을 구해준 곳에서 연락이 왔다. 근사한 테이블을 저렴하게 구입하게 해준다고 한다. 나는 망설였다. 시간이 많아서 주변을 걷기로 했다. 주위를 둘러보는 것은 꼭 해야 할 일 같아서였다. 여러 골목을 돌았다. 여러 길이 있는 사이 길로 주로 다녔다. 결국에는 택시를 타야 했다. 돌아오는 길을 모르겠어서이다. 조금 후에 학교 근처에 있었음을 깨달았다.

　나는 영문학과를 다니는 대학생이다. 평소와 다르게 일을 해야겠다고 느꼈다. 올해는 졸업해야 할 타이밍이다. 교수님은 인생의 절반이 타이밍이라고 말씀하셨다. 학교를 들어간 후 별다른 계획을 세우지 않았다. 실업자가 되는 것보다 계획 없이 사는 것이 낫다고 보였다. 학교에 와서 춤추는 사람들을 만날 수 있었다. 평온한 생활에 친구를 더 사귈 있는 기회는 많았다. 나는 어느새 약간 취향이 닮아가는 사람이 되고 말았다.

"나는 줏대 없는 여자는 싫어."

내게 처음 고백한 남자한테 들은 소리다. 남자는 나를 미워한다며 알아서 떠났다. 하지만 별다른 감정이 없었다고 하면 거짓말일 것이다. 그 남자는 보기보다 나에게 많은 선물을 해주었다. 모르는 것이 많은 나에게 찾아와서 많은 것을 나눠주었다. 남자는 하는 일이 많았다. 길 가다 우연히 만나서 위치를 찾아주는 행동에서 멋있다고 느낀 적이 꽤 여러 번이었다. 어쩌다 게시판에 붙은 모임에 나가는 일에 관심을 보였다. 내가 모임에 나가면 그를 만날 수 있었다. 그는 책임감이 강하고 만나면 인자한 면이 보이는 남자였다. 그러던 어느 날 친구와 붙어 있던 나에게 그가 찾아왔다. 그러더니 저런 말을 한 것이다. 남자는 마지막 말에 나를 미워한다는 표정을 덧붙이고 떠나갔다.

졸업하기 전에 아는 사람들을 정리했다. 휴대폰 전화번호부를 전부 정리했다. 나는 타이밍을 맞추는 멋있는 인생을 살고 싶다. 바로 일자리를 구하는 사람도 있었고, 모임을 날라리로 끌고 가는 사람도 있었다. 학기 말에 접어들자 주변의 많은 사람들이 변했다. 난잡한 그림을 좋아하던 사람이 잔잔한 색을 입고 말끔한 차림으로 다녔다. 요즘에는 너도 나도 우아한 옷차림이 유행하는 듯했다. 학교에 나가서 볼 수 있는 것들이 부담스러워지기 시작할 시점이었다. 가까운 친구에게서도 변화를 감지할 수 있었다. 친구는 머리를 까만색으로 염색하고 까만 옷을 입기 시작했다. 예비 졸업생들은 거의 이런 모양새다. 어울린다고 생각한 적 없는 까만색 옷을 입기 시작했다.

"이 까만 옷 어울려."

"너도 완전 잘 입었다."

지나가면서 어쩔 수 없이 하는 자화자찬이다. 학교를 졸업하면 마땅히 취직할 곳이 없었다. 나는 아는 언니한테 알 만한 출판사를 소개받았다. 다닐 만한 회사가 있다고 예상하지 못했었다. 다닐 뻔했다면서 꼭 소개시켜주고 싶었다고 언니는 말했다.

"정말 소개시켜주는 거죠?"

그래도 기대까지 하고 물어봤다.

"그래, 정말이야. 내가 가고 싶었는데 포기한 곳이야. 거기 알아봐줄게."

"그렇게 된다면 정말 좋겠어요."

결국 소개 받은 곳은 작았다. 출판사는 작지만 내가 아는 회사였다. 영문학과를 택한 것도 그 출판사에서 발간한 책에 감명을 받았기 때문이다. 내가 산 책 중에는 외국 도서가 한 권 있다. 아직도 집에 가서 가끔 읽기도 한다. 외국 도서를 번역한 책으로 유명하지는 않다. 다만 가슴에 정말 남게 하는 책이다. 책을 읽고 남는 게 있다고 느낀 것이다. 오랜만에 가슴에 감정을 남게 했다. 특히 중학교 졸업 후부터 문학에 신물을 느끼던 터였다. 글을 읽는 것을 관두었었다. 모든 것이 마음속 깊은 곳에서부터 이상한 설정이라고 느끼게 만들었다. 그리고서는 다 잊고 살았다. 그러다가 그 책을 알게 되었다. 유심히 글을 읽어 나갔다. 고등학교를 입학할 때쯤 내 취미를 그 책에 나온 것으로 꾸미기 시작했다. 그리고 고등학교에 들어와서는 취미를 멋있는 것으로 삼고 싶었다. 진짜 멋있는 일을 하는 것이 인생을 사는 지혜가 아닐까 싶다.

그곳이 큰 출판사가 아니라 작은 출판사였다는 것을 안 것은 영문학과에 들어와서이다. 영문학과에는 주로 수업 받는 장소가 따로 없었다. 나는 처음부터 이상한 생각이 들었었다. 다른 과는 강의실이 따로 준비되어 있다고 들었기 때문이다. 학생이 지나가면서 하는 말이지만 못 들을 수가 없었다. 더군다나 그날은 내가 강의실을 찾지 못해서 돌아다녀야 했던 날이기 때문이다. 나중에 이해하게 된 계기는 인터넷을 통해 모임에 관심을 보이면서부터다. 학교 홈페이지에는 종합적인 문화 교류 목적으로 그 모임이 왜 이루어졌는지 쉽게 찾아볼 수 있었다.

내가 다니는 학교는 미국에 관심을 두고 있었다. 어학연수를 지원하기도 했다. 종합적 문화교류를 목적으로 한 대학에 입학했기 때문이다. 정확히 내가 하고 싶은 일은 없었다. 외국 유명 작가에게 팬레터를 보내고 싶어 혈안이 되기도 했었다. 작가가 되기 위해서라도 작가와 친해지는 것이 좋을 거라고 예상했다. 다른 곳에 자리 잡기 편하면 좋을 것이라고 생각하게 되었다. 나는 일찍 출판사에 관심을 두지 못했다. 내가 무언가를 하기에 부족함을 느끼지는 않았기 때문이다. 하고자 하는 일이 있으면 아르바이트를 해서 하면 되는 것이다. 사실은 몇 번 돈을 모으기도 했다. 돈에 비중을 두지 않았다. 나는 일을 해보는 것이 좋다고 느낄 정도만 했다. 할 만한 일을 찾는 것은 어렵지 않았다. 돈을 목적으로 일하려는 사람은 적다. 주변에도 돈에 눈독을 들이는 사람은 적었다. 처음부터 하고 싶은 일을 그쪽으로 분류한 사람은 다르게 행동했다. 보통은 절대 못 한다. 처음에 목적이 돈이라서 어려움을 덜 느꼈던 것이다. 그러니 나도 돈이 아니고서는 일을 하지 못했을 것이다. 한번은 이런 이야기를 한 적이 있었다. 내가 일하는 것을 처음 들켰을 때인 것 같다.

"너는 아무리 일이라지만 꺼려지지 않니?"

"돈 받으면서 하는 거거든."

"아무리 돈이 없어도 굶어 죽을 정도도 아니면서 자신의 생활을 잃고 싶은 사람은 없으니까."

　처음부터 자신의 꿈이 작가라고 호들갑떨던 친구는 작정하고 할 만
한 것을 찾아 다녔다. 강의실이고 휴게실이고 작가가 꿈이라고 유명한
친구였다. 가끔 쓴소리가 들렸다. 작가가 꿈에서 그치면 다행스러운
아이라는 말을 들은 것도 같다. 한 번은 그 아이의 꿈이 작가인 것에
대해서 물어본 적이 있었다.

　"방금 들은 소리 진짜야?"

　"나도 들어봤는데?"

　"유명하니까 모른 척해."

　"괜한 소리 들은 거야."

　그 아이가 궁금해서 주변에 물어봤지만 다음에는 이야기를 꺼내지
않았다. 다른 할 만한 일이 없으면 생활을 바꾸면 된다. 먼저 구할 수
있었던 곳은 마트 요원이었다. 서 있는 시간이 많은 일이다. 덕분에 다
양한 옷을 볼 수 있었다. 특이한 모양의 옷도 많이 본 것 같다. 가지가
지 볼 수 있었다. 보안 요원을 마치고 한동안 아무것도 하지 않았다.
쉬는 동안에 할 일이 없다고 느끼지는 않았다. 그래서 내가 일하는 것
에 의문이 들기도 했다. 다른 일을 구하려고 할 때쯤 생각했다.

　"내가 저번에 서빙을 좀 했거든."

　"서빙? 어디에서?"

　관심을 보이며 나서서 물어보기 시작했다.

　"거기가 술집이었어."

　"왜?"

　술집에서 일한 것을 놀라워하고 친구들이 기겁했다. 나는 현아가 하
는 말을 완전히 이해할 수는 없었다.

　"술집인데 아무나 들어오지 않는 곳이 아니더라."

　"술집에서 오라고 그러더니?"

"그래! 오라고 그래서 갔다."

현아는 자랑거리 삼아 말했다.

"별난 옷을 입고 있어서 관심도 없었는데 나중에 부르더라고."

현아는 자신이 가야했던 감정을 손짓으로 표현해보였다. 주인이 얼마나 난처하게 굴었는지 표현했다.

"불러서 가다니 왜 가?"

"주인이 시켰어."

"주인이 이상한 거 아니야?"

"자신이 그렇다고 못 받아들였어. 가기 싫다고 말했는데 농담인 줄 안 모양이야."

"정말 갔다고?"

"설마."

"민정이가 왜 가?"

"주인이 오라고 해서 갔다고."

오랜만에 모인 친구들은 굉장히 흥분했다. 말을 기겁하며 내뱉기 시작하는 현아가 먼저 큰소리를 냈던 것이다.

"가면 안 돼."

현아는 이상한 옷차림을 표현해보라고 민정을 밀어젖혔다. 가만히 있던 친구들이 갑작스럽게 관심을 보였다. 옷에 대해서 듣고 싶다는 것이다.

"옷에 대해서 설명 좀 해봐."

손가락으로 뭔가를 그리는 듯했다.

"대충 이런 모양이 있는 거야."

"이해가 안 되는데?"

"봐도 모를 걸."

민정이가 친구들의 시선을 끌더니 자리에 앉아서 말을 이었다.

"잔에 술을 따르라고 하기에 가만히 있었거든. 나중에는 앞치마를 벗어 달래. 내가 갖다준다고 했는데 내 것 아니면 안 입겠다고 소리를 지르는 거야!"

"미친 거 아니야?"

우리는 혜수의 말에 호응을 보였다. 나도 동의한다는 뜻으로 고개를 끄덕였다. 현아가 가만히 있다가 자리에서 튀어나왔다.

"그거 무슨 뜻이야?"

일하는 것이 힘들어서 못 하는 것이 아니라 할 일인지 생각하고 사는 거다.

"할 일이 아니지."

내가 마지막 말을 했다. 마지막으로 마시던 음료수를 다 마시고 우리는 헤어졌다. 찾은 일자리들은 모두 서빙이었다. 다른 곳을 찾아봐도 같은 종류였다. 당연히 의지가 생기지 않았다. 그래서 다른 일 찾기를 관두기로 했다.

"나 취직하기로 했어."

"어디?"

민정이와 통화를 했다.

"좀 큰 회사야."

"좋겠다."

"그런데 내가 다니는 학과를 싫어해."

"좋아하지 않고 싫어한다고?"

민정은 말을 막았다. 나는 오래 가만히 서 있어야 했다. 전화기를 끊을까 고민하고 있었기 때문이다. 다음에 만나자고 하고는 먼저 끊었다. 나도 취직을 하고 싶지는 않았다. 갈 만한 회사가 있을 거라고 여기지 않았다. 지인에게 들은 바로는 오히려 갈 만한 회사는 영문학과 학생을 싫어한다고 했다. 친구 중에는 그곳에 가고 싶어서 스펙을 쌓는 사람도 있다고 알려주었다.

"거기 가려고 지금도 그래."

큰 회사라서 열심히 배워야 했던 것이다. 힘들어 보이기는 했다.

"민정이도 거기 가려 했지?"

"그걸 어떻게 알아?"

나는 민정이 답하지 못하도록 가로막았다. 표정이 굳어지더니 한 마디도 하지 않았다.

"거기 왜 가려는지 모르겠어."

한 마디 꺼내기는 했다.

"지나가는 애들 중에 비슷한 책 들고 다니는 애들이 대부분 그렇대."

현아는 말을 잘해주었다.

"내가 읽는 책인데, 교수님이 추천하셨어."

"그 추천 도서 중에 포함된다는 소리는 아니겠지?"

"맞아, 내가 선물도 했어!"

민정은 자신의 책을 꺼내주었다. 현아도 같이 빌려보기로 했다.

"아직 정해진 건 아닌데 미리 읽어서 나쁠 건 없으니까."

나는 그곳에 가지 않겠다고 마음먹었다. 거기 가려는 사람들이 하는 공부는 나하고 맞지 않았다. 내가 하기 싫은 부류의 문학을 접해야 했다. 오히려 그 친구가 싫어졌다. 예정대로 교수님은 읽어오라고 강요하셨다. 점수에 영향을 받는 문제였다. 내가 강의를 무사히 마친 것은 미리 노력했기 때문이다.

면접 가기 전에 나는 집을 구하고 싶었다. 번화가에 집을 많이 내놓는 기간이 이 시기이다. 먼저 집을 구하기 위해 돌아다녀야 했다. 그래서 얻은 집이 지금 짐을 들여놓은 곳이다. 잠깐 동안 내가 면접을 보면서 지원 동기로 말할 사항들을 생각해보았다. 다른 곳이 가기 싫었던 이유를 설명해야 될지 고민해본 것이다. 내가 지원하면서 언급해야할 사항을 찾지는 못했다. 학교 다니면서 큰 회사가 얼마나 싫어졌는지 말하면 인상을 구길 것이다. 나는 예정대로 소개받은 출판사로 찾아갔다.

"안녕하세요? 처음 뵙겠습니다. 한유리입니다."

"반갑습니다. 이력서 넣었죠?"

내 이력서를 받은 사람을 만났다.

"네."

자신을 과장이라고 소개한 사람과 면접을 보았다. 소개받고 온 나를 특별하게 여겨주었다. 내가 처음 면접 보는 사람이냐고 물었다. 그 과장이라는 사람은 황급히 묻는 이유에 대해 궁금해 했다.

"처음 만났는데 과장님이 소개도 해주시고."

나는 뜻을 설명해야 했다.

"일자리가 생겨서 말이죠."

가볍게 대답하고는 마실 것을 주었다. 간단하게 학교 이야기만 했다. 민정이랑 다닐 때쯤 친구들 이야기는 꺼내지 않았다. 내가 일을 열심히 하겠다는 확신을 주어야 했다.

"열심히 다니겠습니다."

"오래 일하실 수 있나요?"

"네."

오래 일할 사람을 뽑는 곳일 줄 몰랐다. 마음에 들었다고, 회사에 나와도 된다고 말하셨다. 온 김에 직원들을 보여주었다. 나에게 보여준 직원은 3명 정도이다. 정말 작은 회사이다. 존재하는 것이 의문이

드는 곳이라 여겨졌다.

"수고하세요."

"수고하세요."

집으로 향했다. 나는 여자 직원들만 있어서 다행이라고 여겼다. 회사를 나가면서 서재를 얼핏 보았다. 회사는 서재를 따로 두고 있었다. 다음 날 서재를 꼭 둘러볼 것이다.

회사 문이 열리는 시간은 정확히 9시다. 일찍 온 것을 후회했다. 서재를 둘러볼 수는 없었다. 서재는 다른 곳으로 착각되었다. 비록 바로 옆방이지만 몰라보겠다. 출판사라는 게 이렇게 생겼는지 몰랐다. 당황스러웠다. 첫날은 간단한 소개를 했다. 서로 소개하고 회식을 가기로 되어 있었다.

"신입이 들어왔으니 당연한 걸로 받아들여져."

한 사람이 나에게 다가왔다.

"소개시켜줄 곳이 있거든."

"여기 말고 다른 곳에 가요?"

대답 대신 고개를 끄덕였다. 회식에서는 정말 맛있는 음식을 먹을 수 있었다. 음식점을 소개해주었다. 자주 들르는 곳이라며 알아두라고 했다. 등산을 하려는 몇 사람 빼고는 밥만 먹고 헤어졌다. 일찍 마쳤다. 보통은 집에서 영화나 보고 놀고 있을 시간이다. 그런데 회사 앞을 걷고 싶었다. 내가 다닐 곳을 자세히 둘러보고 싶었다. 번화가라서 길을 찾기 어려울 것이기에 다니는 것이 옳다고 생각했다. 언니가 소개시켜줄 때는 뭐라도 있는 줄 알았다. 하다못해 건물이라도 신식이면 실망하지 않았을 것이다. 옆 건물과 비교해보고 실망감이 들었다. 다음 날 나는 정장을 입고 나갔다.

"오늘부터 일을 배우면서 해보는 것이 어떨까요?"

"네. 그래도 됩니다."

오늘은 바보같이 고개나 끄덕이고 서 있었다. 따로 말을 걸어주는 사람도 없었다. 정말로 여기서 일을 하는지 모르겠다. 정장을 입고 왔는데 특별히 관심 보이는 사람은 없었다. 원래 정장을 입었어야 했나 싶다. 누군가 말을 걸어주기 기다렸다. 한참 후 과장님이 다가왔다. 나에게 별로 관심을 두지 않으셨다. 바쁜 시기인가보다. 그래서 할 수 없이 가장 멋진 직원을 소개해 달라고 부탁했다. 알아들은 모양이다.

"소개드리죠, 박성희."

"안녕하세요?"

아마 과장님 자리에서 가장 떨어진 자리일 것이다. 따로 간섭하는 일이 적은 사람인가보다. 유난히 떨어진 자리에 데려다 놓았다. 일을 가르칠 사람이 필요하다고 알리지 않았나보다. 따로 하나씩 가르쳐주지 않는 건가 보다. 앞에 계신 분이 당황스럽게 굴었다. 별 다른 소리는 들을 수 없었다. 과장님은 데려다만 놓고 가셨다. 나는 인사만 하고 다시 서 있었다.

"어디 앉고 싶어?"

나는 아무것도 하지 않은 채 말을 붙이지 못했다. 책상이 어지러웠다. 볼펜을 찾기 힘들 정도로 종이들이 깔려 있었다. 전화를 받아들고는 볼펜을 찾아 움직여댔다. 내 생각에 볼펜을 찾는 것으로 보여서 꺼내주었다. 자신의 일을 마친 걸로 보이는 언니가 나를 바라보았다.

"성희 언니라고 불러."

다행스럽게도 나는 멋진 여직원 옆에 있을 수 있었다. 언니는 일일이 가르쳐줄 생각이 없어 보였다. 전부 다 알고자 하지는 않았지만 계속 앉아 있었다. 언니는 자신이 필요한 것들을 가지고 오라고 시켰다. 처음 들러본 부서도 있었다. 거의 건물 하나가 다 같은 종류의 일을 한다는 걸 알았다. 언니는 상사가 누구인지 알려주었다.

"일일이 소개시켜주지는 못해."

대답도 못 하고 그냥 서 있었다.

"이름 정도만 알고 있으면 돼."

이름만 기억하라는 뜻인가 보다. 이름만 알고 있으면 얼굴은 어떻게 보는지 궁금해졌다. 상황이 그 정도로 나빠지지 않으면 되겠지 싶었다. 나쁜 상황을 생각하지 않기로 했다. 상사 이야기를 해주었다. 과장님이 해온 일 중 가장 잘된 일을 이야기해주었다. 자신이 내 이력서를 보았다고 했다. 영문학과를 좋아한다고. 대학생활에 대한 이야기를 물었다. 나는 언니에게 어디 졸업했냐고 물었다. 언니는 학교를 다니면서 노는 것을 즐기지 않았다고 한다. 나이 어린 사람들이 즐기는 문화에 동경심을 품은 듯했다. 언니는 염색을 하고 싶단다. 주변에서도 대화에 관심을 보이지 않고 일에만 집중을 했다. 언니는 자신이 번역을 하는 중이라고 했다. 아이스크림을 먹으라고 주기에 먹으면서 언니가 하는 일을 구경만 했다.

언니는 나에게 홍보 일을 시켰다. 인터넷에 게시를 해주는 일이다. 보기 쉽게 만들어서 올리는 것이 중요하다고 했다. 나는 필요한 곳을 찾아다녀야 했다. 비록 인터넷이지만 쓸 수 있도록 하는 건 어려운 일이었다. 한동안 집에서 일하는 것을 허락받았다. 과장님은 관심 없다며 알아서 처리하라고 권하셨다. 순간 회사가 존재하는지 의문이 들었다. 이틀 뒤에 출근했다.

"할 수 없었어요. 힘들어서 못 하겠어요."

나는 늦게 도착했다. 회사는 시끄러웠다. 대화를 듣지는 못했다. 살펴보니 직원 하나가 울려고 바닥을 보고 있었다. 또 다른 직원은 할 수 없었다고 말했다. 그 또 다른 직원은 일을 그만두는 행동을 취해

보였다. 나는 보면서도 얼마나 무서웠는지 모른다. 정말 이런 분위기에서 일한다면 못 할 짓이다.

"성희 언니 무슨 일이에요?"

"나도 몰라."

언니는 입을 다물었다.

"회사에 문제 있어요?"

나는 혹시나 했던 질문을 해버렸다. 반응이 없었다. 언니는 하려던 일감을 서랍에 집어넣었다. 다시 책상을 정리했다. 퇴근시간 전까지 언니 옆에서 짐을 들어다 주었다. 오늘은 회사를 나와야 하는지 고민이 되었다. 언니 옆에서 도와주는 것이 일이라는 생각이 들지 않았다. 처음에 배우라고 데려다준 것과 맞지 않다고 느꼈다.

"이건 뭐 할 때 써요?"

가끔 이런 질문을 하고 싶었던 것이다. 질문에는 답이 없었다.

"그냥 참고하는 거야."

알아들을 수 있는 말이기는 했다. 다음날도 회사를 나가야 할지 고민이 되었다. 그 다음날도 출판사에 출근하는 것이 옳은 짓인지 고민했다. 우리의 일은 일단 간단했다. 영문학과 출신인 나를 고용한 이유가 영어 서적을 번역하기 원하기 때문이다.

"상대적으로 번역하는 사람이 적어."

멋진 직원은 나에게 가르쳐주는 것이 없다. 전화번호 몇 개, 주소 몇 개, 그리고 명함을 주었다. 설명을 해주지 않았다. 나는 이 사람들을 어떤 때 만나는 건지 잊었다. 일단 자신의 명함도 아니면서 건넸다. 언니는 설명을 간단하게 해주겠다고 했다. 모두 중요한 사람이라고 말했다. 왜 중요하냐고 묻자, 일을 하면서 알게 될 거라며 덮어씌운다. 언니는 점심시간에 나를 쳐다보지 않았다. 나에게 알면서 하는 것이 아니라, 알려고 하라고 말했다. 나는 과연 여기서 월급이나 받을 수 있을지 고민했다. 그런 관계로 꺼리는 일을 하게 된 것이다. 이런 모습은 평소에 알던 출판사의 분위기가 아니다. 평소에 멋진 책을 출판한다고 느껴지던 회사가 이 모양일지는 상상도 못 했다. 있을 수 없는 일이 펼쳐지는 듯했다.

"회사가 원래 이런가요?"

"뭐?"

멋진 직원은 놀랐다. 나는 다른 멋진 직원의 이름을 벌써 까먹었다. 이름을 부르려고 시도하면 힘들었다. 그 사람을 불러야 했다. 그는 나중에 뭐라고 묻고는 사라지려 했다. 자신의 일에만 집중하려 들었다. 나는 아직 일을 배우지 않았는데 말이다. 자세하게 물어보려고 다가갔다. 할 수 있는 말이 겨우 생각났다.

"성희 언니."

성희 언니가 다가왔다. 그리고는 설명해줄 자세를 잡았다. 언니는 다가와서 자신의 명함을 보여준다.

"내가 이거 설명해줄게."

"언니는 어디서 왔단 말인가에 대해서 설명해주면 좋겠어요."

내 흥미를 먼저 물었다. 어디서 오면 여기서 일할 수 있는 건지 말이다. 고향에 대해 묻고 싶었다. 더 이상 고향 있는 사람이 하는 행동으로 보이지 않았다.

"지금 하는 이야기 잘 들어둬."

언니는 말을 가다듬었다. 언니는 서재로 나를 데리고 갔다. 과장님은 이틀 동안 회사를 나오지 않은 데 대해 묻지 않았다. 자리를 잡고 앉더니 입을 열었다.

"하는 일을 찾아내는 업무야. 찾아내고 찾고자 하고 나아가는 거지."

서재에 들어와서 이것저것을 뽑아왔다. 책은 직접 자주 모으는 모양이다. 언니는 모은 것을 들고 와 책상에 내려놓았다. 내 손에는 언니의 명함이 들려져 있었다. 명함보다 우선 말을 하려고 했다.

"이 자료들을 왜 모으는 지 맞춰봐."

방금 본 처음 보는 것들이다. 공통점을 찾기란 쉽지 않았다. 우선 책이라는 것과 오래된 물건이라는 것, 그리고 제목이 길다는 것이다. 한동안 우리는 침묵했다. 내 대답을 언니는 기다려주었다. 나는 보이는 그대로 말하려고 기다렸다. 잠시 기다리다가 망설였다. 왜냐하면 언니가 하는 일과 직접 관련이 있을 것라고 여겨졌기 때문이다.

"공통점이 있는 걸로 보이면 이상한 거야."

"하하하하."

웃어야 했다. 내가 듣기에는 웃으라고 하는 말이다. 언니와 나는 공통적으로 웃었다. 언니는 나에게 새로운 관심사를 보여주었다.

"오래 전에 읽은 책이야. 하지만 나에게 여전히 소중하게 여기는 책이자 멋진 길잡이지. 찾은 것이 있어."

성희 언니는 나를 남겨두고 자신의 자리로 가더니 거기에 있는 물건을 가져왔다. 언니는 자신의 것을 보여주기 싫어했다. 언니 옆에서 일을 거들 때 눈치 본 것이 있다면 그것이다. 언니는 가져온 것을 보여주었다. 새로운 것으로 보이는 책 한 권이다. 나에게 그것을 자연스럽게 보여주었다.

"너 이거 다 읽어와."

나는 군말 없이 읽어야 했다. 남는 생각이 있었다면 거짓말일 것이다. 나에게 있어서 중요하지 않은 것으로 느껴졌다. 특별히 멋있어 보이지 않았다. 내가 쿠키를 준 남자아이를 만날 때같이 우스운 상황이 아니다. 내 첫 데이트 상대였던 사람을 떠올렸다. 꿈을 꾸는데 세 사람과 꼬마가 친해지는 꿈이었다. 그러고는 책이 무슨 내용인지 잊어버렸다.

"줄거리 말해봐."

그냥 가만히 서 있었다. 제대로 말이 나오지 않았다. 언니는 끝까지 말이 없었다. 5분 정도 흐른 후 말 아닌 무언가를 해야겠다고 마음 먹었다.

"왜 멍청하게 보니?"

이제는 말을 못 하겠다.

"내가 말해볼까?"

성희 언니는 애가 닳도록 설명할 생각이다. 적어도 나한테는 그렇게 보였다. 저번에 정리했던 것을 새로 모아왔다. 나에게 가지고 온 물건들을 훑어보라고 권했다.

"내용이 어떻게 흘러갔는지 설명을 못 하겠으면 분류라도 해."

나는 꿈을 더듬어 생각해봤다.

"분류는 연애소설."

아는 바를 말했다. 소설을 분류라도 해보라는 억지는 무슨 소리인지 알 수가 없었다. 따로 물어볼 곳도 없다. 따로 이야기할 공간도 없는데 언니는 무섭게 굴었다. 언니는 줄거리를 설명해주지 않았다. 알아서 해석해봐야 했다. 곧 언니가 하는 일과 직접 관련 있는 일이라고 생각했다. 언니에게서 다음 설명을 들을 수 없었다. 그냥 보라고 놔둔 물건을 놔두고 갔다. 모르겠다면 찾아오라는 뜻인가 보다. 나갔다. 이제는 월급에 대해 물어야겠다. 우선 월급을 받을 수 있도록 해보기로 마음먹었다. 책을 자세하게 읽어봤다. 뽑아준 여러 권의 책을 모두 읽어야 한다고 생각했다. 내가 할 일을 찾는 것도 일의 일부이다. 점심시간에는 언니가 나를 음식점으로 데리고 갔다. 다행히 내가 좋아하는 우동을 먹을 수 있었다.

"날도 더운데 우동이야?"

"정말 좋아하거든요."

"책은 어땠어?"

뽑아준 여러 권의 책에 대해 물었다. 책에 대해 생각해본 것이 없었다. 나올 수 있는 말이 없다. 나중에라도 할 말을 생각해야겠다. 하지만 책은 책일 뿐이다. 월급에 대해서 물어보아야 했다.

"월급은 나오는 거 맞죠?"

"당돌하네. 나와."

고개를 끄덕이며 확신을 주었다. 나는 최대한 잘 먹는 사람으로 보이고 싶었다. 잘 먹어서 돈이 필요한 사람으로 보이면 월급을 떼이지는 않겠지 싶었다. 나는 점심을 그렇게 먹고 고민해야 했다. 나의 어떤 양심이 책을 판가름할 수 있는 건지 말이다. 먼저 책을 살펴보기로 했다. 책에는 저자 이름이 쓰인 곳이 없었다. 언젠가 제본된 종이를 본 적이 있다. 허름한 종이로 표지가 만들어진 것이다. 서점에 놓여 있던 제본된 것은 우리 학과 교과서였다. 그때 본 제본된 것에는 멋이 없다. 여기 있는 읽어야 하는 책에는 멋이 없었다.

오늘 읽은 책은 내용이 다양했다. 주인공은 말보다 한 마디 행동을 중요시했다. 여름이 되면 우리 가족은 등산을 한다. 캠핑을 하러 물놀이 가는 날에는 등산을 꼭 한다. 등산을 가기로 말만 하고 움직일 생각이 없었다. 그 여름은 다른 날보다 더운 날이 많았다. 나는 산을 볼 생각이 전혀 없었다. 아빠는 나를 오래 기다렸다. 내가 등산에 대해 말할 때까지 기다리고 계셨다. 그렇게 보여서 나는 더욱 텐트에 가지 않기로 했다. 누군지 모르는 사람을 만났다. 나는 한참 기다리고 있다가 만날 수 있었다. 계속 기다리던 사람이 가족일 것이라고 상상도 못 했다.

"유리야, 인사드려라."

나는 한 꼬마 여자와 더 작은 남자아이가 있는 가족을 보고 있었다.

"안녕?"

가족에게 인사를 마치고 여자한테 말을 걸었다. 내가 말을 걸자 반갑게 맞아주었다. 여자는 나하고 나이가 같았다. 여자하고 나는 마음이 잘 맞았다. 특히 이름을 잘 기억하지 못한다는 부분에서 잘 맞았다.

"나는 이름을 기억 못 하겠어."

내가 하는 말을 진담으로 받아들여준 여자였다. 여자는 등산을 하려고 준비했다. 아빠는 여자가 등산 준비물을 챙기는 것을 좋아했다. 나보고 도와서 준비하라고 했다. 준비에 나도 동참하게 되었다. 여자가 나를 너무 반겨주었다. 그래서 어느새 등산하고 싶은 마음이 들어 따라서 준비한 것이다. 사실 등산을 시작하고는 계속하고픈 마음이 사라졌다. 힘들어서가 아니라 산이 싫었던 것이다. 여자에게 실망감을 안겨주기 싫었다. 진심으로 재밌게 해주려고 이야기를 하는 사람한테 찬물을 끼얹는 건 성격상 싫었다. 할 수 없이 끝까지 산을 올랐다.

정상까지 가야 한다는 사람들을 말리기는 힘들었다. 뒤따라 올라오던 부모님이 정상을 올라가고 싶다고 하셨기 때문이다. 동생이 있는 여자가 본보기를 보이겠다며 올라가자고 졸랐다. 자기 동생은 보는 것을 아주 싫어한다고 했다. 멀리 떨어진 동생 덕에 쉽게 설득된 모양이다. 여자와 나는 닮은 점이 꽤 있었다. 일단 둘의 동생은 남자였다. 주인공은 중요한 순간에는 말을 하지 않았다. 친구들하고 놀 때는 무슨 말을 하는 둥 마는 둥 했다. 그러니까 나는 주인공이 하는 말을 이해할 수가 없었다. 그래도 주인공은 하고자 하는 일을 하게 되었다. 하지만 여자가 나와서 말까지 머뭇거리게 되었다. 모든 면에서 주인공은 별로 반응하지 않았다. 차라리 내가 등산을 말리던 때처럼 행동으로 막아서려고 뛰어다녔으면 하고 바랐다.

책의 가장자리에 적혀 있었다. 성희 언니 글씨체로 보이는 문구에는 행동이라고 적혀 있었다. 자세히 보면 다른 사람이 적은 것으로 보이기도 했다. 세상에 닮은 사람이 없지는 않으니 물어보지 않을 생각이다. 나는 별로 궁금해 하지 않았다. 그리고 쉬었다.

다음 책은 읽으면서 황당했다. 주인공은 여자이다. 여자가 먼 곳으로 모험을 나가는 내용이다. 없던 일을 만들고, 만들면 행운이 따르는 낭만적인 모험을 떠나는 것이다. 나는 이 이야기를 매수를 늘려서 책을 냈다는 것을 신기해했다. 등산을 하던 날에 여자의 이름이 기억났다. 여자는 대신 계곡 물에서 놀자며 계곡으로 데리고 갔다. 그러고 싶지는 않았지만 따라가기로 했다. 계곡 주변에는 나무가 많았다. 산을 오르면서 보지 못한 꽃나무도 발견할 수 있었다. 큰길 등산로가 아닌 작은 길에 들어서서 머뭇거렸다. 유명한 관광지로 보이는 곳이어서 그런지 앞서서 먼저 걷는 사람도 있었다. 그래서 마저 걷기로 했다. 정말 계곡을 발견했다. 주변에는 사람들이 캠핑하러 많이 와 있었다. 계곡에서 놀기에 적합했다. 계곡에 가지 않겠다던 부모님도 계곡에서 쉬었다. 부모님은 열심히 놀아 배고프겠다며 고기를 사오셨다. 가까운 곳에 고기 파는 곳이 있었는지 모르겠다. 물놀이를 할 생각은 없었으나 재밌어서 흠뻑 젖었다. 식사를 위해 말끔히 갈아입고 자리를 폈다. 고기가 나오고, 조금 후에 김치찌개를 끓여주셨다. 계곡을 바라보면서 밥을 먹으니 기분이 그리 좋을 수가 없었다.

"이 책을 누가 썼을까요?"

"적혀 있어?"

"없어요."

"몰라."

이런 일을 책으로 낸 저자가 누구인지 나는 알고 싶었다. 다음에 읽은 건 복잡했다. 특별한 곳에 도착한 주인공은 멋진 일을 찾아다니는 사람이다. 사실 다양해서 멋진 일인지 헷갈렸다. 나는 일주일에 걸쳐서 읽고 또 반복해서 읽었다. 무슨 일을 하려는지 모르는 매력적인 아이가 등장했다. 장난꾸러기도 가끔 있어야 하는 법인데 말이다.

그 일주일은 쉬는 시간도 불편했다. 어느 누구도 내가 불편해 하는지 알지 못했다. 그러나 쉬는 시간을 막지도 않았다. 더군다나 저번에 본 일처럼 꾸짖는 사람도 없었다. 차분한 분위기에 정감을 느끼기 시작했다. 요즘 같은 날이 계속되면 회사에 다닐 만하다 싶다. 오래 된 기억이 생각났다. 해석하고자 하는 방향과 다르게 움직였다. 성희 언니를 만나서 대화하고 싶었다. 언니는 옆자리에 있는 것도 가져와 쓰고 있었다. 노트북을 들고 난리치고 있었다. 작고 귀여운 노트북에 달려들고 있었다. 언니보다 놀기 좋아하는 사람들이 서로 차지하겠다고 난리를 쳤다. 언니가 주인인 모양이다. 언니는 다른 사람들과는 다른 선물을 받은 것이다. 사람들은 노트북을 얄미워했다. 일주일이나 책방을 차지하고 있는 것을 얄미워하는 사람은 없었다.

"언니, 그거 다 읽었는데요?"

"언제?"

"일주일 동안 열심히 읽었어요."

나는 다시 서재로 들어가서 언니를 기다렸다. 언니는 나중에 따라 들어와서 마실 것을 들고 앉았다. 먼저 언니에게 내가 생각한 줄거리를 말했다. 내 답이 마음에 들지 않았던지 고민하는 걸로 보였다. 다음 날 성희 언니는 나와 만나는 일을 그만두려 했다. 찾아가서 일을 하겠다고 선언하고 왔다. 곧 일을 시키려고 무언가를 찾아다녔다. 나는 무슨 일인가를 받을 수 있었다. 언니는 자신이 번역한 원서를 해석

해오길 원했다. 번역하는 사람은 많지 않다. 여기 있는 사람들이 꺼리는 일일 것이다. 곧바로 정확한 답을 들려주지 않아서 무언가를 느꼈다. 해석 작업은 알아서 해오라고 했다.

"너의 실력으로 해결해봐."

할 수 있는 일을 주는 것이 아니라 할 일을 주는 거다. 문득 옆에서 도와줄 때 본 것이라는 예감이 들었다. 정확히 다 보지는 않았지만 자신의 것을 나눠준 것이라는 생각이 들게 했다.

"보여줄 사람도 없어요."

불편한 표정을 짓는 언니에게 꼭 대답하고 싶었었다. 성희 언니는 나를 믿고 자신이 작업한 것을 맡기는 것으로 여겨졌다. 오늘은 진짜 일을 시작해야 한다. 언니가 번역한 원본은 내가 알던 것과 달랐다. 집에 가서까지 고민을 해야 했다. 영어를 다시 접하게 되고는 여자가 기억났다. 여자의 이름은 미리이다.

"미리야, 계곡에 다시 들어가보자!"

"여기 정말 신기하다."

"갑자기 뭐가 신기해?"

"계곡이 있잖아."

"원래 산에는 계곡이 있어."

큰 나무가 있는 곳을 바라보았다.

"나는 이런 곳인 줄 몰랐어."

나는 미리가 하는 말을 알아듣지 못했다. 동생들이 물속으로 다시 들어왔다. 나는 물을 튀겨 보았다. 우리는 다시 수영이 하고 싶어졌다.

"수영할 정도로 계곡이 깊은 줄 몰랐어."

"나도 몰랐어."

미리가 놀아주러 다가왔다. 내가 수영을 해보이자 신기해했다. 미리가 큰소리로 물어왔다.

"수영은 어디서 배웠어?"

"나 혼자서."

미리는 수영을 할 줄 알았다.

"너도 수영하네."

"유리가 수영하는 거 봤어."

미리는 자신감 있는 표정으로 나를 쳐다봤다.

"봤다고 되는구나, 신기하게."

나는 신기한 표정을 지었다. 미리는 약간 어이없는 웃음을 웃어 보였다. 나는 뒤돌지 않고 계속 수영을 했다. 물가로 걸어오는 소리가 들렸다. 미리는 내가 수영할 동안 꽃을 꺾어왔다. 나는 이상하게 조용했던 이유를 알게 되었다. 사람들이 많아서 조용하지 않았지만, 가족들 소리가 들리지 않아서 조용하다고 느꼈다.

"저기에 있는 꽃 봤어?"

"봤어."

"뭐? 크게 말해봐."

"오는 길에 봤다고."

나도 오는 길에 꽃을 봤다고 소리 질렀다. 미리는 그 꽃을 꺾어온 것이다. 자신의 손에 들려 있는 것을 가까이서 보여주려 했다. 물로 다시 들어왔다. 어느새 미리는 나에게 꽃을 보여주었다. 미리와 나는 꽃을 보는 감정이 비슷했다. 잠은 푹 쉬어야 잘 수 있는데 불편해졌다. 상당히 나와 다른 분류를 해석하기에는 힘들었다. 일찍 도착해서 고치기 시작했다. 내가 하려던 부분을 말하기 위해 언니를 만나야 했다.

"주말에 무슨 일 있었겠지?"

"아니야, 성희가 일 저지를 사람이야?"

회사 사람들이 모여서 언니 이야기를 하는 것 같았다. 중요한 사람 이야기가 아니면 분위기 내면서 모일 필요가 없는 사람들이기 때문이다. 출근 시간이 조금 넘을 시간에 언니가 도착했다. 회사 사람들이 언니에게 차례로 다가갔다. 서로가 먼저 다가오는 눈치였다. 궁금증이 생겼다. 주말에 언니가 무슨 일을 했는지 모르겠다. 언니에게 여러 가지를 물었다. 언니는 내가 고친 것을 보고 설명해줄 마음이 사라진 것처럼 굴었다. 설명을 마친 후 언니는 말을 많이 하지 않았다.

한 여자가 출판사에 들렀다. 출판사에 들르는 손님으로 보였다. 나는 성희 언니가 그 여자에게 관심을 두고 있음을 알게 되었다. 나를 먼저 인식해주기를 바라고 다시 같은 질문을 반복했다. 그 여자는 언니 자리로 다가왔다. 언니는 나쁜 표정을 지어 보였다. 언니는 말할 생각이 없는지 자리에서 일어서지 않았다. 여자가 자리로 완전히 다가왔다. 여자가 발걸음을 멈추자 나는 내가 비켜야 한다고 느꼈다. 여자가 가만히 언니를 내려다보았다.

"누구시죠?"

내가 먼저 물어보았다. 여자는 나를 쳐다보지도 않았다. 그래서 더욱 자리에 앉아 있기가 이상했다. 계속 자리에 앉아 있었지만 분위기가 이상하게 흘러가고 있다. 게다가 여자는 화려한 옷을 입고 있었으므로 신경 쓰지 않을 수 없었다.

"하실 말씀이 있나요?"

언니가 나에게 물어왔다. 내가 대답하고 떠나야 하는지 고민되게 했다. 나는 둘이 대화하지 않으면 자리를 비켜줄 마음이 없었다.

"자세하게 알려주세요. 이해가 되지 않아요."

똑같은 질문에 대답을 요구했다. 다시 질문해서 대답을 이해할 것도 같았다.

“풋,”

여자가 한번 웃고는 나갔다. 여자가 나갈 때까지 언니는 가만히 있었
다. 언니는 나를 쳐다보고는 과장님에게 갔다. 나는 계속 앉아 있었다.

“어떻게 처리 했는지 말해주세요. 제가 알아야겠어요.”

언니가 당당하게 말했다. 언니가 하는 말은 나에게도 들렸다. 과장
님은 말해주기 싫어했다. 언니가 계속 묻자 과장님은 잘 끝났다고 반
복해서 말했다. 과장님을 보며 화내는 언니가 이해가 되지 않았다.

“이건 내 일이라고!”

성희 언니는 과장님과 싸웠다.

“그 여자가 뭔데 편에 들어서 이야기하는 건데요?”

“그 여자가 누구인지 몰라?”

언니는 놀라지 않았다. 그 여자를 가리키는 말인가 싶다. 여자는 첫
인상부터가 달랐다. 나는 여자에게 자리를 비켜줬더라면 상황이 좋게
바뀌지 않았을까 생각했다. 언니는 어이없는 웃음을 터뜨렸다. 피식거
리기를 반복하는 언니만의 웃음이다. 언니는 중요한 말을 하려는 걸로
보였다.

“누구인지가 중요해?”

큰소리를 쳤다. 언니는 굉장히 큰소리를 냈다.

“사장님 따님이야.”

과장님은 더 큰소리로 말했다. 언니는 억울해 하며 불쌍하게 고개
를 들고 책상을 바라보았다. 차마 말을 못 하게 하고 있었다. 사장님
따님이라는 여자가 문제가 되었다. 언니는 자신의 자리로 들어왔다.
언니는 주변의 시선을 한 몸에 받았다. 자신의 책상으로 돌아가던 언
니는 자리에 앉으면서 중얼거렸다.

“세상에, 사장님 딸이면 다야?”

아무도 오늘은 과장님 근처에 가지 않았다. 나는 성희 언니 자리 근처에 의자를 가져다 놓고 계속 앉아 있었다. 곧바로 성희 언니가 나갔다. 나는 가만히 앉아 있었다.

"세상에 못 하는 말이 없어."

"사장님과 연계된 분이시니까."

언니들이 수군거리기 시작했다. 언니들은 지목해서 말하고 있었다. 다음 날도 회사에 다시 나갔다. 어제 언니가 과장님과 다툰 문제가 언니가 여태 해온 일이라고 예상했다. 이상하게 다른 뜻으로 받아들이는 것을 알 수가 없었다.

"언니, 회사 다니는 거예요?"

"그럼."

어제 곧바로 나간 후 들어오지 않았기 때문이다. 그게 곧 퇴근이었다. 언니는 자신의 책에 문제가 있다고 했다. 어느새 내가 고쳤던 부분이 문제가 되었다고 여겼다. 잠깐씩 내 얼굴 보는 것을 찝찝해 했기 때문에 알아차렸다. 시간이 지나자 언니가 사실대로 말했다.

"내가 고른 책에 관심을 보이던 사람이 있었어. 직원이 아니라 어쩌다 카페에서 만난 사이거든. 내가 번역한 곳에 문제가 있었나봐, 너처럼 마음에 들지 않아 했어. 사장님 따님인 줄 몰랐거든."

"저는 마음에 들지 않아서가 아니라 틀린 걸로 보였어요. 다른 뜻으로 해석이 되니까요."

언니는 고개를 숙였다.

"문장의 순서가 틀렸어요."

나는 언니한테 하고자 했던 말을 결국했다. 언니는 우울하게 이유가 있다고 말했다. 문장의 순서에 구애받지 않을 리가 없는 일이라고 설득했다. 언니는 나보다 일을 오래 했던 사람이다. 나는 출판사에 들어온 지 얼마 되지 않았기 때문에 받아들여야 했다. 우울한 기분이 들어 나는 커피를 마셨다. 근처 카페에 앉아 밖을 바라다보았다. 잠깐 그 여자를 볼 수 있었다. 어제와 다른 옷을 입었으나 기억에 남았기 때문이다. 나는 어째서 모르는 사람을 기억하고 있는지 의문이 들었다. 하지만 역시 관심을 두지 않을 수 없었다. 여자는 차에서 내렸다. 차에서 내리고는 바로 문을 닫았다. 곧장 걸어가더니 빛나는 선글라스를 쓴 사람을 만났다. 나는 여자를 따라가고 싶었다. 곧장 걸었다. 여자가 거의 앞에 있었다. 여자는 연예인으로 보이는 사람과 함께 있었다.

"뭐야?"

여자 옆에 있던 사람은 나를 보고 인상을 찡그렸다. 그에게 내가 따라가는 것을 들켰다. 여자는 뒤돌아보고는 말을 삼켰다.

"너는 출판사에 있던 직원?"

여자는 금방 입모양을 변형시키며 말을 꺼냈다. 나를 비스듬히 보고 있었다. 남자가 여자를 데리고 가려 했다. 여자의 팔을 잡았다.

"맞아요, 직원."

여자는 고개를 똑바로 쳐들고 자신과 대화하고 싶으냐고 물었다. 나는 어쩔 수 없이 용건만 말하기로 했다.

"성희 언니가 화난 이유가 뭔지 알려줄 수 있나요?"

"성희가 화났다고?"

여자는 오히려 화를 내고 뒤돌아서 가버렸다. 여자가 나를 이상하게 쳐다본 것도 같다. 나는 여자가 말하기 싫어하는 것을 물어봤다는 생각이 들어 고민되었다. 하지만 나는 여자를 이해했다. 곧 여자를 판단하는 생각이 들었다. 정확하지 않은 이유를 설명하기 싫어한 것이다. 성희 언니는 어김없이 내 도움을 받으려 했다. 나는 자연스럽게 만들기 위해 고쳤다. 나는 언니 밑에서 일하는 것이 즐겁게 느껴졌다. 한

동안은 편하게 언니 옆에서 일할 수 있었다. 다른 날과 달리 손님이 찾아왔다. 나는 그 여자를 다시 볼 수 있었다.

"오랜 만이네."

성희 언니에게 다가왔다. 언니는 고개도 들지 않았다.

"말도 하기 싫은 모양이야?"

여자가 고개를 비스듬히 기울였다.

"과장님하고 말해본 적 있니?"

언니는 말을 하지 않으려 했다. 나는 언니 자리 옆에 더 이상 앉아 있지 않았다. 과장님한테 갔다 와야 했다.

"과장님 그 여자분이 찾아오셨는데요."

"사장님 따님?"

"네."

사장님 따님을 만나고 서로 인사했다. 언니는 결국 화를 냈다.

"남의 직장에 이렇게 드나드는 거 옳지 못한 행동 아닌가?"

둘은 바로 싸웠다.

"내가 한 일을 마음대로 바꿔놓고 내 이름으로 내라는 거예요?"

크게 화를 내고 있다.

"그게 무슨 문제야!"

사장님 따님은 한 대 쥐어 팰 기세였다.

"내 이름이 들어간다고!"

"고작 지은이도 아닌 주제에!"

따님은 물러서지 않았다. 계속해서 말할 기세였다.

"내 이름으로 낸다고!"

언니는 거침없이 소리쳤다. 나는 더 이상 보고 있을 수가 없었다. 언니를 말려서 이 싸움을 그만두게 하고 싶었다. 두 여자가 화내는 것을 보고만 있을 수는 없었다.

"그만두세요."

싸우는 이유도 모르면서 지켜보는 것이 양심에 찔렸다. 더군다나 두 사람이 지르는 소리가 듣기 싫었다.

"그만하세요."

나는 말이 통하게 큰소리를 쳤다. 싸움은 끝나지 않을 것처럼 보였다. 둘이 대화 형식으로 하는 말을 막을 수는 없었다. 나는 난처한 소리를 했다.

"여자 두 분이서 뭐하시는 건지 모르겠으니까 그만하세요. 거기까지만 하면 돼요."

서로 쳐다보지를 못했다. 내 말에 동의했다. 둘 사이에는 다른 문제도 있는 듯했다.

"하지만 내 책이야."

언니는 끝내 주장했다.

"그대로 출판할 수 없어."

여자가 강하게 말했다. 오랫동안 말이 그쳤다. 나는 그들이 서로 싸우지 않을 것을 알아차렸다. 여자는 나쁜 인상을 남기고 밖으로 나갔다. 언니는 더 말하지는 않았다. 혼자 다른 정리할 것을 마무리 지었다. 여기는 난장판이 되었다.

"일을 이따위 식으로 해?"

주위의 무언가가 던져지기 시작했고 끔찍한 소란이 일어났다. 남아있는 물건이 없다. 무섭게 화내며 덤비는 사람이 과장님을 위협했다. 사장님 따님이 나간 후에 더 큰 문제가 생긴 격이다. 끔찍할 정도로 듣기 싫은 소리가 났다. 들은 바에 의하면, 사장님 따님이 고친 것 때문에 모든 일정이 늦춰졌다는 것이다. 맡아서 해주는 곳에서는 심각한

업무 지장이 있다, 과장님은 한 가지 일로 여러 갈래의 문제를 안게 되었다, 모든 것이 난장판이 되었다, 하는 식의 소리들이었다.

미리는 자유롭게 다니는 내가 좋다고 했다. 내가 수영을 혼자 배운 이야기를 하자 부러워했다. 나는 웃었지만 미리는 진심으로 말했다. 자유스러운 내가 좋다고 했다. 나는 미리가 들고 있던 꽃을 바라보았다.

"저 사람."

언니는 말리려고 달려갔다.

"이런 일로 싸우는 건 말도 안 돼."

나는 힘없게 말했고, 싫증을 느꼈다. 일주일 동안 회사가 어떻게 운영되었는지 모르겠다. 사장님 따님은 엄청난 후폭풍을 남기고 갔다. 사장님이 과장님에게 꾸짖으셨다. 오히려 사장님이 사태를 잘 아셨던 것이다. 용기를 내지 못한 과장님 때문이라고 언니가 중얼거렸다. 용기조차 없던 회사를 떠나기로 했다. 다른 회사로 옮기기를 원했다. 성희 언니 혼자만 반응을 보였다.

"뭐?"

나는 뒤돌아서 걸었다. 문구 제작 부서가 있는 광고 회사에 일자리를 구했다. 오늘은 상사 하나가 나를 불렀다. 나에게 자세한 의견을 묻는 것은 처음이다. 정확히 짜증을 부리는 사람인지도 모르겠다. 나에게 자기 업무의 중요성을 일깨우고자 강조했다. 나는 상당히 난해한 언어를 이해했어야 했다. 나는 이해하기 싫은 걸 이해했어야만 했다. 나는 자유스러운 내가 좋다던 미리가 계속 떠올랐다. 오늘의 신문을 주워 보관 장소에 가져다 놓았다.

"문구야? 당신."

저번에 본 사장 따님이다. 나는 여기서 이 사람을 만날 수 있을 거라고 생각 못 했었다. 사람들은 상당히 궁금해 했다.

"누구였는지 설명해."

주변에서 물어왔다. 다른 이들의 관심을 받는 여자에게 오는 관심까지 내가 받았다.

"이름 정도는 물어볼 수 있는 사이 아닌가?"

"한유리입니다."

"최수영이야."

자신의 이름을 가르쳐주었다. 들어갔다가 잠깐 나오더니 나에게 관심을 보였다. 사람들은 돌아갔다. 시간이 흐를수록 살짝 불러서 말하려는 사람도 있었다.

"뭐하는 분이야?"

바쁘게 일하던 사람이 나에게 말을 걸어왔다. 당황스러웠다.

"일이 있으신 것 같은데."

황급히 말을 가로막았다.

"그런 거 아니야."

왜 하던 일을 버리고 물으러 왔는지 이해되지 않았다. 나중에 그 사람은 실수로 빠뜨린 일 때문에 욕을 먹었다. 그러면서 왜 물으러 왔는지 모르겠다. 그 사람은 궁금해서 가만있지 못했다. 사장 따님은 남자가 있었다. 내 직장 상사이다. 앞에 보이던 두 사람이 마주보고 있었다.

"안타깝고 답답하다."

다투는 중인가보다. 들으려 하지 않았는데 듣게 되어 멍청히 서 있었다. 직장 상사는 남자이다. 나는 그 남자를 만나지 않도록 행동거지를 조심했다. 설마 모를 것이라고 여겼다. 그래서 조심하기로 했다. 하지만 나의 활동성을 보고 뽑은 내 직장동료 선배는 무척이나 돌아다니게 만들었다. 나는 상당히 조심하려 애썼다. 회사의 큰 건물에서 돌아다니게 될 줄 몰랐다. 날에 따라 기분이 달라졌다. 특히나 오늘은 좋은 기분이다.

"저번에 유리라고 했던가?"

직장 상사가 나를 불러 세웠다. 뒤에서 불렀기 때문에 인기척도 없어서 정말 놀랐다.

"갑자기 왜 부르세요?"

나를 알 리 없는 사람이 이름까지 부르면 놀라지 않을 수 없다. 그가 나를 안다고 생각해본 적이 없었다. 어느 날 직장 상사인 그 남자가 나를 알아봤다. 누구인지 자세히 보아야 했다. 일단 나는 의식을 해야 했다.

"본부장이야."

"안녕하세요? 문구부입니다."

본부장이 나를 아는 척해왔다. 나는 그를 자세히 볼 수 있었다. 본부장은 내가 자세히 보고 있다는 것을 알지 못했다.

"한유리입니다."

얼마 전에 붙은 공고에 의하면 본부장 이름은 정석원이다. 내 이름이 알고 싶었나보다. 이름만 알고는 가던 길을 갔다. 종이를 흔들고 있었다. 공고를 붙일 예정인가보다. 공고 종이가 아닌 이상 저렇게 클 리가 없다. 동료선배가 나에게 본부장을 만나고 오라고 했다. 본부장 아닌 다른 사람이 알기 전에 다녀오라고 했다.

"그러니 빨리 다녀와."

못 미덥게 바라보았다. 그러나 나는 몰라도 이해한 태도를 보여야 했다. 장소도 모르면서 나와서 걸었다. 다행히 잘 도착하여 만날 수 있었다.

"무슨 일이야?"

"일이 있어요. 여기 있습니다."

나는 곧바로 주고 나가려 했다. 그러나 바로 물어왔다.

"내가 무슨 뜻으로 물었겠어?"

그대로 서 있었다. 들은 바에 의하면 본부장은 사장님 친아들이라는 소문이 있었다. 자기 기억난 탓에 더욱 가만히 서 있어야 했다.

"내가 물은 이유를 수영이 잘 알아?"

서 있지 말고 나갈 것을 기다리고 있었다. 격식이 느껴지지는 않았다. 소문이 거짓말일 것이라고 생각되었다.

"어떻게 아는 사이인가요?"

자신이 아는 사람을 물어보는데 다 거짓말 같다고 판단되는 것은 당연할 것이다. 아무 말도 하지 않고 뒤돌아 나왔다. 내가 대답할 수 있는 것은 아무것도 없었다. 똑바로 만난 사이라고 하기에는 문제가 있는 사이이므로 할 수 있는 말은 없다. 다음에 또 물어도 별다른 소리를 하지 않기로 했다.

"정석원이라는 사람이 진짜 사장님 아들이래."

"하고 다니는 것 좀 봐. 그렇게 느껴지잖아!"

"어떻게 하고 다닌다는 거야?"

"왜, 몰라?"

회사 사람들에게 어느새 공통된 관심 대상이 생겼다. 앞으로 지나가면서 들을 수 있는 내용이 약간 비슷했다. 멋지다고 칭찬하는 소리이니 말이다. 회사는 문제가 생기면 직원들을 가만 놔두지 않았다. 문제가 생겨서 업무 일정이 바뀌어갔다. 문제는 따로 있었다. 나에게 연수를 가자고 짐을 싸오라는 것이다. 뜻하지 않게 단체로 연수를 간다. 선배들은 가끔 가는 거라고 다독이듯 말했다. 연수 가는 날이다.

"연수에 오신 것을 환영합니다."

"환영합니다."

“환영합니다.”

“완전 환영합니다.”

“진짜 환영합니다.”

“정말 환영한다고 하지 그래?”

서로를 환영해주는 선배가 좋은 건지 처음 알았다. 활동성 있는 사람이 이해가 갔다. 그런 시점이 된 것이다. 나는 이 회사를 이해해야 편하게 다닐 수 있을 것이라고 느껴졌다.

“원래 이렇게 되었어야 해. 우리가 직접 뛰어가는 영업!”

마지막 말에 기겁을 했다. 놀러온 곳이 아니라고 여기기는 했지만 부담을 주는 말이다. 여기 왜 있는지 빨리 알게 되었다.

“빨리 말해주니 다행이네.”

선배가 비꼬듯 말했다.

“빨리 말해야 목적을 달성하지!”

감탄사가 나올 줄 몰랐다.

“일합시다!”

드디어 의욕을 북돋아주었다. 서로 일하려는 욕구를 강하게 표현했다. 근사한 곳으로 연수를 왔다. 둘러보면서도 놀라게 된다.

“멋진 곳이야. 이런 곳에 올 수 있다니. 공짜라서 더 좋다.”

“공짜라서 멋지다고 하는 줄 알았네.”

“공짜인데 올 수 있어서 멋지다고 말하려던 거 아니야?”

선배와 다닐 수 있어서 재밌었다. 내가 볼 만한 것을 많이 찾아냈다. 감상에 젖을 수 있는 시간도 가졌다. 혼자 감상에 빠져 낭만에 흠뻑 젖었다.

“너 우리학교 동창 아니야?”

“아니. 학교 졸업한 지가 언제인데 물어봐?”

뒤돌아서 남자를 보고는 짜증스럽게 말했다. 모르는 사람 같은데 물어왔기 때문이다.

"물으면 실례라고 느끼진 않나?"

"너 유명했으니까."

나는 어이없이 얼굴을 바라봤다.

"감상도 하나봐."

남자는 말도 잘했다. 내가 보고 있던 것에 시선을 두었다. 말도 없이 내 옆으로 다가왔다.

"김지오라고 해요."

지오는 내 연락처를 원했다. 지오는 말을 잘했다. 외모를 보고 나는 지오를 원했다. 연락처를 쉽게 알아냈다. 밤에는 나갈 수 없었다. 선배들이 내 이야기를 해대는데 내가 빠지면 이상한 기분이 들어서였다. 밤에 여자가 나가는 경우는 특별하다고 알려주는 옆 선배 때문에 분위기가 고조된 거다. 선배 때문에 재밌게 시간을 보내기는 했다. 혹시 밤에 나가면 만날 수 있지 않을까 기대했었는데 말이다. 지오가 누구인지 자세하게 물어보지 못해 아쉬움이 남았다. 하지만 선배는 재밌게 해주었다.

"편안하고 좋은 곳으로 골랐는데 편안하셨나요?"

본부장 정석원이 처음으로 나타났다. 이 날 그는 사람들의 관심을 모으는 데 탁월했다. 그는 모두가 밤에 잘 쉬었으리라고 여긴 모양이다. 시끄러웠던 밤에 대해서 묻지 않을 정도로 모르는가보다. 잘 알게 된 선배는 특별해지기 원하는 것을 뽑아오라고 했다. 주변을 둘러보았다. 특별한 곳에 맞는 특별한 것을 만들러 온 것이다. 특별하게 만들 행운의 문구를 만드는 재료를 찾으러 온 것이다. 석원이 다가왔다. 나중에 만나보기 원했다. 나는 석원이 나에게만 관심을 둔다고 느꼈다.

나는 거슬리는 사람을 만날 수는 없었다. 수영과 친한 사람을 만나기에는 겸연쩍었다. 수영은 나를 그다지 생각하고 있지 않을 것임을 알기 때문에 신경이 쓰인다. 수영은 나와 몇 번 본 사이이긴 해도 어중간한 관계다. 지오는 나를 만나러 왔다. 내가 본 것들로 채우기에는 무리라는 생각이 들었다. 지오에게 시무룩한 얼굴로 내 심경을 전달해야 했다. 한참 웃는 그를 이해할 수 없었다. 다른 말을 꺼내려 했다. 웃는 모습을 오래 보고 싶지 않았기 때문이다.

"지오는 웃기는 일이 많은가봐."

지오는 나를 잘 알지 못했다. 내가 하는 일에 궁금함을 느끼지도 않는 것으로 보였다. 지오는 나를 좋아해주었다.

"그러면 행복할 것도 같다."

자신만의 언어를 쓰고 있는 듯하다. 지오는 나에게 이해시키고 싶은 말을 하지는 않았다. 지오는 나를 나른한 곳으로 데려다주었다. 나른한 곳에서 말을 해댔다. 자신이 어디에 사는지 알려준다. 지오가 사는 이야기를 들어야 했다. 날이 저물어갔다. 저물어가니 내가 할 일이 기억난다.

"특별하지 않은 것을 특별하게 보이게 할 수 있을까?"

내 말에 반응하는 것은 좋은데, 계속 웃으면 거슬리는 행동이 나온다. 계속 웃는 모습을 보고 싶지 않았다. 오늘따라 사람들을 만나기 싫어졌다.

"특별한 사람이 하면 달라질 수 있겠지."

결국 웃으며 답한다. 만나기로 한 곳에 왔다. 하지만 만나기로 해놓고 이 자리에 있는 사람은 적었다. 밤새 놀던 언니들은 피곤해서 방에 들어갔다고 생각된다. 언니들이 보이지 않으니 기운이 더 빠진다. 누군가 뒤에서 불렀다. 그는 지오가 아니다. 내가 둥~, 떠 있는 사람을 보는 듯했다. 석원이 계속 나를 보고 있다.

"본인이 어떻게 생각하는지 궁금해서 그래."

"못생겼으니까."

나는 뒤돌아가려 했었는데, 그를 다시 볼 것으로 생각하고 말해버렸다. 그에게 자존심을 내세울 수 없어서 나는 보이는 대로 말해버렸다.

"몰랐어? 못생긴 얼굴이야."

대답 없는 사람을 보려 하지 않았다. 그러나 대답이 필요하면 석원을 마주해야 한다. 자신이 더 어이없는 웃음을 웃는다.

"수영이가."

순간 이 남자가 부자인 것을 알게 되었다. 서로 떨어진 거리에서 마주보며 서 있었다. 가로등은 분위기 있게 우리를 비추었다. 밤이 깊어졌다. 곧 바로 뒤돌아 걸었다. 일이 끝날 때까지 기다린 모양이다. 묻고 싶으면 미리 질문을 생각해두었어야지 말이다. 남자는 잠깐 나를 고민하게 했다. 수영이 이야기라면 나올 것이 아무것도 없다. 일에 대해서만 물을 줄 알았는데, 의외로 행동하니 내가 고민할 만하다. 일 이야기를 하러 올 줄 알았는데 이상했다. 본부장을 일이 아닌 일로 만난다는 것은 꿈이다. 문득 깨달았다. 남자는 일이 아니면 나를 만나러 오지 않았을 것이다.

아침에 의외의 손님이 왔다. 나를 만나러 온 것이 아닌 사람이다. 오늘은 수다를 떠는 언니들 곁에 있을 수 있었다. 아침부터 시선을 끄는 사람이 온 것을 아직 모르는 듯하다. 곧바로 남자를 만나니 관심의 대상이 되지는 않았다. 모이는 장소에서 기다렸다. 본부장이 나오자 여자가 시선을 끌었다.

"같이 나온 여자 누구야?"

"어제도 있었나?"

언니들이 호들갑을 떨었다. 사장의 딸은 다른 사람과 다르게 보이는
가 싶다. 오늘따라 더욱 멋진 옷을 입은 것 같다.

"내 스타일이야."

멋지다는 감탄사를 저마다 표현했다. 언니들이 무엇에 열광하는지
가 보였다. 본부장 옆에 있던 아름다운 모습에 필요 이상의 반응을 보
이는 것이다. 홧김에 그냥 말해버렸다.

"사장님 따님이야."

언니들이 깜짝 놀랐다. 당연하다는 반응이 나와야 하는데 더 놀라
운 반응을 보였다.

"뭐하는 분이라고?"

언니가 묻자 주위에서 직업이 중요하냐며 핀잔을 주었다. 결국 서로
들 주책이라고 깨달았다. 본부장은 먼저 떠났고 우리도 돌아왔다. 회
사에서 보고서를 쓰고야 퇴근했다. 나는 피곤해서 무슨 일을 했는지
잊어버렸다. 다음 날 회사는 환영하는 분위기로 피곤한 사람들을 맞
이했다. 어김없이 출근한 사람들이 불편한 기색을 보였지만 자리에 앉
아야 했다. 부장님 말이, 이럴 때 열심히 일해야 한다고 했기 때문이
다. 마음에 드는 보고서를 수없이 발견한 사람처럼 굴었다. 나는 되도
록 숨어 있었다. 내가 언급한 수영이 이야기가 다시 화제가 될 것 같
아 피해야 했다. 본부장이 불렀다.

"부르셨습니까."

들어가서 할 말도 없는 나는 불편한 기분을 표현하고자 했다. 이유
도 없이 마주보기는 불편하다. 먼저 말을 하지 않으면 그대로 나가고
싶은 심정이다. 노골적으로 외모에 대해 말한 사람과 어떤 대화를 해
야 할지.

"잘못된 일이 있어요."

자기 이야기를 하려 하듯 단추를 바라보았다. 옷에 달린 단추가 유난히 눈에 들어왔다. 나는 차였다. 그냥 차였다. 막말하는 여자와 사랑하는 여자의 차이점을 묻는 것이다. 질문에 답하는 것이 예의라고 생각되었다. 그래서 나는 막말하는 여자가 좋다고 말하려고 했다. 하지만 곧 내가 차이는 말을 들은 것이라고 깨달아진다. 덕분에 돌아서기 편하고 쉬웠다. 나에게 눈길도 주지 않아 편했다. 석원이 수영과 자주 만나는 것을 보았다. 수영은 석원을 만나러 멋지게 드나들었다. 회사에서 만나는 사람이 있는 경우는 처음이다.

"둘이 직업이 같지."

"사장님 가족."

너스레떠는 말도 재미로 듣게 되었다. 나에게 본부장에 대해서 묻는 사람은 없었다. 웃기는 이야기로 들어도 무난했다.

"좋아하는 사람이 다니면 신경이 쓰일 텐데."

수영에게 언니들이 관심을 많이 가져주었다. 정작 만나 알아보는 사이도 아니면서 말만 했다. 말이라도 해대면 나타날 줄 아는 누군가를 숭배하는 것 같다. 석원은 수영과 일을 잘 해내는 듯했다. 좋아해서 일을 잘하려고 했다. 좋아하면 머뭇거리는 것이 그에게는 없는가보다. 짐작하고 있었다. 수영을 만날 수 있었다.

"이 부서에서 소문 나오는 게 많다던데."

결국 누군가 말한 것이 틀림없다. 일부러 온 것이 틀림없어 보였다. 수영은 방금 온 곳에서 비슷하게 사람을 볼 줄 알았다. 비슷하게 사람을 바라본다고 느낀 것은 처음이다.

"유리가 나를 알아볼 줄 알았는데 별 말이 없네."

우리가 멋지다고 호들갑떨던 여자 주인공이 나를 지목했다. 제대로 배운 여자에게서 나오는 말인가 보다. 자신이 기대한 사람이 나인가

보다. 그러니까 소문의 진원지가 나라고 보는 것이다.

"안녕하세요?"

수영은 나를 데리고 가서 커피를 사주었다. 나는 그냥 따라갔다. 수영이 말하자 부장이 보내준 것이다. 수영이 말하면 부장은 그대로 놔둔다.

"이게 욕으로 보이니?"

커피를 가지고 오는 수영을 보고 있었다. 수영을 볼 수밖에 없었다. 사준다더니 가지러 간다. 그러니 나올 말이 없다. 착하게 멍하니 있었다.

"내가 너한테 역으로 보이니?"

외모는 배우라고 해도 믿을 만한 여자이다. 누구나 수영과 같이 살 수는 없을 것이다. 수영은 아무리 봐도 남과 다른 여자이다. 그토록 멋있는 여자를 칭찬하는 언니가 이해가 된다. 가까이서 보면 다른 사람이다. 수영은 나와 대화하고자 했다. 커피를 번화가에서 사주었다. 수영이 번화가를 왜 왔는지 모르겠다.

"내가 사주는 거야."

"소문은 아무것도 아닙니다. 그냥 하는 소리예요."

"아무것도 아닌 일이 남에게 상처가 되는 줄은 꿈에도 모르나봐."

나는 순간 이 여자의 성격을 긁은 것이 되었다. 나는 한 번이라도 이런 사람을 만나는 것도, 만나서 성격을 긁을 줄도 몰랐다. 절대로 생각도 해본 적이 없다. 그러면 못된 여자가 되는 것이다. 수영은 내 말문을 막고 자신의 이야기를 해댔다. 나는 수영의 부탁을 들어주기로 했다. 수영은 나를 커피로 포섭했다. 집에서 나는 고민해야 했다. 수영이 때문이다. 게다가 수영은 나를 쓸 생각이다. 나는 쓰여야 한다. 본부장은 나를 알고 있고, 수영은 내가 자신을 알고 있다는 것을 알고 있

다. 수영이 나를 많은 사람들 앞에서 망신 주지 않게 하려면 그래야
했다. 나는 수영에게 잘 붙어 있게 되었다. 너그럽게 봐주는 셈 치겠
다고 했다. 수영은 여성스러웠다. 나와 맞는 게 있다면 남자일 것이다.
수영은 본부장을 좋아한다. 그렇게 결론짓고 잠이 들었다.

수영이 걱정하는 일들이 어디서 나오는지 알아내야 한다. 오늘 연락
이 올 것이다. 수영은 오래 기다리지 않을 것이다. 수영은 곧바로 나가
는 사람이다. 나는 석원이 마음에 들지 않았다. 우선 그는 못생겼다.
석원은 자신이 돈 많은 것을 강조하지는 않았다. 하지만 많아 보이는
사람이 빛나는 넥타이를 하고 다닐 것으로 보이지 않는다. 오늘에서야
석원은 넥타이를 빛나게 맨 것처럼 보인다. 석원은 자신이 입은 옷이
이상하다고 생각하지 않는 듯하다. 남의 시선을 의식하지 않는 사람이
있는 줄 몰랐다. 아마도 수영은 석원을 따라다니는 상태일 것이다. 점
점 석원과 수영이 어떤 사이인지 궁금해지기 시작했다. 두 사람 사이
에 진실이 따로 있음을 짐작했다. 나는 꽃집에서 꽃다발을 샀다. 계곡
에서 보았던 나무가 생각날 때면 꽃다발을 산다. 석원이 아닌 지오에
게서 연락이 왔다. 잠자는 시간에 전화하는 사람은 처음이다. 지오에
게 무례한 것 아니냐고 화를 냈다. 지오는 내가 화내는 데 대해 관심
을 보였다. 지오는 착하게 구는 여자보다 내가 낫다며 좋아했다. 지오
가 나와 놀고 싶다고 말했다. 나는 지오와 놀아주기로 했다. 특히 지
오가 심심하면 밥을 사주겠다는 말에 만나도 좋겠다고 느꼈다.

"내가 아는 형이 있는데."

나는 보고 있는 사람의 지인에 대한 이야기를 듣고 의외였다.

"지훈 형이 캐스팅하고 있어."

"누가 있다고?"

"잘생겼어."

석원한테 못생겼다고 말하고 올 때는 몰랐다. 남자가 남자 이야기를 하면서 외모에 대해 이야기할 줄은 몰랐다.

"마음이 있으면 해봐."

지오는 기꺼이 자신의 지갑을 열어주었다. 여자를 위해 돈을 쓸 준비가 되어 있는 남자였다. 지오는 밥을 사주면서 너스레를 떨었다. 자신이 돈을 기꺼이 내줄 능력이 된다고 했다. 지오는 주변에 친구가 많았다. 자신의 친구 이야기를 자세히 했다. 지오와 대학을 다니면서 몇 번 마주친 적이 있었다. 지오는 나를 알고 있었다. 자신이 아는 사람 중에 나와 같은 사람이 없었다고 말했다. 지오는 몇 번 만나지도 않은 나를 좋아해주는 것이다.

회사를 나갔다. 회사 안이 어수선했다. 본부장이 들렀다 간 모양이다. 그가 나가는 모습을 볼 수 있었다. 나는 석원이 인사해주지 않을까 주시했는데, 말도 없이 지나갔다. 지오를 만나 말하고 싶다.

"인사하는 사이가 되나?"

무대에 꿈을 둔 사람을 뽑는다는 지인 이야기를 생각해냈다. 조용한 회사 생활은 오랜 만이다. 비 오는 날에 조용한 음악이 듣고 싶었다. 조용한 생활은 물놀이를 가고 싶게 한다. 쓸쓸함을 느낀 나머지 지오가 자신의 친구를 소개해주었다. 나는 우연한 기회로 그를 친구로 삼았다. 우리는 또다시 연수를 가게 될 것이다. 이번에는 더 크게 연수가 있을 예정이다. 부장은 크게 한탕하자며 유세를 떨었다. 부장의 말에 호응하는 남자 사원 빼고는 아무도 반응하지 않았다. 저번에 그 피곤한 보고서를 또 쓸 생각을 하니 기분이 나빠졌다. 많은 사원들은 기분이 나쁘지 않았다. 이번에도 우리 부는 소문의 진원지 역할을 한 셈이다. 우리 부는 석원을 은근히 원망했다.

석원은 나를 단둘이서 만나고 싶어 했다. 나에게 연락을 했다. 나도

석원을 만나는 것이 좋지는 않다. 석원은 나에게 연수 이야기를 하려
고 무언가를 들고 왔다. 지난 번 연수가 반응이 좋았다고 했다. 나는
석원에게 화가 났다. 결코 오래 말하고 싶지 않았다. 게다가 같은 사람
으로 취급받기가 싫었다. 석원은 어떤 편의를 제공하면 3박 4일을 지
낼 수 있겠냐고 물어왔다. 나는 당황한 모습을 감출 수가 없었다. 석원
이 마음에 들지 않았다.

업무 일정이 정해진 듯하다. 수영은 나에게 일정을 물어왔다. 나는
대답하기 싫었으나 수영이었기에 연수에 대해서 말해주었다. 수영은
그날에 맞춰 가겠다고 맞장구를 쳤다. 나는 오지 않았으면 하는 개인
적인 바람을 말했다. 그러나 수영은 당장 만나지 않으면 어떻게 만들
어버리겠다고 협박했다. 다음날 회사 앞에서 그는 나를 위협했다. 나
는 남자를 좋아하는 여자가 위협적인 건지 처음 알았다. 사태 파악이
전혀 되지 않았다.

"최수영이 여기를 오면 일이 어떻게 되는 거지?"

나는 석원이 나를 어떻게 대할지 궁금해졌다. 석원이 나를 조금만
생각해주면 무난해질 것이라고 여겼다. 석원을 만나러 가야 했다. 늦
은 시간이 지나도록 결정 내리지 못한 사람이 통화하고 찾아갈 리가
없다. 나는 전화 통화도 하지 않았는데 당당하게 찾아갔다. 석원이 어
디에 사는지 미리 알아두었었다. 슬그머니 석원에 대한 이야기를 수영
에게 들을 수 있었기 때문이다. 놀랍게도 자신의 집에 이름까지 붙여
놓았다. 수영의 짓이다.

"최수영 짓이야."

석원은 내가 지나가던 길이었다는 말을 알아들었다. 석원의 집에는
분홍색 캐리어가 있었다. 석원은 어릴 때 여자를 많이 만나본 사람 같
았다. 내가 자신을 좋아해서 찾아온 것으로 보이기도 했다. 분홍색 캐

리어에 대해 물어 보고 싶었다. 내가 찾아온 이유를 답하지 못하고 내어준 자리에 앉았다. 나는 사실대로 말해야 했다. 사실이 아니면 화만 낼 것 같았다.

"수영이 내일 당장 온대."

석원이 고개를 저었다.

"어디를?"

"연수에 참가해."

"무슨 짓이야?"

석원이 놀랐다. 석원은 아프다는 핑계를 대고 나를 내쫓았다. 나는 한밤중에 걸어서 집에 가야 하는 고생을 했다. 집에서 잠들기 쉽지도 않았다. 석원이 나를 어떻게 만나려 했는지 모르겠다. 석원이 나에 대해 어떻게 말했는지 모르겠다. 나는 지각을 했는데 기다려주었다. 아침에는 차를 가지고 온 사람이 있어 기겁했다. 늦었다는 걸 알고 짐을 챙기는데 들어와서 막 담아주고는 끌고 내리는 사람을 본 것이다. 나는 매우 실망한 표정으로 만나보았다. 나는 되도록 재밌게 대화하고자 했다. 그런데 석원은 눈길도 주지 않았다.

"너 때문에 단체로 퇴사하겠다."

오늘은 석원을 한 번도 쳐다보지 않았다. 더군다나 내가 나서주기를 바라는 이를 없애고 싶었다. 나는 절대로 고개를 들지 않았다. 시키면 당장 나가겠다고까지 마음먹었다. 나는 석원을 원망하고 있는 것이다. 우리는 어려운 일을 마주하게 되었다. 주변에 있는 풀이나 채소를 이용해 요리를 만들어보자는 것이다. 석원이 말하는 요리는 먹을 수 있는 것에 한하지 말아야 한다고 했다.

"못 하는 소리가 없어."

답답한 말을 비꼬며 말했다.

"답답한 일이야?"

언니가 오히려 놀라고 물었다. 반응이라도 해대는 언니다. 그래도 좋은 곳에서 좋은 일을 할 수 있는 행운이라고 다독이며 서 있었다.

"다음에 휴가 나면 여기로 와야지. 좋지 않니?"

"방이 좋네요."

방은 전망이 좋은 곳이다. 쪽빛보다 푸른 바다가 보였다. 이런 색을 내는 어떠한 것도 본 적이 없었다. 아름다운 바다에는 안개도 없어서 편안하게 했다. 풍경은 멋들어졌다. 지오가 기억나는 전망이다. 잠이 들었다. 지오를 생각하며 편안히 쉬고 싶어진다. 지오와 놀았던 기억이 추억이 되었다. 마음이 포근해졌다.

"완전 멋지지?"

"쉬기도 딱 좋아!"

내 방에 놀러온 언니가 소란스럽게 즐거운 말투로 말했다. 듣기 싫은 목소리가 아니다. 고운 사람에게서 나오는 말을 듣는 기분이다. 잠을 많이 자려고 준비를 다시 했다. 언니가 들어왔다. 언니가 언제 나갔는지 기억나지 않는데 즐거워하며 들어왔다.

"밥 먹으러 나와! 정말 멋진 식사가 될 듯한데?"

언니는 배치된 전신 거울에 자신이 입는 드레스를 비춰보았다. 드레스가 입고 싶어지는 날이다. 드레스 같은 화려한 색이 있는 옷을 입은 사람들이 많았다. 잘생긴 얼굴에 맞게 지오와 어울리는 옷을 멍하니 보고 있었다. 지오 같은 사람이 입기에는 정말 좋은 옷이다. 지오에게 연락이 오지 않을까 기대하는 하루가 되었다. 본부장은 같은 옷을 입고 서 있었다. 석원은 마음에 들었다는 듯 고개를 끄덕였다. 다른 사람들이 모이기를 기다리며 사람들 앞에 섰다.

"생각대로 된다면 더 좋은 일이 없죠."

나는 생각대로 일하지 않았다.

"세상에서 자신을 희생하는 자세야말로 생각의 힘이 되겠죠."

석원은 옆에서 자신의 말을 잘 들어주던 사람과 함께 잔을 들었다. 3박 4일 중 첫 날이 이렇게 꾸며질 줄 몰랐다. 오늘은 다른 사람들이 되고 있는 것이다. 석원은 전 사원을 모은 듯하다. 오늘만은 많은 사람들이 곁을 떠나지 않고 지켜주었다. 나는 그런 광경을 처음 보았다. 보고 있는 내가 믿기지 않을 정도로 파도소리가 들렸다. 곧 노래 소리가 들려왔다. 아름다웠던 바다가 밤이 되어가니 파도소리가 그리워졌다. 나는 바다를 그려보았다. 내가 오늘 본 아름다운 모습 때문에 기억해 낸 사람이 그리워지는 일을 멈출 수가 있었다. 나는 쉬려고 앉아 있을 만한 곳을 찾아 떠났다. 그때 석원이 나타났다.

"나와 둘이 만나는 것이 부끄럽지는 않나?"

내가 먼저 말해야 했다. 나를 만나러 올 리 없는 사람이 찾아왔다. 석원은 내가 일하지 않았던 걸 알고 있었다. 돌려서 하는 말을 나는 이해해야 했다. 본부장이 하는 말은 마치 용서해주겠다는 뜻 같기 때문이다.

"용서로 받아들입니다."

"용서가 아니라 진심이야."

석원은 나를 놀라게 했다. 하지만 곧 돌아서서 걸었다. 수영에 대해서 묻지 않은 것을 다행으로 여기며 걸었다. 정말 다행이다. 뒤돌아서 그대로 걸어갔다. 최수영은 오지 않았다. 아침이 되고 다시 바다를 볼 수 있었다. 어제 밤에 있었던 식사를 우리는 얼마나 멋지게 여겼었는지. 만난 사람이 얼마나 말을 잘했고, 마음에 든 사람이 누구였는지 외치고 있었다.

"왜 그 사람이 그런 거지?"

다른 부서의 언니가 보였다. 친해진 것 같았다. 언니는 자신이 묻고 싶은 것을 당당히 물었다. 선배 언니들에 대해 언급했다. 그러니까 언급한 일이 무엇인지 알게 된 일이다. 하지만 오늘도 수영을 만날 수는 없었다.

"선배 언니가 그러던데 오늘 수영이 오기로 했다더라고."

"최수영?"

"그 여자가 여기를 왜 와?"

나는 알게 되었다. 아직 수영에 대한 관심을 우리는 놓지 않았다는 것을. 수영이 나타나는 일에 관심을 보인 것은 우리들이 아니다. 그래서 더욱 많은 것을 알게 되었다. 수영이 하는 말을 믿는 사람이 많았다. 친해진 사람들이 그녀를 따르고 있었다. 그리하여 많은 것을 알게 된 것이다. 수영은 더 이상 나에게 의지하지 않았다. 수영이 아는 사람은 어느새 수없이 늘어났다. 수영의 인기를 실감했다. 수영은 누구나 갖지는 않은 멋을 가지고 있는 여자이다. 나는 새삼 깨달았다. 왜냐하면 수영이 나타난 후 나오는 반응에 놀라지 않을 수 없었기 때문이다.

"최수영이라고 합니다."

순식간에 그녀는 환영을 받았다. 수영의 등장은 화려했다. 석원이 마중 나가기에 딱 맞는 여자였다. 석원이 달려가기에 나는 놀라지 않을 수 없었다. 놀라운 반응이 주변에서 나왔다. 석원은 나를 보지 않았다. 일이 꼬였다. 처음에 계획한 내용의 일부가 망쳐지고 있다. 수영이 등장하더니 자신의 인기에 부응해서 떠나지 않았다. 얼핏 수영이 나에게 했던 말을 기억했다. 자신이 등장하면 나와서 그가 뛰어올 때까지 기다리다가 서 있으라는 말.

"똑같은 상황인데."

나는 그냥 서 있었다. 서 있기만 했을 뿐인데 수영은 움직이지 않았다.

“예쁘다.”

부러워하는 사람들이 늘어났다. 사원들이 많아서 반응도 빨랐다. 지나가던 사람들도 볼 정도로 부러운 사람이 되었다. 수영은 바로 자리를 떠나 석원과 데이트를 한다는 계획을 알려주었다. 석원은 수영을 붙잡고 있게 되었다. 둘은 숙소인 호텔로 들어왔다.

“최수영 씨 지낼 방은 본인이 직접 구하시죠. 여기서 이러고 있으면 곤란하지 않아요?”

“구하겠다고요?”

나를 원망하는 소리로 들렸다. 내가 수영에게 다가갔다. 본부장이 수영을 곤란하게 했다.

“답답하게 굴었잖아.”

“하하하.”

“어쩜.”

본부장의 말에 주변에서 반응을 한다. 수영이가 말을 막았다. 하는 것을 관두는 일이 나을 편이다. 호텔 1층에는 커피숍이 있다. 좋아하는 사람들만 다니게 생긴 가게였다. 손님이 있는 것으로 보아 다니는 사람이 있는 모양이다. 수영을 보내고 쉬는 시간을 가졌다. 나는 커피숍에 들어가 보고 싶었다. 오래된 분위기를 느꼈기 때문이다. 커피숍에 들어와서 언니를 보았다. 시간이 되면 만날 사람을 기다리고 있는 것 같았다.

“성희 언니 맞나요?”

“내가 맞는데, 누구시죠?”

나는 언니를 계속 쳐다보았다.

“한유리예요.”

“유리? 너 유리야?”

"네, 반가워요. 안녕하세요?"

"안녕해. 말도 없이 나간 사람이 인사하니 반갑다."

"제가 말하고 나갔는데 모르세요? 언니가 일하는데 힘들까봐 전화도 했었는데 모르세요?"

"모르냐고?"

언니는 오히려 크게 말했다. 모르냐고 물어오는 사람에게서 욕이 나오는 줄 알았다. 성희 언니는 나를 마음에 두지 않았었나보다.

"지금 일하는 중이야."

성희 언니는 말을 힘들게 했다. 언니가 힘들어하는 모습을 보고 내가 나가줘야 했다. 성희 언니의 앉아 있는 모습은 일하는 것이 즐겁지 않아 보이게 했다. 더군다나 언니는 친하게 지냈던 나에게 차갑게 말했다. 계속 성희 언니를 문밖에서 기다렸다. 남자가 복권을 손에 들고 들어갔다. 그 남자가 언니와 만나고 있었다. 남자는 평소에 지적인 친구가 쓰는 안경을 쓰고 있었다. 안경을 쓴 남자가 언니와 다투고는 뛰쳐나왔다. 어째서 내가 언니의 시선을 받게 되었는지 모르겠다. 두 사람이 나를 보고 있었다. 두 사람의 시선을 동시에 받게 될 줄은 몰랐다. 어째서 자신의 이야기를 나에게 하는지 알 수가 없다. 내가 이들에게 관심을 받아야 하는지도 알 수 없다. 나는 위험해졌다. 나를 위해 일한 것이 없게 되었다. 언니가 나를 갑자기 붙잡았다. 남자가 내 옆에 서더니 자기 입술에 관심을 두고 있다. 내가 필요하다는 말을 둘이 돌려서 말하고 있다. 이해하기 위해 5분가량 서 있어야 했다.

"오늘따라 사람들이 찾는 분을 만난 것 같군요."

남자는 멋있었다. 내가 계속 관심을 없앨 수 없는 사람이다. 표현이 이상해서 기분이 좋지는 않았다. 신문을 보면 '예절과 법도' 코너에 나올 만한 사람이다. '시사와 경제'가 아니라 '예절과 법도'에 나온다는 것은 주목 받을 만한 가치로 여겨진다.

"그러니까 '일러스트'의 모델이 되는 거지!"

'일러스트'라면 언니가 번역한, 내가 가장 싫어하는 구절이 나왔던 책이다. 언니가 일하면서 수영과 싸운 이유가 설명되는 관점을 볼 수 있다.

"그건 못 하겠는데?"

멍한 관점이 생기는 듯하다. 잠깐 언니를 본 것이 실수이고, 인사로 옛 일을 기억하는 일도 큰 실수라고 생각되었다. 시원하게 친구가 말했다.

"너 괴롭히는 거야."

일을 나가는 게 힘들었다. 남자를 만날까봐 걱정되기 시작했다. 나는 불편함을 느꼈다. 조금이나마 위로를 받아서 다행스러웠다. 지금 다니는 회사 이야기까지 하지는 않았다. 정말 만나서 할 이야기라고는 '일러스트'에 발탁된 편지를 받아든 것이다. 놀라움보다 싫증을 표현하는 의견이 마음에 들었다. 나는 싫다는 의사를 편지까지 써서 보냈다. 손으로 직접 적어 보냈으니 의사전달이 제대로 전해졌을 것이다.

"만나만 주십시오. 제가 다 사겠습니다."

남자가 연락을 해왔다. 일주일 동안 남자와 만나는 시간이 늘었다. 그는 회사 생활이 편해질 도움 되는 말을 조금씩 해주었다. 나는 일에 감각이 생겼다. 수영이 몇 번 찾아왔다. 이제는 괴롭힌다는 생각까지 들었다.

"오래 기억으로 두고 못 살게 굴 필요는 없잖아."

말로 거부감을 보여주었다. 수영에 대한 원망을 보는 데서 풀고 싶었다. 앞에 있는 사람에게 직접적으로 말해버리기는 처음이다. 신문이 보여서 남의 것을 집어다 보았다. 남의 책상에 있던 다 본 신문을 광고

지가 없는 앞면으로 돌려서 펼쳤다. '시사와 연예' 코너에서 수영으로 통하는 사회가 있다는 것을 알게 되었다. 펼치지 말고 몰랐으면 좋았을 것이다. 석원을 만나러 신문을 들고 계단을 올라갔다. 석원은 누군가를 만나고 있었다. 석원이 만나는 사람은 나이가 있는 사람이었다. 나는 문 앞에 서서 큰 소리 나는 것을 들을 수 있었다. 그들의 소리는 나의 양심이 찔리지 않을 정도로 잘 들렸다. 그래서 엿듣는 것 같은데 그냥 들었다. 무엇보다 듣는 것이 석원과 말하기에 편하겠다고 판단했다. 나는 그에게 여자가 있음을 알아버렸다. 사장님 따님이다.

"나이가 어려서 일이 힘들겠구나."

"어린 나이에 일하려면 아주 힘들고 강인해야 해요. 강인하다는 것이 아프고 힘들다고 생각될 때가 있을 테니까요."

두 사람의 대화가 끝났다. 남자가 나왔다. 나오기 전에 자리를 피했다. 조금 후에 그를 만날 것이다. 나는 버린 신문을 다시 들고 만나기로 했다. 나는 낭만적으로 보이는 방으로 들어갔다. 만남이 낭만적이지 않은 사람과 마주하고 앉았다.

"수영이와 약혼한 사이였어요?"

"결혼할 사이야."

"무슨 일을 이렇게 어렵게 해?"

"너하고 무슨 상관이지?"

나는 신문을 보여주었다. 잘 볼 수 있게 들어서 보여주었다. 수영과 내가 어떻게 만나고 있는 사이인지 알게 하고 싶었다. 잠깐이지만 그가 나에게 밥 사주는 시간이 있었다는 걸 알게 했다. 일이 중요했던 석원이 나에게 밤에 찾아온 일도 알려주었다. 그에게 여자가 있었다면 수영이 나와 만나는 일은 없었을 거라고 설명했다. 그에게 내가 말했다.

"어린 나이에 일하려면 아주 힘들고 강인해야 해요. 강인하다는 것이 아프고 힘들다고 생각될 때가 있을 테니까요."

걸음소리를 내며 걸어 들어왔다. 그날은 성희 언니를 만나고 바로 호텔로 들어갔다. 이번에는 갈 곳이 정해졌다. '시사와 연예' 코너에는 수영이 자신과 다른 기업을 배제하겠다고 인터뷰한 기사가 실려 있었다. 퇴출 기업 명단에 석원의 이름이 실려 있었다. 기사에서는 수영이 사장 자리에 언급되며 경영자에 가까운 여자로 예찬되고 있었다. 수영은 자신을 따르는 기업으로 지목한 몇몇 곳도 언급했다. 예전 일이 기억났다. 사장님 따님이 눈앞에 보이면 내 주위에는 많은 직원들이 모인다. 수영이 다녀간 자리에 누군가 보이기만 하면 숙소인 호텔에서 나온 사람들이 어김없이 나를 찾아와주었다.

사장님 따님은 정문에서 기다리고 있었다. 석원이 아직 나오지 않았나보다. 따로 밥을 먹고 있는지도 모르겠다. 휴식시간은 그만큼 길었다. 누구를 기다리는지 잘 알고 있다. 하지만 예상과 다르게 뛰어나온 사람은 다른 상사이다. 회사 상사는 사장님 따님을 만났다. 오늘은 취재를 가는 날이다. 미리 답사를 갔던 부서에서 꺼리는 유일한 일이다. 일에 집중하기는 싫었다. 최수영이 눈앞에서 석원을 만나고 있어서 일하는 데 거슬렸다. 여기까지 와서 같이 다닐 거라고 여긴 적이 없기 때문이다. 수영은 석원을 많이 좋아하는 것 같았다. 나는 잠깐 지금 석원이 입고 있는 옷에 관심을 두었다. 전에도 그 옷을 본 적이 있다. 석원이 밤에 나를 만날 때 입은 옷이다. 나는 그 날을 특별하게 여기지 않았으나 옷은 특별해 보였다. 이토록 커플을 부러워하기는 처음이다. 나는 부러움을 느끼기 시작했다. 지오를 만났던 시간보다 석원을 밤에 만났던 것을 더 특별하게 여기게 될 줄은 꿈에도 몰랐다.

오늘 밤에도 특별한 식사가 준비되어 있다. 나는 회사가 얼마나 사원들을 아끼는지 알게 되었다. 3박 4일 중 이틀을 멋지게 보낼 수 있으리라고는 생각지 않았다. 나만 불러서 식사를 사주고 물었던 일이 정말로 일어나고 있는 듯하다. 뷔페식이다. 차라리 지오가 찾아왔으면 좋겠다. 내가 있는 곳을 알려주었다. 멀리서 오겠다고 다짐했다. 지오는 말과 행동이 일치해 보였다. 밤이 되었다. 식사시간은 정말 길었다. 지오를 만나려 일찍부터 기다리고 있었다. 하지만 뒤돌아봤을 때 석원은 나를 보고 있었다.

"왜 날 봐요?"

관심을 끊어주면 옷이 덜 신경 쓰일 것이다. 옷이 덜 신경 쓰여서 지오를 기다릴 수 있을 것이다. 마음에 없는 사람과 친해지고 싶지는 않다. 지오를 오래 기다릴 생각이다.

"내가 왜 본다고 느끼지?"

퉁명스러운 말에 기겁했다. 석원은 내가 걸을 동안 따라왔다. 가로등이 있는 곳에서 걷게 되었다. 나를 바라보는 시선을 이제 무시할 수 없었다.

"내가 좋아하는 여자가 있어."

"그걸 왜 저한테 말하시죠?"

"관심도 없었단 말이야?"

석원이 친근하게 말을 걸어왔다. 나는 선물을 같이 고르러 가자는 말이 부담스럽단 말이다. 상사이기에 재미삼아 따라가는 것도 당연한데, 석원이 내 나이 또래로 보이면 말이 틀려진다. 차라리 힘으로 나가게, 있어 보이는 신체 멀쩡한 남자가 낫겠다.

"무슨 소리야?"

내가 놀라서 묻는 사람으로 보이기를 바라고 있다. 나와 사랑하는 사람이 있어야 할 시간이 가까워졌다.

"묻는 소리에 대답이나 해."

밤이 아름다워 보이기까지 한다. 밤에 사람들이 뛰어놀고 있다. 대답을 기다리면서 가로등이 아름답다고 생각했다.

"내가 예전에 수영이 말고 너한테만 관심을 줬는데 몰랐구나?"

이날 밤은 수영이 여기 찾아온 날이다.

"무슨 소리야?"

"오래 전 연수받던 밤에 우리 둘이 만났었잖아. 그때도 서 있어줬으니까 기억하겠지?"

해석이 엉망인 말이다. 서고 싶어서 선 일이 아니라고 말하려 했다. 하지만 석원이 다음 말을 기다리는 게 보였기 때문에 멈추었다. 석원을 때렸다.

"맞으니까 생각난다. 나는 널 좋아한다."

다음 날 생각나면 곤란한 말을 들었다. 기억나면 얼굴을 볼 자신이 없다. 절대 얼굴을 보고 생각이 나지 않을 수 없을 것이다. 절대로 만나고 싶지는 않다.

"어제 석원 씨랑 만났다면서?"

"아니야."

"본 사람이 있다던데?"

"아니야. 그럼 다 들었네?"

말을 걸어온 언니가 모든 행동을 멈추었다. 모든 이야기를 어디서 듣고 온 것인지 모르겠지만 아침부터 나를 무섭게 만들었다.

"아니, 아무것도."

언니가 나를 살며시 쳐다본다고 느꼈다. 하지만 언니는 다른 기색은 보이지 않았다. 나는 어제 언니를 밤에 본 기억은 없다.

"혹시라도 만났다면 다행이야."

나는 새 옷을 꺼내 들었다. 배치된 거울에 나도 멋지게 옷을 입을 것이다. 나는 잠깐 언니가 하는 말을 듣기로 했다. 정말 본 사람이 있다고 해도 말할 사람이 없을 것이다. 말로 표현할 수 없는 광경이라고 여기고 말하지 말아야 한다. 소문이 나도 책임질 사람이 있어야 하는 것이다. 회사 생활 조금 하면서 금방 알게 된 것 중 하나이다. 밤에 대해 묻는 사람이 없어야 한다. 나에게 말을 거는 사람을 멀리하며 말했다.

"너는 욕심과 증오를 구별할 줄 모르니?"

놀러온 수영의 생일이다. 멋진 홀에 풍선이 달려 있었다. 풍선에 놀라서 물어봤던 것이다. 수영의 파티가 있을 것이다. 사람들이 멋진 선물을 사왔다. 포장지가 잘 덮인 선물에 놀라고 감탄했다. 그리하여 생일 파티를 요란히 해댔다. 수영을 따르는 사람들이 즐겁게 축하해주었다. 호응을 보이자 석원을 데리고 나와서 호응에 대답했다. 그들을 맞이하고 자리에 앉기에는 내가 너무 바보스럽다고 느껴졌다. 그들이 사랑하는 연인으로 보였기에 볼 수가 없었다. 후회는 하지 않기로 했다. 밤에 있었던 일을 떠오르지 않게 만들기로 했다. 밤에 대해 묻는 것도 이제 없다. 나의 회사 생활을 다시 고민해보기로 했다. 특히 힘들지도 모르는 일을 하는 것을 다시 생각해보기로 했다. 신문을 보고 화가 났다. 사직서를 내러 회사에 왔지만 수영이 안타까워 보였다. 일에만 관심을 두던 석원에게 자신의 감정을 일깨워주어야 했다. 후회하지 않도록 감정을 알려줄 것이다. 지오도 나에게 그런 관심을 보인 적이 있다. 지오를 생각하면 편안해지는 기분이다. 나는 확실하게 파티에서 나와버렸다.

대학을 다닐 때만 해도 다른 남자가 나에게 말을 걸어오는 것은 상상도 못 해봤다. 지오는 내가 모르는 사이에 연락을 한 모양이다. 나가는 길에 호텔리어가 나를 부르더니 말을 전해주었다. 지오가 기다리고 있으니 나오라는 것이다. 전화라도 할 줄 알았는데 뜻밖에 알게 되었

다. 그가 달려왔다. 나는 달려오는 지오에게 물었다. 왜 나에게 연락을
먼저 하지 않았느냐고.

"부담스러워서요."

드디어 만났다. 밤이 늦어서라는 말도 그는 하지 않았다. 파티를 여
는 곳에 대해 잠깐 물어왔다. 나는 수영을 소개시켜 줄 마음이 없다.
수영이 생일파티를 하는 것이다. 나는 지오를 따라 짐을 챙겨서 나왔
다. 내가 하고 싶은 일은 많지 않다. 하지만 많지 않은 일을 이루려고
하지도 않았다. 상상도 해본 적 없는 남자를 만나게 되었다. 찾아오지
못할 줄 알고 있었는데, 마중도 못 한 나를 계속 기다렸다고 한다. 내
가 챙겨온 짐을 새롭게 보지도 않았다. 지오는 이상하게 묻지도 않았
다. 자신의 차에 타는 나를 묻지도 않고 마음대로 행동하게 해주었다.

"어떻게 진짜 왔어? 도대체 직업이 뭐야?"

"치과의사야."

지오는 빠르게 내 말에 대답했다. 나를 찾아와준 지오에게 어떤 마
음을 느껴야 하는 걸까. 장난삼아 지오에게 의치를 알려주었는데 말이
다. 나는 정말 기다릴 생각이 있었지만, 막상 지오를 보니 미안해졌다.
이 남자의 직업은 치과의사다. 갑자기 만난 사이인데 말을 편하게 한
다. 나는 회사 생활을 접을 생각이다. 더욱 지오를 따라 나오는 것이
행운이라고 여겼다.

취재는 끝이 났다. 나는 지오를 만났다. 회사에서 있었던 모든 일을
정리할 것이다. 공원으로 놀러 가고 싶었다. 지오가 나와 분수대 앞에
서 놀아주었다. 지오는 시간에 크게 구애받지 않았다. 자유스러운 당
당함에 사랑스러운 사람을 처음 보았다. 나는 그에게서 낭만을 보았
다. 나는 잘생긴 외모보다, 고운 목소리보다 당당한 사람으로서 모든
부러운 면을 지니고 있는 그가 나만의 남자이면 좋겠다고 생각했다.

이런 사람을 놓치고 싶지는 않다. 목소리도 행동도 멋진 그가 나를 재밌게 해주었다.

일찍 집을 나섰다. 회사에 사직서를 내고 나왔다. 할 일 없이 걸었다. 예전에 지오가 소개시켜준 사람이 떠올랐다. 사랑하는 무언가를 할 수 있다는 것은 낭만적인 일이다. 계속 걸었다. 나는 걸었다. 처음 데이트하던 장소다. 여기서 다시 시작할 것이다. 계속 시간이 지나기를 기다리고 있다. 나는 아름다운 밤을 혼자 볼 것이다. 석원과 같이 있던 밤을 아무렇지도 않게 여길 것이다. 시간이 지났다. 주변에 사람들이 모이기 시작했다. 우연히 지오와 자주 마주치게 되었다.

"나 회사 그만뒀어."

나는 지오를 보고 말했다.

"지훈 씨를 만나보고 싶어."

"그러지 마."

지오가 말렸다.

"이제 할 일이 생겼어."

나는 지오와 헤어졌다. 지오는 대학 다닐 때 잠깐 마주친 적 있는 사람일 뿐이다. 지오와 나는 단순한 사이다. 나는 지훈을 만났다. 예전에도 같은 시간에 나온 적 있다. 사랑하는 사람들이 거리에 많이 다니는 시간이다. 지금은 사랑하는 사람들을 많이 볼 수 있는 밤이다. 나는 새로 시작할 오디션을 보았다. 가수가 되기로 했다.

금요일 저녁이다.

"누가 찾아왔던데?"

"누가 찾아와?"

"너는 부모가 찾지도 않을 것처럼 말하니?"

"뭐? 부모님 이야기를 매니저가 왜 꺼내?"

매니저 주제에 너무 막말을 해댄다. 나는 그녀를 많이 구박했다.

"주제넘은 말투 인간적으로 삼가하지 못하면 버려질 줄 알아."

"남자가 연락했어요!"

"무슨 연락?"

"연락처를 적어놓고 갔다고요!"

무슨 소리인지 이해를 못 했다. 나중에 쪽지를 하나 보여주었다. 나는 받아들고 놀렸다.

"너는 남자도 못 만나봤니?"

매니저는 기분이 상한 얼굴을 들지 않았다. 이름이 적혀 있었다. '김지오'라고. 주말이다. 일찍 일어나려고도 하지 않은 채 쪽지를 계속 생각했다. 평소처럼 주말에는 늦게 일어나고 싶었다. 쪽지로 지오는 연락처를 주었다. 석원이 아무 감정도 없는 것처럼 굴었다고 생각하지는 않는다. 아무 감정이 없는 것보다 쪽지를 적는 사람이 만나기 좋을 것이다. 나는 하던 일을 관두었다. 주요한 사람들이 모이는 모임이 열린다고 한다. 주말을 이렇게 맞이할 생각이다. 큰 장소에 들어갔다. 모임이 있을 장소에 도착하고는 들어가야 할까 망설이기까지 했다. 하지만 곧장 들어가기로 했다. 가수로 보이는 사람이 말했다. 소개하기를, 그는 오래 전부터 노래를 불러온 사람이라고 한다. 그는 자신이 노래를 부를 수 있는 선택권을 가진다고 설명했다. 그가 소개했다.

"감성을 보여줄 수 있는 가수이고 싶어요."

사람들이 박수를 쳤다. 나도 박수를 쳤다. 나는 처음 본 오디션에 붙었다. 그래서 할 말이 없었다. 나는 내가 지목받을 시간이 되면 나갈 생각이다. 의외로 말을 꺼내는 사람들이 많았다. 금방 나가지 않게 되었다. 여기에는 내가 좋아하는 노래를 불렀던 밴드가 있다. 그 노래는 뛰어놀기에 알맞은 곡 같다. 축제가 있었다. 빨리 친해진 친구들이 나와 놀아주었다. 그때쯤이었던 것이다. 어린 추억에 그 밴드의 음악을 듣고 즐겁게 친구들과 뛰어논 적이 있었다. 거의 뛰어다니는 것같이 놀았다. 그날은 밤이 특별한 날이다.

모델로 보이는 여자가 나를 반겨주었다. 잡지를 사본 적 있는 사람이라면 한 번쯤 본 적이 있을 것이다. 나는 반가워서 아는 척할까말까 망설였다. 아직은 나도 유명한 사람이 된 것으로 여기고 있었다. 내가 걸음을 멈추자 따라오던 여자가 발에 걸렸다. 자신의 감정을 표현하는 것을 위로라고 생각하는 여자였다.

"못생겨가지고!"

나를 향해 쓴소리를 하는 것에 당황스러웠다. 사회자가 보였다. 무대가 준비된 모양이다. 나는 바로 동료 밴드 부원들을 모았다. 나는 사회자에게 내가 나가고 싶다고 말했다. 그로써 기꺼이 참여하게 되는 행운을 누렸다. 나는 가수이자 밴드부에 속한 가수이다. 내가 참여하자 반응을 보였다. 오늘은 즐기는 날이다. 무대를 한 바퀴 돌 생각이다. 드럼 앞에서 노래를 부르고 베이스 옆에서 춤을 추었다. 밴드 음악에 마음도 신이 났다. 모델이 놀라는 모습을 보고 무대에서 내려왔다.

일요일 저녁이다. 나는 회사에 뒤돌아선 것을 후회하지 않는다. 이제 나는 밴드의 보컬이 되었다. 내가 이끄는 밴드는 나를 잘 따른다. 더 이상 석원과 같은 사람을 만나지 않을 것이다. 사람을 만날 때 감정 표현을 못 하는 사람이다. 이제 나는 많은 사람의 입에 회자되고 누구나 알아보는 인정받은 가수가 되었다. 내가 대학을 졸업한 일은 비밀로 붙였다. 나에게 준 게 없는 학교를 등지기로 했다. 가끔 묻는 질문 중에 흔한 것이 학교 이야기다. 그러나 나는 대학에 대해 말하는 것을 꺼려했다. 대학은 결국 미리가 기억나게 하는 추억을 남겨주었다. 그것은 싫은 생각 중에 하나이다. 출판사에서 일한 것은 실수일 것이다. 내가 알아오던 것과 내가 가진 추억과도 다르게 흘러가는 곳이 되고 말았다. 대학은 나에게 과거인 출판사를 생각나게 하는 아픈 일일 뿐이다.

무대에서 내가 노래를 부르면 사람들은 따라서 마음에 드는 멋진 반응을 보였다. 사람들은 내가 부르는 노래를 사랑해주었다. 어느덧 칭찬하는 말이며 반응하는 말이며 내가 할 수 없는 것들을 듣게 만들었다. 오늘 공연도 멋지게 끝났다. 내가 춤을 추면 모두 손을 들고 환호한다. 오늘도 잘 부른 느낌이다. 정리를 하러 들어갔다. 쪽지를 받아든 이후 남자에 대한 이야기를 늘어놓았다. 나는 웃으며 즐겁게 들었지만 호응은 못 했다. 오늘도 매니저가 다시 남자 이야기를 꺼내기 시작했다. 소개시켜 줄 만한 사람이 있다는 것이다. 매니저의 말을 오래 들을 수는 없었다. 나는 기분을 정리하기에는 어지러웠다.

"눈치 없기는."

다른 날도 아니고 이런 날에 남자를 만나기는 싫었다. 원하던 사람을 만나게 되면 더욱 꺼려지는 이상한 날이 되고 말았다. 문을 열자 지오가 서 있었다.

"김지오."

이름을 불렀다. 지오가 서 있는 모습을 보고 있었다. 나는 쉽게 말을 걸지 못했다.

"나야."

"뭐?"

이제는 지오가 나에게 말을 걸면 막기 바쁜 몸이다.

"나 지금 바빠."

먼 곳에 서서 기다리고 있었다. 다시 들어와 정리를 했다. 내가 바뀐 줄 모르는 지오를 만나기 부담스러웠다. 나는 지오와 만나기를 꺼려했다.

"지금 밖에 나갈래?"

나가려는 밴드 부원들을 막았다. 평소와 다른 일이 생겼으면 하고 바랐다.

"조금 있다가 나가자."

"다 챙겼잖아."

"비켜, 나가게."

아는 사람을 막아서는 일은 힘들었다. 나를 비키게 만들었다. 나는 결국 문 밖으로 나왔다.

"오래 생각했어."

계속 서서 기다린 지오를 보고 웃을 수가 없었다. 물놀이를 혼자 가는 사람은 없다. 등산을 가는 사람보다 물놀이 가는 사람이 많은 계절이 되었다. 여름에는 비가 많이 내려서 향기가 났다. 좋은 향이 나기도 하고 나쁜 향이 나기도 한다. 먼저 말을 걸어준 지오에게 연락을 받았다. 지오는 오늘이라도 만나자고 했다. 전화로 말이다.

"비도 많이 오는데 물놀이나 하러 바닷가에 가자."

"비 오는 거하고 무슨 상관인데?"

한동안 대화를 못 했다. 망설이는 모습이 그려지니 웃음을 멈출 수가 없었다.

"하하하."

웃으니 기분이 말끔해졌다.

"나, 원래 비 오는 날 좋아해."

위로의 말이 다른 뜻으로 들리게 말해버리고 있었다. 아무 뜻 없이 놀러가자고 대답했다. 그리고 시간이 흘러가기를 오래 기다렸다.

'시사와 연예'에 최수영이 한 면을 차지하고 있었다. 이번에 수영은 확실히 자신의 자리를 찾은 모양이다. 수영이 나온 사진을 바라보았다. 이제는 수영을 부러워하는 사람들 중에 포함되지 않을 것이니까 오래 보지 않기로 했다. 수년간 보았던 남자들과 다른 수영의 모습은 관심을 받기에 충분했다. 이제 세상에서 수영은 모두가 아는 특별한 여자가 되었다. 사진이 멋져 보여서 오래 보지 않기로 했다. 혼자 찍은 사진에도 오래 눈길을 두지 않았다.

많은 사람들이 휴가를 받는 날이 되었다. 어디를 가도 사람들이 넘치는 한달이 될 것이다. 나갈 준비를 마쳤다. 바다를 보러 갈 것이다. 오늘은 특별한 날이라고 이해하고 싶었다.

"기다리고 있었어?"

"내 소개 먼저 할까?"

나는 기다리던 지오의 차를 타고 이야기했다. 우리는 같이 휴가를 갔다. 밤이 되면 일찍 자고 싶을 정도로 피곤하게 놀았다. 나는 멋진 하루를 지오와 보내고 있다. 어느 날 지오는 자신이 나를 이해해주기로 했다고 말했다. 아침에 본 모습을 걸으며 되새겼다.

"당신은 아름다워요."

지오는 내 말에 대답하지 않고 인사를 하더니 고백했다. 나는 기회를 주겠다는 표현으로 안아주었다. 지오를 만나기 위해 밤에 향수를 뿌렸다. 지오는 자기 방으로 들어가 버렸다. 나는 혼자 사람 구경을 했다. 내가 노래를 부르면 관객들은 손을 높이 들고 열광했다. 반응한다는 것은 특별한 것이다. 나쁘다기보다 못된 것이 있다면, 그것은 반응하지 않는 사람이다. 나는 가수가 된 것을 후회하지 않는다.

월요일이 되었다. 일하다 보면 전에 일하던 이야기가 나오기도 한다. 그런 날이 오면 말없이 사라지곤 했다. 갈 곳이 그리 많지 않지만 말이다. 나는 뒤돌아선 곳에서 앞으로 곧장 나갈 것이다. 내 추억과 마음을 없애는 곳에 머무르지 않겠다. 내 마음이 움직이는 곳에서 살아갈 생각이다. 아직까지 내 직업을 버릴 생각은 없다. 앞으로도 일을 할 생각이다. 내 명예와 돈을 버리고 도망갈 생각은 없다.

한동안 일이 없었다. 나는 아직 결혼을 하지 않았다. 계절이 바뀌는 시간이 되었다. 무더운 날이 계속되면 지오가 떠올랐다. 거리에 있는 나무들을 보면 계곡에라도 놀러가고 싶었다. 밤에 지오는 만나주지 않았다. 가끔은 남자들이 밤을 중요하게 여기지 않을 거라고 생각했다. 석원은 신문지상에 수영과 나란히 서 있는 사이가 되었다. 한동안 주변의 연락을 끊었다. 나는 남자친구도 없다. 나는 남자친구라고 소개하고 싶은 사람이 있는 여자가 되었다. 취재 나온 기자가 말을 걸었다.

"안녕하세요, 한유리 양?"

"안녕하세요?"

"오늘 취재 나온 김사랑입니다."

"네, 반갑습니다."

"외모가 뛰어난 아름다운 가수 분을 만나게 되어서 영광입니다."

"네? 말씀이 과한데요?"

"정말 유리 양, 아름답지 않나요?"

나는 여러 질문 중에 나오지 않았으면 했던 질문을 들을 수 있었다.

"유리 양은 학교에 대해서 언급이 없으신데 정말인가요?"

"무슨 소리를 하시는 건지 못 알아듣겠는 걸요."

내가 미리 빼달라고 했는데 모질게도 물어왔다. 계속 반복해서 물으면 기분이 나빠지는데. 도중에 뛰쳐나가고 싶었다. 취재 나온 사람이 너무 고운 말투를 쓰고 있어서 대답해야 한다는 기분이 들었다. 하지만 오늘 고운 말투로 말하는 사람을 만났다. 잘생긴 사람을 만나는 일이 흔치 않듯 목소리 고운 사람을 만나는 일도 흔치 않다. 나는 기분이 더 나빠졌다. 어린이날에는 인형이 눈에 띈다. 이런 날에 놀러가는 사람들을 따라가 보았다. 혼자 보내는 시간이 많아지니 나쁜 습관이 생긴 듯하다. 주로 놀이동산에 가는 사람이 많았다. 놀이동산에 가고 싶어지는 날이다. 취재했던 고운 말투의 여자를 만나버렸다. 옆에는 인터뷰를 돕는 남자가 서 있었다. 다정하게 커플티를 입고 있다. 외모가 비슷하니 남매로 보일 법도 하다.

"남자친구 없으세요?"

인터뷰를 했던 사람은 남자에 대해 걱정해주었다. 나는 한 소리 하고 싶었다. 둘은 너무나 다정해 보였다.

"우리 연인이거든요."

말도 꺼내기 전에 막말을 해댔다. 불편한 기색을 보이려 했지만 더욱 붙어대는 모습을 보고 말았다. 나는 그만두고 자리를 피했다. 나는 지오를 만나고 있다. 그렇지만 지오에 대해 언급할 마음이 없다. 나는 자리를 피해버리는 사람이 됐다. 지오에게 인정받고 싶어졌다. 휴대폰을 켰다. 이제 전화를 받을 것이다. 마침 지오가 받았다. 만나고 싶은 마음을 설명하는 남자에게서 뒤돌아설 수가 없었다. 기다리던 지오이기 때문이다. 그래서 만나기로 마음먹었다. 지오는 나에게 고백했다.

"너는 사랑을 해본 적 있니?"

나는 말없는 사람에게 또 퇴짜를 놓았다. 웃으며 보내주면 좋겠다고 살갑게 말하고 집으로 돌아와야 했다.

"잡지사에서 관심을 보였어."

"반가워. 잡지사에서 그런다고 하니 멋있어진 기분이 나는데?"

"장난치니?"

"말 놓지 마."

"장난 안 친다."

나는 메인 모델로 발탁되었다. 매니저가 미리 맡아둔 자리다. 앞으로 놀이동산에 혼자 못 갈 만큼 유명해지는 길이 될 것이다. 그래서 나는 잠시 망설였다. 하지만 곧바로 결정을 내렸다. 잡지사에는 내가 망설이는 시간 동안 유명 연예인이 하겠다고 나서고 있었다. 나는 직접 찾아갔다. 하고 싶은 일이었다고 설득하는 데 성공했다. 나에게 행운이 생기기 시작했다. 특별하다고 믿고 싶어지는 날이면 누군가 기다리고 있다. 그냥 따라가도 좋다는 마음이 드는 날이다. 오랜 만에 만나는 것이라고 말하는 웃기는 사람에게도 그냥 그런 마음이 생겼다. 지오가 차를 가지고 기다리고 있었다. 나는 그를 만날 것이다. 특별히 어디로 갈지 궁금하지 않았고 묻지도 않았다. 나는 따라가기로 했다. 나는 연락하지 않는 동안 그를 많이 생각했다. 오늘은 그가 바닷가 야경을 보여주며 말했다.

"내가 사랑하는 사람은 너야."

지오가 고백했다. 말하는 모습이 멋지게 변한 그는 더욱 재밌게 놀아주었다. 지오는 내 기분이 상하지 않을 말만 할 줄 안다. 지오와 만나는 일이 즐거워서 그만 볼 생각이 없다. 앞으로도 만날 생각이다.

주말이 되었다. 내 직장 상사였던 그 남자가 전화를 걸어왔다. 피할 이유가 떠오르지 않았다. 우선 오늘은 사람을 만나는 일이 없었다.

"나야. 잘 지내?"

"전화라도 하지 그랬어? 니가 찾아왔다면 피했을 것인데 말이야."

"나 아직 관심이 있어."

오래 말하고 싶지 않아서 대충 알아듣게 말하고 끝내려 했다. 석원은 아직 관심이 있다고 말했다.

"너한테 관심 있어. 좋아해."

"왜 그랬니?"

지오가 뛰어 들어왔다. 석원을 한 대 쳤다. 둘은 싸우고 말았다. 병원에 입원할 정도로 둘이 힘자랑을 한 모양이다. 상처투성이가 됐다. 지오는 진찰을 받기 싫어했다. 그러나 내가 억지로 졸랐다. 먼저 끝낸 석원이 나왔다. 나는 석원에게 시선을 두지 않았다. 수영이 달려왔다. 수영은 멋진 여자가 되어 있었다. 내게로 오더니 나를 밀쳤다. 내가 미리 막자 알아차린 것이다.

"니가 뭔데 날 밀치는 거야?"

"나 최수영이야."

"나 한유리야!"

내가 나온 잡지책이 옆에 보였다.

"너는 사람을 왜 만나니?"

내 말이 울려 퍼지자 수영이 통곡했다.

"살아서 만날 수 있을지 모르는 사람이야. 상상될 정도로 멋있고 결혼할 여자 있는 거 아는데도 만나고 싶은 사람이야."

"그걸 말이라고 하니?"

나는 잠깐 수영을 때릴 뻔했다. 수영이 하는 말을 들으면 안 되는 입장인데 듣고 말았다. 화가 났지만 똑같아 보이기는 싫었다. 수영이 따지고 들었다. 뒤돌아선 나에게 달려들 기세였다.

"내가 기자회견을 한 것과 니가 무슨 상관인데?"

최수영이 '내가 기자회견을 한 것이 네가 하는 일과 무슨 상관이냐'며 따졌다. 내가 화난 줄 모르는 듯했다. 게다가 내가 짜증내는 것도 얼버무리려 했다. 나는 전화 통화로라도 안 통하는 사람과 오래 있고 싶지 않았다. 잠깐 재밌게 끝낼 수 있을 말이 떠올랐다. 직접적으로 모두가 듣게 소리쳤다.

"너 못생겼잖아."

김석원을 향해 소리쳤다. 역시 못 받아들였을 것이다. 끝까지 자신의 말을 해대는 사람은 믿을 수 없다. 나는 노래 부르는 일에 보람을 느낀다. 나에게 맞는 일은 믿는 것보다 끊는 것이다.

"모델 활동도 해낼 생각이야."

아주 시끄럽게 전화를 끊었다. 매니저에게 모델 활동을 늘리겠다고 했다. 춤을 잘 추는 가수가 아닌 이상 얼굴로 나가는 사람이라도 될 것이다. 이런 날은 거리에 나가면 데이트하는 연인이 많다. 어떤 날인지 설명을 못 하는 날은 사람들이 많이 다닌다. 밴드 활동으로 소란을 피우고 싶었다. 혼자 노래를 불렀다. 벌레소리가 시끄럽게 들렸다. 주변에서는 얼핏 알아보고 웃는 사람도 보였다. 버려진 술병이 보여서 깨질 만큼 불렀다. 그 남자는 처음부터 사장님 따님과 결혼하게 되어 있는 남자다. 다음에 또 전화가 오면 말할 생각이다.

"나 가수다."

진정 가수이고 싶다. 가수일 것이다. 나는 노래를 부른다. 연인이 헤어지는 노래를 깨질 듯이 불렀다. 다음 날 수영의 소식을 들을 수 있었다. 내가 연예인이 되자 인기를 실감하지 못했던 사람이 사진으로 나돌고 있다. 정말 수영은 어느새 유명인사가 되었다. 사람들이 잘 알아보게 되니 나는 수영을 따르는 사람이 많다는 것을 알게 되었다. 곧 수영은 결혼할 것이다. 쉬는 날이 많아지는 날에는 지오가 해준 말을 떠올려보기도 했다. 하지만 이별하는 연인 이야기가 있는 문화를 즐기고 놀았다. 공연 날이 되자 지오가 찾아왔다.

"내 대기실은 어떻게 알았어?"

지오는 꽃을 선물로 들고 찾아왔다. 매니저한테 들은 모양이다.

"나하고 사귀어줄래?"

지오는 오늘도 나를 기다려줬다. 환호를 즐기며 지오를 만났다. 사람

들 때문에 힘들었던 시절의 내 감정 하나까지 알아주는 좋은 사람이
다. 지오는 나에게 청혼했다. 나는 내 인생의 일부가 되어줄 사람을 위
해 허락을 했다. 노래 부를 수 있는 횟수가 많아져갔다. 무대에서 노래
를 부르면 나를 따르는 팬들이 늘어났다.

기자는 직업으로 사람을 만나는 직업이다. 기자는 사람과 사람이
만나는 것에 예의를 갖추고 보이는 것을 존중하는 사람이다. 내 배경
을 알고 물어오는 기자와 친해졌다. 끝까지 물어오는 사람이 오늘은
착하게 보인다. 자주 묻는 질문 중 하나를 대답했다.

"저는 이 직업이 천직입니다."

그 기자에게 대답했다. 나는 가수가 되었다. 세상에서 나를 못 알아
보는 사람 없는 멋진 가수가 되었다.